W0367974

rowohlt

GEORG KLEIN

Die Sonne scheint uns

Roman

Rowohlt

Der Autor dankt dem Deutschen
Literaturfonds e. V., Darmstadt,
der die Entstehung dieses Romans
mit einem Arbeitsstipendium
unterstützt hat.

1. Auflage Juli 2004

Copyright © 2004 by Rowohlt Verlag GmbH,
Reinbek bei Hamburg
Lektorat Ulrike Schieder
Alle Rechte vorbehalten
Satz aus der Aldus PostScript PageMaker
bei Pinkuin Satz und Datentechnik, Berlin
Druck und Bindung Clausen & Bosse, Leck
Printed in Germany
ISBN 3 498 03522 3

«In mir steckt ein sonderbarer Widerstand gegen das Erinnern. Als hätte ich ein Böses in mir zu verdrängen … aber es gab gar nichts Böses: es gab vielleicht eine grundsätzliche Asozialität, eine Geschichtslosigkeit, eine Verachtung historischer Zusammenhänge.»
Wolfgang Hilbig, *Das Meuselwitzer Revier*

«Mußt' es so rasch gehorcht sein? Konntest du
Dem Gnädigen nicht Zeit zur Gnade gönnen?
Des Menschen Engel ist die Zeit – die rasche
Vollstreckung an das Urteil anzuheften,
Ziemt nur dem unveränderlichen Gott!»
Friedrich Schiller, *Wallensteins Tod*

Glas

Die Sonne scheint uns. Wir sitzen in der einstigen Cafeteria, in der obersten Etage des fraglichen Bauwerks. Wir haben unsere fünf Stühle an die Südseite gerückt und blinzeln an gegen das Mittagslicht dieses strahlenden Märztags. Fenster mag ich die starre Verglasung des zehnten Stockwerks nicht nennen, obwohl Aluminiumstreben die Aussicht gleichmäßig zergliedern. Unser Blick geht über den Alten Salzhafen, eine blinddarmartige Ausbeulung des großen Flusses. Hier, kurz vor seiner Mündung, verteilt sich das Wasser auf die tiefgebaggerte Fahrrinne des Hauptlaufs und auf ein knappes Dutzend Nebenarme. Seit langem kanalisiert, fingern sie doch, unverändert naturhaft gekrümmt, gleich den Tentakeln eines Kopffüßlers dem deutschen Meer, der Nordsee, entgegen.

Das Haus, dem wir unsere Aussicht verdanken, steht nah am Ufer. Über zwei Zeilen Lagerhäuser blicken wir auf das strömungslose Grau des Hafenbeckens und auf die Landzunge, die sich zwischen ihm und dem Fluß erstreckt. Seit Menschengedenken gehört dieses auf drei Seiten von Wasser umgebene Gelände der chemischen Industrie. Ich habe keine Ahnung, was dort zur Zeit produziert wird, vielleicht weiß es einer der anderen, aber ich spüre wenig Neigung, sie zu fragen. Mir und meinen vier Beisitzern sollen die duftig weißen, über den beiden höchsten silbrigen Schloten ins Lindgrüne spielenden Rauchfahnen als Ausweis eines regen synthetischen Lebens genügen.

Das alte Viertel, das sich auf unserer Seite an die Krümmung des Salzhafens schmiegt, ist niedrig bebaut. Selbst die Lagerhäuser am Kai bringen es nur auf drei Stockwerke. Mein Apotheker, der greise Hugo Heinlein, in einer dieser Straßen aufgewachsen, behauptete einmal, allein seiner Geducktheit verdanke das Viertel, daß es den Krieg fast schadlos überstanden habe. Auch das finale Bombardement, fünf perfekt verzahnte angloamerikanische Tag- und Nachtangriffe, ein Meilenstein in der Geschichte des Luftkriegs, habe die kümmerlichen Karrees am Salzhafen in einer halb mitleidigen, halb verächtlichen Geste ausgespart. Bloß von einer Handvoll verirrter Sprengbomben, von einem einzigen Phosphorbehälter, seien die häßlichen Backsteinbauten getroffen worden, in denen damals Handwerk, Gewerbe und Familien den Raum bis in den letzten Hinterhofwinkel nutzten. Für mich, den Zugezogenen, verstieg sich der alte Eingeborene zu dem Witz, am Salzhafen habe man nach jenen die Stadt verheerenden Schlägen nur ein paar Kaninchenställe neu zusammennageln müssen.

Heinlein irrte, oder sein Scherz duldete keine Ausnahme. Denn zumindest einen Freiraum haben Blitz und Donner der Westalliierten auch hier bei uns in die verstockte Substanz geschlagen. Das Bürohaus, das uns mit Licht und Ausblick verwöhnt, wurde auf einer Bombenlücke, vielleicht der einzigen des Viertels, errichtet. Und da schon bald nach dem Krieg der Denkmalschutz seine bewahrende Hand über die engen Straßen hielt, blieb der zehngeschossige Turm auch in den folgenden Jahrzehnten unangefochten das höchste Bauwerk des Viertels. Noch sonnt er sich in seiner Größe, aber die Scheiben, durch die wir blicken, sind seit Monaten nicht mehr gereinigt worden. Unser Hochhäuschen steht leer, und bald, bald schon, sobald wir es durchstöbert und sein kleines Geheimnis gelüftet haben, soll es als ein unansehnlich gewordenes Gewächs der Zeit mit Stumpf und Stiel ausgerissen werden.

Wir warten auf den Chef. Wir nippen an fünf verschiedenen

Getränken. Wir warten, ohne uns gegenseitig ein Wort zu gönnen, auf Gabor Cziffra, unseren Brötchengeber. Wir sind Kollegen auf Zeit. Und vielleicht, wer weiß, bin ich Gabor Cziffras Buchhalter. Gut könnten die anderen vier dies von mir denken, denn ich halte, seit wir beisammen sind, ein schmales Buch unter den rechten Arm geklemmt. Sitzend muß ich in dieser Pose einen komischen Anblick bieten. Jeder vernünftige Mensch hätte das Büchlein auf den Tisch gelegt oder, falls ihm etwas an ihm besonders schützenswert erschiene, auf seinen Schenkeln deponiert. Mir aber bleibt das Selbstverständliche verwehrt.

Das Buch, das ich so krampfhaft am Leibe führe, habe ich erst heute morgen bei Arno's Antik, einem Trödelladen am Salzhafen, erworben. Man könnte es eine Kladde nennen. Seine Pappdeckel sind mit einem lederartig genarbten Plastik überzogen. Die an den Außenrändern stark vergilbten Blätter tragen eine schwarzrote Lineatur. Da einige Striche auch senkrecht über die Seiten laufen, vermute ich, daß das Büchlein für irgendein kaufmännisches Auflisten und Abrechnen gedacht war. Und so kann es auch für meine Arbeit, für das, was mir der Chef in generösem Zutrauen aufgetragen hat, nicht ganz falsch sein.

Zwei von uns haben nun doch in ein Gespräch gefunden; kein Wunder, daß es vor dem riesigen Kühlschrank geschehen ist. Mit seinem Brummen hat das betagte Gerät bereits unserem Schweigen einen vermittelnden Grundton gegeben. In größeren Abständen wird der mannshohe Kasten von einem epileptischen Rütteln befallen, als ob Kompressor und Pumpe gleich zur Ruhe kommen wollten. Aber dann setzt, nach einem leisen, zarten, fast lüsternen Schlürfen, das normale Betriebsgeräusch wieder ein. An der Kühlschranktür hängt ein Flaschenöffner, ein vernutztes, den Kronenkorken schlecht greifendes Ding. Der Ärger darüber hat den beiden die Zungen gelöst. Ich habe meinen Stuhl ein klein wenig gedreht, um sie beobachten zu können, ich lausche ihrem Gespräch mit verhohlener Neugier. Und den zwei mit mir am Fenster verbliebenen Kollegen ergeht es gewiß nicht anders.

Der, der sich am Kühlschrank zuletzt mit dem Flaschenöffner abgemüht hat, trinkt nun ein alkoholarmes Bier. In gleichmäßig knappen Intervallen kippt ihm das schlanke Fläschchen vor dem Mund in die Höhe, als sei sein Trinken einem diktatorischen Zeitplan unterworfen. Er ist groß und auf eine feste, aber nicht muskulös wirkende Art fleischig. Er muß vor nicht allzu langer Zeit noch jung gewesen zu sein, zumindest schwingt etwas Jünglingshaftes in seinen Gesten nach. Wenn er spricht, bewegt er die rechte Faust mit hervorzuckendem Zeigefinger vor der Brust. Manchmal bricht ihm die Hand nach oben aus, und er schwenkt den abgespreizten Finger dicht vor seiner imposanten, in ihrem vorderen Stück merkwürdig asymmetrisch verdickten Nase.

Auch der andere Kühlschranksteher trinkt eine Art Bier, jenes süße Zeug, das angeblich Kinder wie Greise kräftigt. Wenn ich seine Gestalt als das Langzeitergebnis solcher Stärkung deute, dann scheint der kontinuierliche Konsum dieses Gebräus zu einem übermäßigen Wachstum der oberen Extremitäten zu führen. Vielleicht hält der höchstens mittelgroße Kerl die Arme ständig in pendelnder Bewegung, weil er den Eindruck ihrer enormen Länge mildern will. Jetzt prostet er dem Fleischigen zu und klopft ihm, der ihn um mehr als einen Kopf überragt, auf die Schulter.

Wie schnell diese beiden Falschbiertrinker vertraulich miteinander geworden sind. Ich nippe an meinem Getränk. Ich habe es nicht eilig, die erste Flasche zu leeren. Auch mein Lieblingstrunk lagert im Kühlschrank der Cafeteria, eine Markenlimonade mit Zitrusfruchtextrakten. Sie ist bitter, süß und lau.

Keines der Getränke ist kalt. Ich weiß es, ich bin mit der Hand über alle Flaschenreihen gefahren. Da sich ihr Glas nicht kühl anfühlte, habe ich den Verdacht, daß sich das Wirken des wuchtigen Gewerbekühlschranks in der Produktion von Vibration und Geräusch erschöpft.

Wir fünf sind ein Team. Soviel habe ich, ohne etwas von den anderen zu wissen, allein aus der Art unseres Schweigens verstanden. Auf Abruf sitzen wir in roten Kunststoffschalen. Wir alle neigen dazu, die Finger unruhig zwischen den Oberschenkeln hin und her zu schieben oder unsere Knie mit den Handtellern zu drücken, wie man es tut, wenn jeden Augenblick ein Aufspringen ansteht. Nur gelegentlich gestatten wir es uns, die Rücken an den angenehm nachgebenden Lehnen zu entlasten und kurz die Beine im wärmenden Sonnenlicht zu strecken. Keiner von uns will bei einem Sichgehenlassen, bei einem Päuschen zur falschen Zeit ertappt werden.

Direkt neben mir, zwei Fußbreit weiter im Hellen, sitzt die einzige Frau. Ein wenig zu nah, um sie deutlich zu erkennen. Ich bin weitsichtig und setze meine Brille nur auf, wenn mich die Umstände dazu zwingen. Schon ein Weilchen streicht sie sich über ihr kurzes schwarzes Haar, umkreist dabei einen großen, mattsilbernen Clip, den sie als Einzelstück links trägt. Weich wie die Berührung, die sie sich schenkt, fließt mein Blick an ihr ab, und so habe ich, was mir nur recht sein kann, erst ein vages Bild der Kollegin gewonnen. Gleichermaßen scharf sehen uns vermutlich die drei anderen. Und gut kann ich mir vorstellen, daß das Trio sie und mich, allein wegen der relativen Regelmäßigkeit unserer Züge, bereits in das Auge eines ersten Vorurteils gefaßt hat. Für sie sind wir die beiden Hübschen, aber Dummen. Es reichen ein Augenrucken und die Andeutung eines Lächelns, um sich über dergleichen zu verständigen.

Daß es mir schwerfällt, die Frau neben mir einzuschätzen,

mag auch am glänzenden Grau des Kostüms liegen, in dem sie zu unserem gemeinsamen Termin erschienen ist. Das großgezackte Fischgrätenmuster von Rock und Jacke verschwimmt mir im Hinschielen zu unruhigen Wellen, von denen ich nicht einmal sagen kann, ob sie gewebt oder dem Stoff nur aufgedruckt sind. Plötzlich rückt die Silbriggraue heftig nach hinten. Zweimal schrammt ihr Stuhl an meinem entlang. Vielleicht hat sie die Sonne zu sehr geblendet. Nun sitzt sie halb hinter mir. Ich muß sie, will ich den Kopf nicht auffällig zur Seite drehen, aus den Augenwinkeln beobachten. Das kurze Aufrichten ihres Rumpfes hat mir die Schlankheit ihres Körpers verdeutlicht. Das Oberteil ihres Kostüms, eng und lang, fiel in gerader Linie von der Achselbeuge bis auf den Oberschenkel. Die Hüften, die sich darunter verbergen, können nicht nennenswert breiter als die Taille sein. Es sei denn, diese wäre insektenhaft schmal.

Eine üppige Unterweite wie aus dem Bilderbuch des Weiblichen hat hingegen der Kollege schräg vor mir. Sein Körper wirkt wie aus mehreren Früchten, alle im Stadium der Überreife, zusammengesetzt. Selbst sein Schädel hat etwas Pflanzliches, lang und kleinohrig geht er in einen feisten Hals über. Von hinten ähneln Kopf und Nacken einem schwarzbehaarten, plumpen Stiel, dem die Rumpfsegmente und Glieder pflaumig, birnen- oder gurkenförmig anhängen. Dieser hüftschwere, seltsam alterslos wirkende Kerl bevorzugt wie unsere Kollegin ein farbloses Getränk. Zumindest in dieser Hinsicht hat mich das lange Warten sachkundig gemacht. Die Grausilbrige trinkt einen Mineralbrunnen ohne Kohlensäure, ein sogenanntes stilles Wasser. Der Pflaumenweiche hat sich soeben sein drittes Fitneßgetränk geholt. Es ist in neuartige Getränkedosen abgefüllt; jedenfalls habe ich, der ich nicht auf der Höhe des Konsums bin, solche Dosen noch nie gesehen. Deckel und Boden sind offenbar aus dem üblichen Stahlblech gefertigt. Aber das Mittelstück, der Zylindermantel, besteht aus einem transparenten Kunststoff, der sich vom Patschhändchen des Dicken knicken läßt, um dann knackend, fast quakend in seine alte Form zurückzuspringen. Jetzt trinkt er, und erneut kommt mir bekannt vor, wie er sich den langen Zügen hingibt, wie dem letzten Schlucken ein Lippenschmatzen und ein heftiges Flattern der gesenkten Lider folgen. Genau so glaube ich dies schon einmal gesehen zu haben. Aber mein Erinnerungsvermögen, auf das noch nie groß Verlaß war, will mir nicht auf die Sprünge helfen.

Herr Gabor Cziffra hat uns die Ehre gegeben. Nach zwei Stunden Warten hörten wir den Aufzug, den auch wir benutzt hatten. Die Kabine, die, verheißungsvoll lauter werdend, ihren Weg nahm, fuhr nicht bis ganz nach oben durch, sondern hielt auf der neunten, vielleicht sogar schon auf der achten Etage. In ein und derselben Unvernunft starrten wir alle hinüber zum Lift, als könnte Herr Cziffra das fehlende Stück an den Stahlseilen hochklettern, als spränge er jeden Augenblick in akrobatischer Manier durch die sich öffnenden Türen aus dem hohlen Schacht zu uns hinaus. Obwohl lange nichts geschah, wagten wir keinen Laut. Aber unsere Teamfrau hatte ihre Flasche umgestoßen, und das Abtropfen des Vergossenen über die Tischkante, das nervöse Ping-Ping, mit dem das Mineralwasser auf das PVC prallte, war unserem Gaffen peinlich angemessen.

Der Chef überraschte uns anders. Simpler, aber nicht weniger spektakulär. Die Mauer links der Aufzugtür ist auf etwa fünf Metern mit braunen Packpapierbahnen verkleidet, vermutlich hatte man noch Malerarbeiten geplant und diesen Abschnitt vor Farbspritzern schützen wollen. Das starke Papier zerriß mit scharfem Knall. Und durch die Treppenhaustür, deren eisernes Blatt die Verkleidung aufschwingend zerfetzt hatte, betrat Gabor Cziffra die Cafeteria. Mit entschiedener Langsamkeit, als hieße es, jeden Schritt zu achten, kam er auf uns zu. In wundersamer Wohlgestalt trat der Chef in Erscheinung, nobel und respektheischend. Die aus jeder Mode gekommene Bezeichnung ‹ein schöner alter Herr› füllte sich durch ihn wie von selbst mit neuem Leben.

Allein durch Gabor Cziffras telefonisch verdünnte Stimme war ich auf diese Begegnung vorbereitet worden. Es lag gerade eine Nacht und einen Tag zurück, daß ich sie zum ersten Mal gehört hatte. In aller Herrgottsfrühe hatte mich sein Anruf aus dem tiefsten, aus dem selig todähnlichen Schlummer gerissen. Offensichtlich bemerkte er meine Schlaftrunkenheit, denn er eröffnete unser bislang einziges Gespräch mit einem Monolog, der mir reichlich Zeit ließ, zu mir zu finden. Schon gestern, per Draht, machte mir seine Stimme Eindruck. Aber erst jetzt, wo ich sie freiklingend, in der Akustik der Cafeteria, vernommen habe, verstehe ich, was an ihr gefällt. Sie becirct nicht allein durch ihr weiches Timbre, durch das warme Schwingen, durch ihre hellen, stets vollbleibenden Höhen, und auch die klare Artikulation, die perlende Reinheit der Silben, die jeden Bühnenschauspieler schmücken würde, trägt nur als Nebenwirkung zum bezwingenden Charme seiner Rede bei. Was uns vorhin an seinen Lippen hängen, was uns alle mucksmäuschenstill bleiben ließ, so still, daß nicht einmal ein Stuhlrücken Cziffras Vortrag störte, war die minimal falsche Melodie seiner Sätze. Herr Cziffra ist kein gebürtiger Deutscher. Obwohl ihm unser Deutsch akzentfrei und in kaum zu überbietender Eloquenz über die Lippen geht, gehorcht dieses Strömen fremden Gesetzen, als wäre der Fluß unserer Sprache in ein neues Bett geleitet worden. Von außen kommt Gabor Cziffras Deutsch zu uns, den Inländern, und dieses Von-außen-Kommen ist die Schale seiner Schönheit.

Herr Cziffra soll schwerreich sein. Angeblich wohnt fast das halbe Viertel bei ihm zur Miete. Die wenigen Alteingesessenen, mit denen ich, zugezogener Nutznießer des stadtweit billigsten Wohnraums, zu tun habe, versäumten nicht, mir irgendwann zu sagen, daß die Häuser, in denen sie ihren Friseursalon, ihren Zeitungskiosk oder ihren Stehausschank betreiben, einem Ausländer namens Cziffra gehören. Als ich nach seinem Anruf noch den ganzen Vormittag lang grübelnd im Bett lag, fiel mir nach und nach all das ein, was ich im Lauf der Jahre über Cziffras Schalten und Walten erfahren hatte. Sogar eine zusammenhängende Geschichte war darunter. Mein Apotheker, der greise Hugo Heinlein, hatte mir, bald nachdem ich sein Stammkunde und das regelmäßige Opfer seiner in Anekdoten gegossenen Ansichten geworden war, erzählt, wie er zu Herrn Cziffra stand.

Er, Heinlein, sei als Spätheimkehrer, lange nach Kriegsende, durch die Straßen am Alten Salzhafen gehumpelt. Sieben Zehen – er schweige von den Gliedern seiner Seele! – habe er in Sibirien gelassen. Und all die Jahre in der Frostfaust Stalins habe er fürchten müssen, daß ihn der längst verlorene Krieg doch noch den Kopf kosten würde. Diese Angst samt ihrem guten Grund sei sein letztes Geheimnis gewesen, keinem der Kameraden im Kriegsgefangenenlager habe er sich anvertrauen dürfen. Denn manch einer, mit dem er sich nachts auf den Schlafbrettern den Rücken wärmte, wäre bereit gewesen, ihn für einen Kanten Brot an den Russen zu verraten.

Glücklich heimgekehrt, sei er bei seiner Schwester in einer winzigen Mansardenwohnung am Alten Salzhafen untergekommen. Und auf ihren Rat hin habe er sich an Gabor Cziffra gewandt. In dessen damals noch provisorischem Büro, in einem barackenähnlichen Bau auf der einzigen Bombenlücke des Viertels, habe er vorgesprochen und sei ohne Verzug zum Chef hineingebeten worden. Ich müsse mir ihn, den Spätheimkehrer, in seiner damaligen Verfassung vorstellen, als einen immer noch untergewichtigen, trotz seiner Jugend bereits ergrauten Mann – als einen, der bei jedem Schritt die Zähne zusammengebissen habe, weil sein Schuhwerk nicht den sibirischen Verlusten angepaßt, sondern nur behelfsmäßig mit Zeitungspapier ausgestopft gewesen sei.

Diesen hinkenden Unbekannten empfing Gabor Cziffra wie einen alten Geschäftspartner. Zum ersten Mal seit Jahren wurde seinem von Krieg und Lager verrohten Ohr wieder mit der distanzierten Zartheit eines formvollendeten Siezens geschmeichelt. Sogleich und ohne jede einschränkende Bedingung offerierte Cziffra Heinlein die Geschäftsräume, in denen der in den folgenden Jahrzehnten seine Apotheke betreiben sollte, und einen großzügigen Startkredit. Am Ende ihrer Unterredung griff Cziffra in das Uhrtäschchen seiner Weste, zog einen zweibärtigen Schlüssel hervor und wandte sich einem hohen Geldschrank an der Bretterwand des Büros zu.

Auch dieser Tresor schien den Krieg nicht ganz unversehrt überstanden zu haben. Auf seinem rostigen Stahl bildeten verschmorte Farbreste einen häßlichen Aussatz, nur rund um das Schloß war die Tür blank, bläulich schimmernd, als habe große Hitze ihr Eisen glasiert. Mehrmals sperrte Herr Cziffra hin und her, zog den Schlüssel wieder ab und legte das Ohr an die Tür, sobald er ihn erneut einführte. Zuletzt klopfte er dem Geldschrank auf die Seite, als brauchte der Ermunterung oder Zuwendung, und wirklich, nach einem letzten fast zärtlichen Tätscheln und einer einzigen Schlüsseldrehung sprang die Tür mit einem Knacken auf. Herr Cziffra griff hinein, das Nötige schien abgezählt bereitzuliegen, und wie er sich umwandte, wie Heinlein, dem Invaliden, das Geldbündel, zehntausend neue Deutsche Mark, einfach über den Schreibtisch hinweg in die Hand gedrückt wurde, brach in dessen verstocktem Herzen ein Damm.

Unter nicht enden wollendem Tränenfluß gestand er seinem Kreditgeber, daß er dem schwarzen Verein angehört hatte. Er war dieser Organisation schon auf der Universität beigetreten. Und nach verkürztem Studium und Notexamen ging es mit den Kameraden in den berüchtigt schmucken Uniformen gen Osten, dorthin, wo der schwarze Verein bereits damit beschäftigt war, sich einen Ruf zu erwerben, der seinen beinernen Insignien entsprach. Er, Hugo Heinlein, leistete hierzu einen pharmazeutischen Beitrag – an einem jener inzwischen hinlänglich beschriebenen Orte und so lange, bis die zurückweichende Front die Stätte seines Wirkens erreichte. Auf der Flucht dann, schon verkleidet in die graue Uniform eines Toten, radierte er sich mit einem wahren Kunstschuß das Vereinszeichen aus Haut und Fleisch, die Blutgruppentätowierung, deren Entdekkung bei der Gefangennahme den sicheren Tod bedeutet hätte.

Den Arm in der Schlinge, kam er nach Sibirien. Aber die Narbe blieb verräterisch genug, und als er, nach acht Jahren Bergwerk, schon in einem Aufpäppellager westlich von Moskau, vor einem russischen Militärarzt die Arme heben mußte, packte ihn zeitlose Angst. Noch einmal schien ihm alles verloren. Sogar jetzt – er gestand es Cziffra unter Schluchzen –, seit sechs Wochen endgültig zu Hause angekommen, könne er, aus nächtlichen Alpträumen hochschreckend, immer noch nicht glauben, daß ihn jener russische Weißkittel kommentarlos zu der sich anschließenden Durchleuchtung, zur nächsten Station Richtung Freiheit, habe weiterhumpeln lassen.

Daraufhin war Gabor Cziffra hinter seinem Schreibtisch aufgestanden und hatte beide Hände in Schulterhöhe erhoben. Cziffra gab ihm, Heinlein, auf sein Geständnis zur Antwort, alles Vergangene sei unbestreitbar sehr schlimm gewesen. Aber wie alles – wie Gummi und Papier – altere auch das Schlimme im Licht der Gegenwart. Und so sei das, was Heinlein und die anderen Heimkehrer in schlaflosen Nächten quäle, bereits sichtlich geschrumpft. Es sei, grob berechnet – Cziffra wippte, um den Zeitraum der nötigen Schätzung anschaulich zu machen, auf die Zehenspitzen –, um knapp zehn Prozent weniger arg geworden.

Heinlein, den ich als rüstigen, nur leicht gehbehinderten Greis kennenlernte, der gern selbst an die Theke trat, um die Stammkunden seiner Apotheke zu bedienen, ist nun schon ein gutes Vierteljahr tot. Ich war nicht auf seiner Beerdigung, weil eine böse Grippe mich, fiebernd und hustend, ins Bett verbannte. Mein Apotheker, der mir in den vorausgegangenen Jahren den Arzt ersetzt hatte, konnte mir ja nicht mehr mit einer seiner rasant wirkenden Hausmischungen auf die Beine helfen. Um jedes meiner Handicaps, um die zeitweiligen wie um die chronischen, hatte er sich mit der gleichen diagnostischen Geduld, mit demselben therapeutischen Furor gekümmert. Und so schmerzt es mich noch heute, daß ich es versäumte, ihm das letzte Geleit zu geben. Zugleich entging mir damals die Gelegenheit, den kleinen Friedhof des Viertels und Gabor Cziffra vor Augen zu bekommen. Ich weiß nicht, warum ich mir so sicher bin, daß er Heinleins Beerdigung beiwohnte. Aber mir drängt sich die Vorstellung auf, daß unser Chef in einem hinreißend eleganten schwarzen Anzug auf der Begräbnisfeier erschien und am offenen Grabe den Hut zog, um sein dichtes weißes Haar zu entblößen.

Heute, für uns, war Gabor Cziffra in ein gewagt schimmerndes Taubenblau gekleidet. Vor seinem hageren Altmännerhals blitzte eine Fliege im Licht der Frühlingssonne. Absolut starr stand dieser Kragenschmuck unter dem im Rhythmus seiner Rede auf und ab schwingenden Kinn, doch es dauerte eine Weile, bis ich, in Lauschen und Anschauung befangen, begriff, daß die Fliege aus Glas bestand, gewiß aus einem hochwertigen Glas, das nicht gepreßt oder gegossen, sondern vom Atem eines Bläsers in seine propellerartige Form getrieben worden war. Unser Chef hielt uns eine lange, keinen Zwischenruf duldende Ansprache. Zum ersten Mal hörten wir, welchem Objekt unsere Suche gelten sollte. Und obwohl sich niemand auf der Grundlage des Gesagten vorstellen konnte, wie denn die Sonne, die wir zu finden hatten, eigentlich aussah, wagte keiner, mit einer Frage nachzuhaken.

Andächtig hörten wir ihm zu, und bestimmt ließen ihn die Kollegen genau wie ich nicht eine Sekunde aus den Augen. Während seiner letzten Sätze, die seinen Auftrag an uns in fast juristischer Verdichtung zusammenfaßten, meisterte Gabor Cziffra, graziös rückwärts schreitend, erneut das Wegstück, das er bei seinem Kommen überwunden hatte. Sprechend und behutsam Fuß hinter Fuß setzend, erreichte er wieder die Treppenhaustür. Und kurz bildete ich mir ein, unser Hinstarren habe ihm wie ein Radar geholfen, dorthin zu finden. Hörbar Atem holend, fast seufzend, trat er in den eisernen Rahmen der Tür und schloß sie nach einem Abschiedsgruß, der uns, die Zurückbleibenden, mit den Worten «Meine liebe Mannschaft» zart und entschieden in die grammatische Einzahl bannte.

Papier

Wir frieren, und die Nacht droht uns lang zu werden. Die Heizkörper gurgeln und ticken, seit wir sie aufgedreht haben, aber ihre gußeisernen Rippen haben sich bis jetzt nicht spürbar erwärmt. Fast alle sind wir frühlingshaft leicht bekleidet zu unserem Termin mit Cziffra erschienen. Der prächtige Märztag hat dazu verführt, ohne Mantel oder warme Jacke loszugehen. Am ärgsten büßt wohl Still für diese Achtlosigkeit; der Rock ihres grauen Kostüms ist kurz, ihre Strumpfhose dünn. Aber Still, die längst jämmerlich zittern müßte, läßt sich nichts anmerken. Dagegen klagt Funny, unser Dicker, lautstark über die zunehmende Kälte. Er, der durch sein Fett von Natur aus am besten gegen die Auskühlung geschützt sein dürfte, hat als einziger eine richtige Winterjacke am Leibe. Ein rotkariertes Ungetüm, das ihm bis über den Hintern reicht und an dessen hochgeschlagenem, mit Webpelz gefüttertem Kragen er seine tomatenroten Öhrchen reibt.

Light und Vita haben, als die Dunkelheit die Cafeteria eroberte, gemeinsam zu trinken begonnen; wahrscheinlich taugen ihre harmlosen Biere am besten dazu, das Hungergefühl zu betäuben. Noch schrecke ich davor zurück, mir wie Vita ein Malzbier zu öffnen. Nicht nur mein Ekel vor der Konsistenz und Süße des Gebräus hindert mich daran. Es steckt auch ein dienstlicher, quasi buchhalterischer Grund hinter der Scheu, zum Getränk eines Kollegen greifen. In meine Kladde habe ich als ersten Eintrag unsere Arbeitsnamen notiert. Herr Cziffra legte uns noch unmittelbar vor seinem Abgang dringend ans

Herz, für die Dauer des Auftrags auf unsere bürgerlichen Namen zu verzichten. So kamen wir in die Verlegenheit, uns einfallen lassen zu müssen, wie wir uns im weiteren anreden sollten. Und diese bescheidene Aufgabe wurde zum ersten Prüfstein unseres gemeinsamen Wirkens.

Light war es schließlich, der uns aus hilflosem Grübeln erlöste. Er, den ich in spontanem Vorurteil für einen auf die Spitze seines Zeigefingers fixierten Pedanten gehalten hatte, griff sich die Lösung unmittelbar aus der Anschauung. Light schlug vor, jeder solle nach dem Getränk benannt werden, das er seit unserem Zusammenkommen bevorzuge. So heißt er selbst jetzt kurz und bündig nach dem alkohol- und kalorienreduzierten Bier, dessen schmale Flaschen er, wenn er schweigt, in fast zärtlicher Geste auf seinem strammen Rumpf auf und ab schiebt.

Vita, der Langarmige, hat den Namen seines Malzbiers auf die ersten beiden Silben reduziert, und seine Selbstbezeichnung gefällt mir. Sie paßt zu der Art, wie er seine Flaschen inzwischen trinkbereit macht. Der alte Öffner am Kühlschrank hat sich an den Kronenkorken schnell bis zur Unbrauchbarkeit verschliffen. Vita nimmt ihn jetzt nicht mehr als Hebel, sondern nur noch als Verlängerung seiner rechten Faust und stößt den Verschluß mit einem scharfen Aufwärtsruck vom Hals der Flasche. Vergeblich hat Light versucht, ihm das kleine Kunststück nachzutun. Er ist nun wie Still auf die Gefälligkeit Vitas angewiesen.

Ich bin ein wenig stolz, daß ich Still, unserer Teamfrau, geraten habe, ihren Namen aus einer Eigenschaft ihres Mineralwassers abzuleiten. Zunächst wollte sie mit dem Quellort, mit dem Mineralbrunnen, angeredet werden, aber diese Herkunftsbezeichnung war zu lang und klang nach altem Adel. Und da auch Vita und Light ‹Still› für die bessere Lösung hielten, zupfte sie nachdenklich an ihrem großen Clip – das sichelförmige Ding könnte aus mattgeschliffenem Kristall sein – und gab uns schließlich nach.

Widerstand grundsätzlicher Art kam hingegen von Funny. Er, der selbst keinen Vorschlag parat hatte, nörgelte vage, aber hartnäckig an Lights Idee herum. Eine Weile hörten wir uns sein Maulen an, aber dann stellten wir ihn ultimativ vor die Wahl, sich entsprechend dem Energiedrink, den er konsumierte, entweder ‹Funny› oder ‹Fit› zu nennen. Unser Dicker, der es bis jetzt wahrlich nicht versteht, sich Sympathie aufs Fett zu ziehen, entschied sich nach einem letzten Herumnölen für ‹Funny›, was mich und vielleicht auch die anderen wieder ein bißchen für ihn einnahm. Wir alle hatten ihm zugetraut, daß er uns nötigen würde, ihn für die Dauer unserer Arbeit ‹Fit› zu rufen.

Wir müssen unsere erste gemeinsame Nacht hier oben in der Cafeteria verbringen. Als es dämmrig und merklich kühler wurde, als wir begriffen, daß die Heizung nicht in Gang kommen wollte, beschlossen wir, in den unteren Stockwerken nach einem bequemeren Aufenthaltsraum zu suchen. Aber diese Entscheidung fiel zu spät. Im Haus brennt nur eine kümmerliche Notbeleuchtung: Kleine grüne Pfeile weisen auf allen Fluren einen Fluchtweg Richtung Treppenhaus. Keiner der Schalter, die wir drückten, setzte eine der Deckenlampen unter Strom. Zuletzt leuchtete uns Vita mit einer winzigen Taschenlampe durch das leergeräumte achte Stockwerk, mit einem Lämpchen, das, am Schlüsselbund hängend, vielleicht dazu gedacht ist, den Einstich in Schlösser zu erleichtern. Als es erlosch, tappten wir im Finstern und mußten den grünschimmernden Pfeilen folgen.

Oben angelangt, hat Vita, der mit einem Hang zum Praktischen gesegnet ist, dann doch noch einen Weg gefunden, uns mit ein wenig Licht zu versorgen. Der hohe Kühlschrank, der brummt und rüttelt, aber nicht kühlt, ist mit einer starken Innenbirne ausgerüstet. Wir lassen die Tür offenstehen, und nach und nach sind wir alle mit unseren Stühlen in den Schein gerückt, der das abgewetzte PVC des Fußbodens speckig glänzen läßt. Wir starren in den Hohlraum des gewaltigen Geräts, nicht weil uns der Anblick der dichtgereihten Flaschenböden irgendwie gefallen würde, sondern weil der Ton des Lichts, das weiche Gelb, das die Plastikabdeckung aus der Glühbirnenstrahlung filtert, uns trügerisch anhaltend an Wärme erinnert.

Ich war im Sitzen eingenickt. Jetzt pocht es in meinem verkrampften Rücken; wahrscheinlich ist es der Schmerz gewesen, der mich geweckt hat. Funny liegt, Knie und Oberschenkel unter die lange Jacke gezogen, vor dem Kühlschrank. Unser Dikker schnarcht. Ein Japsen kündigt das rasselnde Luftholen an, nach kurzem Stocken folgt das Ausatmen, verblüffend deutlich zu einem Ach artikuliert. Light und Vita haben, während ich schlief, unseren Kreis verlassen. Sie sitzen an der Fensterfront und unterhalten sich flüsternd. Ich sehe Lights Zeigefinger gegen den Nachthimmel. Vita hört ihm mit schräggestelltem Kopf zu, dann greift er sich an seinem rechten Ohr vorbei tief in den Rücken und kratzt sich gelenkig unter beiden Schulterblättern. Jetzt fällt er Light ins Wort, zweimal glaube ich den Namen unseres Chefs zu hören. Light wiegt den Kopf, aber Vita faßt ihn an beiden Oberarmen und schüttelt den Massigen, um seiner Sicht der Lage zusätzlich Ausdruck zu verleihen.

Still könnte mehr vom Gespräch der beiden mitbekommen. Ihr Stuhl steht in der Zwielichtzone, dort, wo sich der gelbliche Fleck, den das Kühlschranklicht wirft, mit der Nachthelle mischt, die durch die Fenster hereinströmt. Sie hält die Beine zusammengepreßt und hat die Hände unter die Oberschenkel geschoben. Die Vorstellung, daß sie mich als Schlafenden beobachtet hat und wieder beobachten wird, erfüllt mich mit Unbehagen. Ich rutsche vom Stuhl auf den Boden. Das PVC fühlt sich nicht kalt an, offenbar hat es Wärme gespeichert. Noch profitieren wir davon, daß die Sonne die Cafeteria durch die verglaste Südfront aufgeheizt hat. Doch dieser Vorzug ist schon dabei, sich in einen Nachteil zu verkehren, denn nun fließt just durch diese Seite die kostbare Wärme zügig hinaus in die klare Nacht.

Ich lege mich auf den Rücken und schiebe mir meine Kladde unter den Kopf. Meine Haut gaukelt mir ein Nachgeben des Einbands vor, aber es kann nur der Knorpel der Ohrmuschel gewesen sein, der die Schwere meines Schädels einen winzigen Moment weich abgefedert hat. Es gefällt mir sehr, erstmals den Kopf auf beschriebenes Papier zu betten. Und bestimmt wird sich dieses besondere Kissen noch voluminöser anfühlen, sobald ich mehr auf die Seiten geschrieben habe. Das Büchlein war nicht billig. Der neue Besitzer von Arno's Antik, ein junger Pakistani, hat die Preise drastisch erhöht. Vermutlich war die Verteuerung des Trödels unumgänglich, denn der Geschäftsnachfolger des alten Arno hat das mit dem Laden verbundene Nebengewerbe, einen lukrativen Versandhandel, eingestellt. Zumindest ist das Schild mit der Aufschrift ‹Arno's Gebrauchte-Schlüpfer-Versand› aus dem Schaufenster verschwunden. Vielleicht ist der neue Eigentümer gläubiger Muslim, sein schwarzer Vollbart und das seiner pausbäckigen Jugend widersprechende ernsthafte Gehabe lassen es mich vermuten.

Den alten Arno habe ich, wenn ich meine Lustigen Taschenbücher und ab und zu eine Videokassette bei ihm kaufte, oft beim Eintüten jener gebrauchten Schlüpfer angetroffen. Arno warb in einschlägigen Zeitschriften damit, daß die von ihm gegen Vorkasse versandten Slips ausschließlich aus dem an den

Salzhafen grenzenden Rotlichtviertel stammten. Diese Herkunftsgarantie war kein leeres Versprechen, dafür würde ich noch heute meine Hand ins Feuer legen. Mehrmals habe ich den alten Trödler bei Preisverhandlungen mit den Lieferantinnen seiner Ware beobachtet und ihm auch gerne dabei zugeschaut, wie er die Wäscheteile zum Versand fertigmachte.

Als ich Arno das allerletzte Mal sah, war er mit dem Verpakken einiger besonders eindrucksvoller Exemplare beschäftigt. Eine Hygienevorschrift der Post zwang ihn schon seit geraumer Zeit, die gebrauchten Schlüpfer luftdicht auf den Weg zu ihren Liebhabern zu bringen. Arno hat sich hierfür ein Folienschweißgerät angeschafft. Der Apparat war zwar kinderleicht zu bedienen, aber damals, als wir in seinem gemütlichen Arbeitswinkel neben der Kasse miteinander plauderten, war mein Gebrauchtwarenhändler bereits durch einen Schlaganfall halbseitig gelähmt. Und so mußte das Eintüten, wie alles andere, einhändig vonstatten gehen.

Durch mein dünnes Sakko wird mir nun doch der Rücken kalt, und ich wälze mich auf die linke Schulter. Auf der Seite liegend, habe ich Funnys Schuhe vor Augen, Cowboystiefel mit Sternen auf den Schäften. Sie sind sehr spitz, und ihre hohen Absätze sind so angeschrägt, daß die Hacken überhängen. Dösend und fröstelnd muß ich an die Vorzüge von Funnys Holzfällerjacke denken, und verführerisch befällt mich die Vorstellung, mich an den Rücken unseres Dicken zu kuscheln. Ich wüßte nicht, wann ich einem Mann zuletzt vergleichbar nah gekommen wäre. Vielleicht dem alten Arno, als ich ihm, dem Behinderten, in einem Anfall von Hilfsbereitschaft am Folienschweißgerät beisprang. Gemeinsam, quasi dreihändig, gelang es uns, einen gewaltigen dunkelgrünen, unzweifelhaft gebrauchten Spitzenschlüpfer auf Kuvertgröße zu falten. Dann hievte Arno seinen gelähmten Arm auf den Tisch, drückte mit der gekrümmten Hand das Päckchen nieder, ich zog die elastische Folie darüber, Arnos intakte Rechte schnitt ab, meine Hände schlugen die farblose Kunsthaut um die Ware, und Arno verschweißte die Naht.

Wir frühstücken, und dieses unerwartete Glück haben wir Vita zu verdanken. Sein «Guten Morgen, Kollegen!» riß mich aus einem flachen, insgesamt wenig erholsam gewesenen Schlaf. Ich sah, wie Funny und Light sich mit fast gleicher Geste den Nacken rieben, wie Still sich mit beiden Händen durch ihre Kurzhaarfrisur fuhr, ihren Kristallclip abnahm und ihn ans rechte Ohr umsteckte. Vita, dessen Rufen auch sie geweckt hatte, stand in der Tür zum Treppenhaus. Der schräg in die Cafeteria stürzende Schein der Morgensonne reichte ihm genau bis vor die Füße. Er hielt mehrere Kartons vor Bauch und Brust und wartete, bis wir uns alle aufgerichtet hatten. Light, der als erster bei Stimme war, antwortete ihm, er solle doch herkommen und uns zeigen, was er da gefunden habe. Mit hohlem Kreuz schleppte er die Pakete in unsere Mitte, und wir halfen ihm, sie auf dem Boden abzusetzen. Es war nicht wenig, und ich begriff, daß Vitas Arme nicht nur überdurchschnittlich lang, sondern auch sehr stark sind.

Ich reiße mir das zweite Brötchen in Hälften auseinander. Innen ist es teigig weiß und feucht. Man müßte es eigentlich erst fertigbacken, aber der Elektroherd in der Kochnische der Cafeteria wird nicht warm, obwohl er korrekt angeschlossen scheint. Die vakuumverpackten Brötchen, die Minidöschen Marmelade, Honig, Kondensmilch und Streichwurst sowie den in Alutütchen portionierten Instantkaffee hat Vita einem Lebensmittellager im siebten Stockwerk entnommen. Bereits zwei Etagen höher hatte er bei seiner frühmorgendlichen Suche eine eingestaubte Kaffeemaschine gefunden. Wir haben sie mit kaltem Wasser und Papiertaschentüchern notdürftig gereinigt. Sie funktioniert und liefert, unermüdlich blubbernd und sprotzend, heißes Wasser für den sofortlöslichen, leider koffeinfreien Kaffee, ein Getränk, das wir unter anderen Umständen wahrscheinlich alle verschmäht hätten, jetzt aber eifrig trinken.

Langsam werde ich satt, und die an Kraft gewinnende Sonne beginnt mir den Rücken zu wärmen. Sogar das verschrammte, trotz unseres Putzversuchs schmuddelig gebliebene Orange der Kaffeemaschine heimelt mich an. Ich wäre für ein Weilchen mit dem Beginn unseres ersten Arbeitstages zufrieden, wenn nur Funny den Mund hielte. Ausgerechnet er, der gerade den Inhalt des dritten Marmeladendöschens mit dem häßlich langen Nagel seines kleinen Fingers auf sein Brötchen geschaufelt hat, mäkelt unentwegt an dem herum, was er gierig in sich hineinstopft. Jetzt hebt er an, uns von seinem Lieblingsbäcker zu erzählen, dessen Geschäft nur zwei Ecken von hier, in der Äußeren Hafenstraße, liege. Mit vollem Mund rühmt er die dort erhältlichen, für uns unerreichbaren Croissants, deren rösche Kruste und flaumweiches Innere, und merkt nicht, daß es bis auf das Gurgeln des Kaffeeautomaten ungut ruhig um sein Geschwätz geworden ist.

Herr Gabor Cziffra hat mich bei seinem Anwerbungsanruf ausdrücklich darauf hingewiesen, daß meine Kollegen nicht meine Freunde werden müßten. Unsere gemeinsame Zeit sei begrenzt, nur die Suche und ihr Ziel zählten, und so sei auch das Territorium unserer Gefühle zweckdienlich abgesteckt. Argwöhnisch lauschte ich ins Telefon. Obwohl Cziffra des weiteren nur in allgemeiner Weise von Problemen kollegialer Kommunikation und von den strukturellen Abgründen jeder komplexen Arbeitsorganisation sprach, schien mir vieles in raffinierter Indirektheit auf meine Person gemünzt. Unwiderstehlich drängte sich mir der Verdacht auf, Herrn Cziffra gehe es vor allem um mich, den er für einen schwierigen, eigenbrötlerischen Menschen halte. Offenbar hatte er sich vor seinem Anruf gründlich umgehört.

Vielleicht hatte er sogar noch bei Heinlein über mich und meine Gesundheit Erkundigungen eingezogen. Er wußte, das signalisierte mir eine einzige zarte Andeutung, um die mißlichen Umstände, unter denen ich mich mehr schlecht als recht durchschlug. Ja, Gabor Cziffras Offerte war so genau auf meine Zwangslage zugeschnitten, daß er mir auch kurz und bündig hätte kommen können. Selbst Grobheit und verletzender Spott hätten mich nicht dazu gebracht, sein lukratives Angebot auszuschlagen. Jedoch schienen das Rohe und das Gemeine nicht Sache des alten Herrn zu sein. Also überließ ich mich dem Singsang seiner Telefonstimme, und weil die Erläuterungen meines zukünftigen Chefs kein Ende nehmen wollten und weil mein Harndrang schon vor dem Anruf groß gewesen war, widerstand ich nur mühsam der Versuchung, die Mute-Taste des Telefonhörers zu drücken und ungehört in eine der leeren Eineinhalb-Liter-Bitter-Lemon-Flaschen zu urinieren, von denen sich immer mindestens vier oder fünf auf und vor meinem Nachtkästchen angesammelt haben.

Funny erzählt uns, wie er von Gabor Cziffra angeworben wurde. Keiner hat ihn gefragt, und niemand ermutigt ihn jetzt, im Detail davon zu berichten. Aber auch ohne Resonanz bricht sich das Mitteilungsbedürfnis unseres Dicken Bahn. Er sei erst gestern, an unserem ersten Arbeitstag, frühmorgens von einem Beauftragten Cziffras angesprochen worden, und zwar, wir würden es ihm nicht glauben, im Krankenhaus. Dort habe er schon den zehnten Tag an einer stationären, streng kontrollierten Fastenkur teilgenommen. Von einem Pfleger, der sich in den vorausgegangenen Tagen in keiner Weise für ihn interessiert habe, sei er nach dem kärglichen Frühstück – Tee, eine halbe Grapefruit und eine Scheibe Knäckebrot – plötzlich gebeten worden, mit ihm einen wenig benutzten Aufenthaltsbereich, eine sogenannte Plauderecke aufzusuchen. Dort habe ihm der Mann ein Handy gereicht, die Anwahl einer programmierten Nummer ausgelöst und sich ein Dutzend Schritte in den Stationsflur zurückgezogen.

Ich kenne das Krankenhaus, dessen Obhut Funny entsprungen ist. Es liegt, kaum zehn Minuten von hier, unmittelbar am Alten Salzhafen. Das klotzige Hauptgebäude blickt zum Wasser, die längeren Seitenflügel stechen nach hinten ins Fleisch des Viertels. Über das Portal des Backsteinbaus, des an Masse und Grundfläche größten Bauwerks am Hafen, ist mit schwarzen Ziegeln der Name Peter-und-Paul-Hospital eingemauert. Aber bei den Einheimischen heißt es nur ‹das alte Hafenkrankenhaus›, und seine baldige Schließung aus Rentabilitätsgründen geistert, schon seit ich hier wohne, durch das Gerede des Viertels.

Kollegin Still ist es, die das umständliche, keine Einzelheit seiner Fastenkur aussparende Geplapper des Dicken nun doch mit einer Frage unterbricht. Sie will wissen, ob der Krankenpfleger etwas zur Person Cziffras gesagt habe, irgend etwas, was der Kontur des Geldgebers eine menschliche Füllung gebe. Nachdenklich beginnt Funny mit dem marmeladenroten kleinen Finger seiner Rechten in der Nase zu bohren. Nein, der Pfleger, ein junger, Stadtdialekt sprechender Türke, habe ihm nichts über seinen Auftraggeber verraten. Kaum habe er das Handy vom Ohr genommen, sei der Mann zu ihm zurückgekommen und habe das von Cziffra angekündigte Kuvert diskret in der Tasche seines Morgenmantels versenkt. Und er, der damit Angeworbene, sei erst einmal in der Stationstoilette verschwunden, um das Erhaltene in Ruhe nachzuzählen.

Funny hat sich verschluckt, gerade als er dabei war, uns sein erstes Einkehren nach Abbruch der Kur zu schildern. An einem Stehimbiß, der ersten gastronomischen Einrichtung in Krankenhausnähe, habe er sich, entsprechend dem dortigen Angebot, mehr flüssigen als festen Brennstoff einverleibt. Die Erinnerung daran hat ihn mit halbvollem Mund zum Lachen gebracht, und etwas ist ihm falsch in den Hals geraten. Vita klopft unserem Dicken mit Kraft und Gefühl auf den Rücken, und Still reicht ihm Kaffee zum Nachspülen. Funny, in dessen Wurstfingern das braune Plastiktäßchen an Puppengeschirr erinnert, kommt, kaum daß er sich ausgehustet hat, noch einmal auf Stills Frage nach dem Chef zurück. Cziffra habe ihm, obwohl sich ihr Telefongespräch ein gutes Weilchen hingezogen habe, keinerlei Auskunft darüber gegeben, wer oder was er und seine Firma genau seien. Aber allein von dem vagen fernmündlichen Gesäusel des alten Herrn hätte er sich gewiß nicht dazu animieren lassen, seine mit eiserner Disziplin durchgehaltene Hungerkur Hals über Kopf seinzulassen.

Grinsend blickt Funny in die Runde, er scheint eine Frage zu erwarten, und da sie ausbleibt, sagt er mit einverständnisheischendem Augenzwinkern, wir wüßten ja alle, wie Cziffra auch ohne große Erklärungen von der Potenz seiner Unternehmungen zu überzeugen wisse. Dann wischt er mit einem halben Brötchen ein Honigdöschen blank und stopft sich den Bissen zwischen die Zähne. Noch immer spielt ihm keiner von uns mit Wort oder Miene ein Verstehen zu. Dies will der Dicke nicht einfach so hinnehmen. Er schnaubt durch die Nase, nennt uns, Teigstückchen spuckend, «elende Heuchler» und greift in die Innentasche seiner Jacke. Der Packen Hunderter, den er hervorzieht, ist mit einer sehr großen silbrigen Büroklammer gebündelt. Funny wedelt damit im Kreis vor unseren Gesichtern herum. Und als ich an die Reihe komme und die vielen neuen Scheine unter meiner Nase rascheln, hat mich längst der Verdacht beschlichen, daß die Vorauszahlung, die Funny erhalten hat, fast so hoch sein könnte wie die Summe, die mir, dem Vorschußlosen, für die gesamte Arbeit in Aussicht gestellt worden ist.

Öl

Eigentlich war das Frühstück beendet, der Beginn gezielter Arbeit beschlossen und die Kaffeemaschine ausgeschaltet, aber statt endlich aufzustehen, sind wir noch enger zusammengerückt, um uns zu wundern – um uns gemeinsam zu empören. Eines der Kaffeetütchen, das silberne Aluquadrat, aus dem Still ihre letzte Portion Instantpulver geschüttelt hatte, gab den Anstoß. Lange hatte Still das knisternde Tütlein zwischen den Fingerspitzen gedreht, gefaltet und wieder glattgestrichen, ohne daß ihr das Datum aufgefallen wäre, mit dem es abgestempelt ist. Aber irgendwann las ihr Blick es doch.

Die Aluminiumfolie trägt vier schwarze Ziffern und einen Punkt: eine Monats- und eine Jahreszahl. Diese Zeitgrenze ist seit gut sieben Jahren überschritten. In spontaner Manie begannen wir sogleich, sämtliche Packungen, die wir aufgerissen hatten, und auch die ungeöffneten auf das Datum ihres empfohlenen Verbrauchs hin zu untersuchen, und was wir nach und nach herausfanden, erregte in herrlicher Einhelligkeit unseren Unmut. Alles ist abgelaufen. Längst sogar. Keine einzige der aufgedruckten, eingeprägten oder durch Perforation eingeschriebenen Angaben weist in die Zukunft.

Das jüngste Produkt, das wir finden konnten, ist ein Honigdöschen, das bis Dezember vorletzten Jahres zu verbrauchen war. Fünf bis maximal zehn Jahre sind die Kaffeetütchen hinter unsere Zeit datiert. Die Haltbarkeitsgrenzen der Marmeladen erstrecken sich über drei Jahrzehnte. Den schlagenden Fund aber, eine fast archäologische Entdeckung, machte Light. Eines der Zuckerpäckchen, das er nichtsahnend aufgerissen hatte, scheint mehr als ein halbes Jahrhundert erlebt zu haben. Immer wieder wandert es durch den Kreis unserer Hände, und Funny steckt jedesmal, wenn es zu ihm kommt, die angefeuchtete Zeigefingerspitze hinein, um ein Körnchen der historischen Süße zu ergattern. Als mich das Tütlein erneut erreicht, setze ich meine Brille auf, um es so scharf wie möglich zu betrachten. Sein Papier ist grobfaserig, fast holzig und stark vergilbt. Jetzt kann ich die grauen, ins Bläuliche spielenden Zahlen selbst entziffern, und nun gibt sich auch mir das tintig verschwommene Emblem, das das Tütlein schmückt, als unser die Schwingen rechtwinklig abspreizender Wappenadler zu erkennen.

Schließlich sind wir doch noch gemäß unserer morgendlichen Vereinbarung auseinandergegangen. Jeder soll das Gebäude bis Mittag auf eigene Faust durchforschen. Wir wissen nicht einmal, wie groß das Artefakt ist, das Herr Cziffra «Sonne» nannte, aber als Light uns beim Frühstück ein einzelgängerisches Suchen empfahl, ahmte er, bewußt oder unbewußt, die Handbewegung nach, mit der unser Chef, Sonne sagend, etwas Kuchentellergroßes in die Luft gemalt hatte. Auch Light zeichnete etwas Rundes vor seine Brust, aber es geriet ihm kleiner und länglicher, ähnlich einem Gänse- oder Truthahnei. Light schlug vor, jeder möge sich erst einmal ganz von seinem Instinkt leiten lassen und sich nicht auf den Rat der anderen stützen. Als es jedoch an den Aufbruch ging, zupfte er Vita verhohlen am Ärmel, und die beiden verschwanden als Paar hinter den Aufzugtüren.

Still sagte im Weggehen, sie wolle ganz unten mit ihrer Umschau beginnen, Abstieg und Aufstieg durchs Treppenhaus kämen ihr nach unserem opulenten Frühstück gerade recht. Funny blieb unentschlossen bei mir stehen und sah zu, wie ich die Haltbarkeitsdaten unserer Lebensmittel in chronologisch richtiger Reihenfolge in meine Kladde kopierte. Es war eine schöne Arbeit, und ich ließ mich durch sein Gaffen nicht stören. Nachdem das letzte Datum eingetragen war und ich mich, mein Büchlein in der Hand, als vorletzter auf den Weg machte, hörte ich hinter mir, wie er unsere Kaffeemaschine wieder einschaltete und sich ein Tütchen Koffeinfreien zurechtschüttelte.

Ich bin nur bis ins neunte Stockwerk hinabgestiegen. Dort hatten wir gestern bei einer flüchtigen Sichtung begriffen, daß die ganze Etage in kleine Zimmer unterteilt ist, die bis auf wenige moderne, allerdings völlig abgenutzte Büromöbel leerstehen. Einen dieser Einrichtungsgegenstände habe ich mir gemerkt und finde ihn auf Anhieb wieder: einen speckigen, mit seinen gepolsterten Armstützen und seiner nackenhohen Lehne aber immer noch verführerisch bequem aussehenden Bürostuhl. Ich rolle ihn ans Fenster, schlage meine Kladde auf und beginne die notierten Zahlenreihen zu studieren. Der Glaube an die Geschichte der Verfallsdaten ist mir indes schon wieder entglitten. Vielleicht hat mir Funnys mißgünstiger Blick geschadet. So eifrig ich auch lese, der Zauber der Niederschrift will sich nicht mehr einstellen, und zuletzt fordert die schlechte Nacht ihren Preis. Unbeobachtet, wie ich mich fühle, lege ich den Unterarm auf den schmalen Innensims des Fensters, bette den Kopf in die Ellenbogenbeuge und beginne zu dösen.

Ich glaube nicht, daß es mir gelungen ist zu schlafen. Ein Grübeln, das sich nicht zwischen Erinnern und Phantasieren entscheiden wollte, umkreiste Frau Mutschereit, meine ehemalige Wirtin. Szenen aus der Zeit unseres Zusammenhausens tauchten auf und wieder ab, ohne zwingende Verknüpfung, aber gleichermaßen vollgesogen mit dem, was es für mich bedeutet hatte, bei ihr zur Untermiete zu wohnen. Alle meine Vorgänger hatten die Witwe spätestens in dem Alter verlassen, in dem ich mit meinem Futon, meinem Minifernseher und meiner Riesensammlung Lustiger Taschenbücher bei ihr Unterschlupf suchte. Alle waren Studenten und schließlich Absolventen der hiesigen Kunstgewerbeschule gewesen. Ich kenne ihre Namen, ihren Platz in der Mieterfolge und die Schrullen, mit denen sich die Herren Studenten als werdende Künstler auswiesen. Frau Mutschereit hatte ausgiebig Gelegenheit, mir davon zu erzählen. Ich saß oft bei ihr in der Küche, vor allem dann, wenn ich mit meiner Miete für den hinteren Teil ihrer großen Altbauwohnung, für mein teilmöbliertes Zimmer mit Naßzelle und separatem Eingang, im Rückstand war. Denn stets konterte sie das Eingeständnis meiner Zahlungsunfähigkeit mit dem lapidaren Satz, dann könne ich ihr ja wenigstens Gesellschaft leisten.

Die Küche geht auf den Hinterhof und war damals durch dichte Stores zusätzlich verdunkelt. Der gewaltige Fernseher, den Frau Mutschereit, ohne sich an seinem Überborden zu stören, auf ihrer schmalen Kühlgefrierkombination positioniert hatte, war auf maximalen Farbkontrast gestellt. Die Köpfe, die den Bildschirm füllten, bleckten orangeschimmernde Zähne, sie protzten mit strohgelben Schnauzbärten, mit Haaren, deren leuchtendes Kastanienbraun von lilaschillernden Strähnen durchzogen war, und manchmal blickte ein Augenblau auf uns herab, das dem schönsten Nordlicht an Strahlkraft in nichts nachstand. Die kirschroten Lippen, die violetten Zungen der Moderatorinnen der Nachmittagstalkshows wurden, sobald Frau Mutschereit verkündet hatte, daß wir beide es uns gemütlich machen sollten, zur Stummheit verurteilt. Ein Weilchen war nur Klappern und Plätschern zu hören. Ich kochte Kaffee, eine angeblich milde, also reizstoffarme Sorte, war jedoch gehalten, aus randvollem Filter einen mörderisch konzentrierten Aufguß in die Kanne tröpfeln zu lassen. Dünnen Kaffee habe sie in den schlechten Jahren genug bekommen, sagte Frau Mutschereit kategorisch und sah es auch nicht gern, wenn ich meine Portion in der Tasse mit heißem Wasser streckte. Spülwasser trinke man in ihrer Anwesenheit nicht. Und einmal, als sie mein Kaffeeverfälschen besonders verdroß, griff sie in das Wännchen, in dem sie ihre Füße badete, und spritzte mit der hohlen Hand Seifenwasser in meine Richtung.

Funny hat mich gestört. Wie ertappt bin ich hochgeschreckt, als seine Stimme vom anderen Ende des Flurs herüberklang. Schon bin ich aus meinem Bürostuhl gesprungen, habe die Hand auf der Klinke, räuspere mich, um mich mit frischer Stimme zur Stelle zu melden, da begreife ich, daß Funnys Rufen, daß seine hohe, beleidigt klingende Stimme nicht mich meint. Ich trete auf den Flur, das Lamentieren kommt aus den Toiletten an seinem Anfang. Die Neugier läßt mich, Funnys Klage immer besser verstehend, stetig langsamer gehen, zuletzt sogar schleichen – so leise, wie es meine Sohlen und der Teppichboden gestatten.

Das WC der Cafeteria ist, wie wir gestern bemerken mußten, nur eingeschränkt brauchbar. Im obersten Stockwerk geben die Druckspüler bloß ein klägliches Rinnsal Wasser ab, eine Menge, die gerade ausreicht, um flüssige Ausscheidungen nach und nach bis zur Farblosigkeit zu verdünnen. Vita, unser Frühstücksbesorger, hatte ungeniert verraten, daß es körperliche Notdurft gewesen sei, die ihn in aller Herrgottsfrühe in die neunte Etage hinuntergetrieben habe. Dort ist der Wasserdruck bereits so hoch, daß die sanitären Einrichtungen problemlos benutzt werden können. Nur deswegen ist Funny hier; er ahnt nicht, wie nah ich ihm bin.

Seine Stimme dringt aus einer der Klokabinen, und mir entgeht, allein durch das Türblatt von ihm getrennt, kein Laut. Funny verschluckt halbe Wörter und zerschluchzt die Sätze ins

Unverständliche. Er scheint eine Frau anzureden, die er abwechselnd «Frau Doktor» und «Mama» nennt. Wenn ich mich nicht täusche, phantasiert er sich sogar ihre Antworten zurecht und artikuliert sie mit verstellter Stimme. Gewiß wäre durch ausgiebiges Lauschen, durch ein langsames Einhören mehr herauszubekommen, aber Funnys Wortschwall reißt plötzlich ab, ein jämmerliches Stöhnen setzt ein, dann ein gurgelndes Würgen. Behutsam löse ich mich von der Tür und wende mich ins Treppenhaus. Was mir an Geräuschen folgt, ist so schlimm, daß ich, müßte ich den anderen davon erzählen, nur sagen könnte, unser armer Kollege habe sich schier die Seele aus dem Leib gekotzt.

Still ist ganz unten gewesen. Sie hat genauer untersucht, was uns gestern, als wir das Hochhaus betraten, nur beiläufig auffiel. Das Gebäude ist von einem hohen Bauzaun umgeben, der es gegen Passanten abschirmt. Wer im Erdgeschoß an ein Fenster tritt, sieht nichts als lange, massive Bretter, auf die eine Plane genagelt ist. Außerdem ist bis in die Höhe des dritten Stockwerks ein Gerüst aus Leichtmetallrohren an der Fassade befestigt. Es hat weder Leitern noch Laufbretter und dient offenbar ausschließlich dem Zweck, ein senkrecht gespanntes Stahlnetz zu halten. Dessen Maschen liegen der Fassade so eng an, daß sich die nach außen klappenden Fenster der unteren Stockwerke nicht öffnen lassen.

Funny, der sehr blaß aussieht und dessen Stirn, obwohl er immer wieder mit dem Jackenärmel darüber fährt, schnell von neuem schweißnaß glänzt, quittiert Stills Beschreibung mit einem höhnischen Schnauben. In einem halb wehleidigen, halb erbosten Tonfall beginnt er auf Cziffra zu schimpfen. Der Chef habe wohl Angst, daß einer von uns betrunken aus dem Fenster falle. Obwohl diesem Scherz allein in Vitas Miene ein mattes

Grinsen antwortet, prostet Funny jedem einzelnen von uns mit seiner Getränkedose zu, leert sie auf einen Zug, läßt ihren elastischen Zylinder quakend auseinanderspringen und krönt seine Vorführung mit einem in mehreren Schüben aufstoßenden Rülpsen.

Light und Vita, die als letzte zurück in die Cafeteria gekommen sind, haben sich in den mittleren Stockwerken umgesehen und dort in allerlei zurückgelassenem Plunder gestöbert. Ein technisches Fundstück haben sie mit nach oben geschafft, und jetzt, wo der trübe Nachmittag schon wieder zu dunkeln beginnt, setzen wir nicht wenig Hoffnung in den eigenartigen Apparat. Außer Vita hätte wohl keiner erkannt, worum es sich handelt. Der rundum buntlackierte und an einigen Stellen auch verchromte Blechkasten erinnert an keines der gebräuchlichen Haushaltsgeräte. Aber etwas in seiner Gestaltung, in der Abstimmung von Form und Farbe, legt zwingend nahe, daß er im häuslichen Bereich schmuck und nützlich zu sein vermag.

Vita behauptet, wir hätten ein Zimmeröfchen vor uns, das Petroleum und andere Spezialöle so sauber verbrenne, daß sein Gebrauch ohne Kaminanschluß erlaubt sei. Auch den dazugehörigen Heizstoff glauben er und Light gefunden zu haben. Zumindest haben sie zwei Glasflaschen mitgebracht, in denen ein gelblicher, ölig schimmernder Inhalt schwappt. Still schraubt eine auf, schnuppert vorsichtig daran und reicht sie dann an mich weiter. Ich halte die Nase über den Flaschenhals und nehme einen süßlichen, fruchtartigen Duft wahr, hinter dem sich ein erdiges, fast teeriges Aroma erschnüffeln läßt. Funny hält die zweite, nur halbvolle Flasche Richtung Fenster, schüttelt sie und sagt, der Sprit, so nennt er die Flüssigkeit, bewege sich nicht wie Wasser, sondern wie ein hochprozentiger Likör. Es würde ihn nicht wundern, wenn unser Öfchen eine Art Schnapsheizung wäre. Er öffnet die Flasche, und Still kann ihn gerade noch daran hindern, mit spitzer Zunge die Verschlußkappe auszulecken.

Vita, der meint, die Konstruktion des Geräts im groben verstanden zu haben, schlägt vor, eine kleine Menge des Brennstoffs auszuprobieren. Auf einem Blechstutzen an der Rückseite ist ein Ölkännchen eingraviert, und die Stelle, wo der Ofen angezündet werden muß, kennzeichnet eine stilisierte Flamme. Wir lassen die goldgelbe Flüssigkeit, etwa die Hälfte des Flascheninhalts, in den Tank gluckern. Eine gemeinsame Vorfreude, die Phantasie, mit den anderen die Hände über dem sich erwärmenden Öflein zu reiben, hat uns im Nu erfaßt. Und ebenso abrupt müssen wir hinnehmen, daß unsere Hoffnung enttäuscht wird – denn wir stellen fest, daß keiner von uns ein Feuerzeug oder Streichhölzer mit sich führt.

Light lacht und verkündet, ihn treffe besondere Schuld. Er sei nämlich Raucher, ein wirklicher Raucher, einer, dem unter normalen Umständen immer ein Glimmstengel vor den Lippen hänge. Als Beweis hält er uns Zeige- und Mittelfinger seiner Rechten hin, an beiden ist das erste Glied samt seinem Nagel bräunlich verfärbt. Sogar das Nagelhäutchen hat eine nikotingelbe Tönung angenommen. Herr Cziffra habe ihn unter der Bedingung angeheuert, daß er für die Dauer seines Einsatzes im Hochhaus auf die gewohnte Droge verzichte. Um sich auf den drohenden Entzug vorzubereiten, habe er gestern seine Zigaretten und in der angebrochenen Schachtel auch sein Feuerzeug im Auto gelassen. Ein paar Stunden ohne das geliebte Kraut habe er sich durchzustehen zugetraut. Aber – Light schüttelt den Kopf und erhebt die beiden Raucherfinger wie zum Schwur – wenn er geahnt hätte, daß es gleich so todernst mit der Arbeit losgehen würde, hätte er sich sicher zwei, drei, vielleicht auch vier Päckchen seiner Leibmarke als eiserne Reserve eingesteckt.

Funny hat Lights rechte Hand ergriffen und hält sie sich dicht vors Gesicht. Fast scheint es, daß er dem Geständnis des Kollegen nicht glaubt und dessen nikotingegerbte Fingerkuppen einer genaueren Prüfung unterziehen will. Als Light ihm die Hand wieder entzieht, fragt ihn Funny in seltsam weichem Ton, ob er denn nie versucht habe, den Fängen der schrecklichen Sucht zu entkommen. Light antwortet, ohne sich an der Wortwahl des Dicken zu stoßen, er habe mehrere Anläufe unternommen, das Rauchen aufzugeben. Einmal sei es ihm mit Hilfe spezieller Antiraucherkaugummis sogar gelungen, fast ein ganzes Jahr abstinent zu bleiben. Diese wunderbaren, in den USA produzierten Kaustreifen seien allerdings nur eine Zeitlang rezeptfrei in den Apotheken zu kaufen gewesen – so lange, bis ihr angeblich hoher Gehalt an einer dem Ephedrin verwandten Substanz zu ihrem Verbot geführt habe. Nicht ohne Wehmut denke er an seine Kauzeit zurück. Bis heute erinnere ihn ein gelegentlich aufflammender Heißhunger auf Zimtsterne oder ähnliche Backwaren an seine längste nikotinlose Epoche. Und falls Cinnamon Red, so heiße der famose Gummi, noch einmal auf dem bundesdeutschen Markt erhältlich sein sollte, würde er es, nicht ohne Zuversicht, erneut mit ihm versuchen.

Ich habe nie geraucht, aber Frau Mutschereit bat mich, wenn ich uns zum zweiten Mal Kaffee nachgegossen hatte, ihr die Zigaretten zu holen. Im Küchenschrank, in dem sie einige Kilo Kaffee, ein Dutzend Dosen Kondensmilch und einen Stapel Filtertütenpackungen bunkerte, waren stets auch mehrere Stangen Zigaretten verstaut. Die dünnen, extralangen Glimmstengel bezeichnete sie bis zuletzt und mit immer neuer Freude an Wort und Sache als ihre «Damenzigarettchen». Als vergangenen Herbst Frau Mutschereits einzige Hinterbliebene, eine betuchte Cousine, aus Berlin angereist gekommen war, um den

Haushalt aufzulösen, stand sie kopfschüttelnd vor diesen Vorräten. Nach einem kurzen Rundgang durch die Wohnung, nach immer flüchtiger werdenden Blicken in Schränke und Schubladen, setzte sich die elegant gekleidete alte Frau an den Küchentisch, hieß mich Papier und Kugelschreiber bringen und überließ das, was sie «den ganzen traurigen Plunder» nannte, gegen die juristisch exakt formulierte Erklärung, alle eventuell anfallenden Entrümpelungs- und Renovierungsverpflichtungen zu übernehmen, mir, dem neuen Hauptmieter.

So kam ich endlich zu einer eigenen Wohnung und zum Großteil meines jetzigen Mobiliars. Allerlei Kleinkram, sogar Frau Mutschereits Vorrat an Damenzigaretten habe ich nach und nach zu Arno's Antik getragen. Die Küche ist dadurch karger und, nachdem ich die Vorhänge und die nikotingelben Stores ersatzlos beseitigt hatte, auch heller geworden. Der Fernseher steht nun vor meinem Bett. Den Geschirrschrank will Arnos Nachfolger demnächst abholen, und vielleicht gebe ich ihm dann auch Frau Mutschereits massiven, für den Raum viel zu großen Küchentisch mit, an dem ich nun schon eine geraume Weile mutterseelenallein Kaffee trinke und, ohne mich für den durch die Sprechblasen ruckenden Zeigefinger genieren zu müssen, meine geliebten Lustigen Taschenbücher studiere.

Lesen war und ist nicht meine Stärke. Dennoch bin ich nicht ungebildet und auch nie für ungebildet gehalten worden. Herr Heinlein war nicht der erste Akademiker, der mich als Gesprächspartner schätzen lernte. Auch Herrn Cziffra gefiel, was ich ihm schließlich am Telefon zu antworten wußte. Zumindest glaubte ich dies seinem Atmen abzuhorchen. Mit Wortgespür traf ich, der in vielen Weltdingen so Ungeschickte, den richtigen Ton. Ach, was man beim mündlichen Verkehr mit seinen Mitmenschen an Wissen und mehr noch an wissendem Tonfall braucht, läßt sich leicht, notfalls spätnachts, vorm Fernseher erwerben.

An der dem Fenster zugewandten Schmalseite des Küchentischs nahm meine Vermieterin ihr tägliches Fußbad. Ich saß übers Eck bei ihr, ab und zu hieß sie mich aufstehen und aus dem auf kleiner Gasflamme dampfenden Wasserkessel in ihr Wännchen nachgießen. Unsere Themen waren vielfältig, am liebsten plauderten wir über Fernsehsendungen, besonders oft über eine Frauenarztserie, die ich bis heute nie gesehen habe, aber aus Frau Mutschereits Erzählungen gut genug kannte, um mitreden zu können.

Irgendwann, ein Seufzen genügte ihr als Überleitung, begann sie von meinen Vormietern, den Kunststudenten, zu sprechen, von ihren Talenten und Hoffnungen, ihren Erfolgen und Fehlschlägen. Gern wechselte sie aus diesem Erinnern in ein grundsätzliches Räsonieren. Mit einem warnenden und zugleich verständnisvollen Unterton, als hätte ich selbst dergleichen Ambitionen, hielt sie mir vor, wie schwer es für junge Künstler heute sei, ein Auskommen in der Welt zu finden. Frau Mutschereit zählte dabei an den Fingern die Gattungen bildender Kunst auf, die ihr in Gestalt ihrer Untermieter begegnet waren: Die Malerei, die Installationskunst, die Medienkunst und sogar das Comic-Zeichnen waren ihr ein Begriff.

Am Ende unserer gemeinsamen Zeit, im letzten Jahr vor ihrem Tod, war die Erwähnung der Comic-Kunst oder des Comic-Zeichners, der mein unmittelbarer Vorgänger gewesen war, zu einer Art Stichwort zwischen uns geworden. Unaufgefordert griff ich dann zu dem Handtuch, das bereits hinter Frau Mutschereits Rücken über der Stuhllehne hing, breitete es auf meine Oberschenkel und rückte ein Stück nach vorn. Frau Mutschereit hob einen Fuß aus dem Wännchen und schwenkte ihn, nicht ohne Grazie, auf meinen Schoß. Vorsichtig die besonders an den Knöcheln druckempfindlichen Krampfadern umfahrend, machte ich, der säumige Schuldner, mich ans Abtrocknen und holte in längst erworbener Selbstverständlichkeit das Nageletui aus der Schublade des Küchentischs. Frau Mutschereit reichte mir ihre Lesebrille, denn ihr war irgendwann aufgefallen, daß ich die Lustigen Taschenbücher bei schwachem Licht mit ausgestrecktem Arm auf Distanz halten mußte, um den Text in den Sprechblasen zu entziffern. So, die Brille meiner Vermieterin auf der Nase, begann ich, mich mit Knipser, Schere und Feile der Hornhaut ihrer Fersen und Fußballen und ihren immer wieder neu einwachsenden Nägeln zu widmen.

Unser Zimmerofen bleibt kalt. Und weil seine Inbetriebnahme so greifbar nah erschien, ist der hübsche, aber unnütze Apparat im Licht des Kühlschranks zum zwiespältigen Sinnbild unserer bisherigen Zusammenarbeit geworden. Funny hat eben noch einmal seine Holzfällerjacke ausgezogen und alle Innen- und Außentaschen nach einem Streichholzbriefchen gefilzt, an das er sich zu erinnern glaubte. Seine Suche förderte aber nur ein Dutzend zerfasernde Papiertaschentücher, viele Kassenbons, mehrere bunte Büroklammern, einen in Stücke gebrochenen Kugelschreiber und drei zierliche Portionsflaschen Whisky zutage. Die Fläschchen waren leer, und als Funny seine Jacke unter lautem Fluchen ausschüttelte, purzelten als einziges Ergebnis die drei dazugehörigen Drehverschlüsse vor unseren kalten Ofen.

Jetzt liegt der Unrat aus seinen Jackentaschen zwischen leeren Honigdöschen und Kaffeetütchen, zwischen den Resten unseres Abendmahls, das sich nicht von unserem Frühstück und unserem Mittagessen unterschied. Funny hat nur Kaffee zu sich genommen und, während wir aßen, unflätig auf den Fraß geschimpft, den der Chef uns zumute. Unser Dicker scheint mir, bei all seiner Geschwätzigkeit und trotz der motorischen Unruhe, die ihn im Sitzen hin und her schaukeln und mit den Gliedmaßen herumzappeln läßt, nicht auf der Höhe seiner Kräfte. Als er eben aufstand, um sich eine Dose seines Fitneßgetränks aus dem Kühlschrank zu holen, war sein Schwanken unübersehbar, und nun, wo er ein mir unbekanntes Lied pfeift und die leere Dose dazu quaken läßt, hat dieses Pfeifen Mühe, den Takt, den die Hand angibt, zu halten.

Kalk

Die Wanne ist ein Glücksfund. Wir vier hätten an diesem schlimmen Morgen, nach der nächtlichen Katastrophe, wohl hilflos vor dem drängenden Problem gestanden, wenn Still die Wanne nicht in den Sinn gekommen wäre. Sie ist oval, ungefähr zwei Meter lang und bis zum Rand mit Sand gefüllt. Der gleiche feine Quarzsand bedeckt knöchelhoch das ganze Erdgeschoß. Als wir vorhin mit unserer Last hier unten eintrafen, waren wir alle erleichtert, daß sich nach der schauderhaften Enge des Aufzugs diese weite weiße Fläche vor uns erstreckte. Wir sahen den Pfad aus sich überschneidenden Fußstapfen, den wir vorgestern nacheinander vom Eingang zum Lift gezogen hatten, und folgten der Spur, die von Still bei ihrer gestrigen Umschau bis hin zu dem Behälter, der uns nun nützen soll, in die weiche Schicht getreten worden war.

Vita klopft mit der Stiefelspitze gegen den Gummi und erklärt uns, solche Wannen aus schwarzem, säure- und laugenbeständigem Kautschuk würden zum Löschen von Kalk und zum Mörtelmischen verwendet. Still, Light und ich, wir glauben ihm das. Vita weiß zu überzeugen, wenn es um handfeste Dinge geht. Auch die beiden Papiersäcke, die an der Wanne lehnen, verweisen auf Bau- oder Renovierungstätigkeit. Der eine enthält Zement, der andere Kalk, und Vita hat vorgeschlagen, daß wir die Wanne, sobald wir den Körper in den Sand gebettet haben, mit einer Schicht Kalk hygienisch versiegeln. Noch fehlt es uns an Gefäßen, mit denen wir den Sand herausschöpfen und später wieder zurückfüllen könnten. Im Erdgeschoß ist nichts Brauchbares zu entdecken. Also trennen wir uns, um auf verschiedenen Etagen nach geeignetem Gerät zu suchen.

Keiner wollte den Fahrstuhl benutzen. Ich bin, nachdem Vita und Light im Laufschritt die Treppen hochgeeilt sind und Still in das zweite Stockwerk abgebogen ist, in das dritte hinaufgestiegen. Light hat diese Etage gestern abend bei der Besprechung der ersten Erkundungen «unsere Gute Stube» genannt, und wie es aussieht, bleibt dieser Name an ihr haften. Wie die Eingangshalle ist sie völlig entkernt, die einstigen Zwischenwände sind herausgebrochen, und so präsentiert sich dieses Stockwerk als ein quadratischer, von plumpen Betonsäulen gegliederter Saal. Aber im Gegensatz zum Erdgeschoß und zur lichten Cafeteria herrscht nicht der Eindruck von Großzügigkeit, denn die dritte Etage ist nur normal hoch, und ihre relative Weite mag sich nicht mit der bedrückenden Nähe der Decke vertragen.

Den Stützsäulen folgend, bin ich einmal im Kreis herumgelaufen, um mir das, was dieses Geschoß zu unserer Guten Stube macht, im besten Morgenlicht anzuschauen. Die Wände sind durch weiße Vertikalstreifen, die Anschlußstellen der entfernten Zwischenmauern, in unterschiedlich große Segmente aufgeteilt. Die meisten dieser Abschnitte sind schmal, zwei Meter oder weniger. Die Räume, deren Außenwände sie waren, können nur Zellen, allenfalls schlauchartige Zimmer gewesen sein. Auf jedem Wandstück klebt eine andere Tapete, fast immer ist die Wahl auf große, bunte Muster gefallen. Orangefarbene Rauten auf gelbem Grund müssen sich nun neben rosa Lilien in einem Meer aus Himmelblau behaupten. Vor der einzigen halbwegs schlichten, grasgrün und silbern gestreiften Tapete mache ich halt, stütze mich an die Wand, ziehe den linken Schuh aus und betaste meinen schmerzenden Knöchel. Als wir Funnys Körper zu viert Richtung Aufzug schleppten, bin ich über unsere Kaffeemaschine gestolpert und umgeknickt. Seitdem tut der Fuß beim Auftreten weh, aber weder das Gelenk noch der Spann sind angeschwollen, etwas Ernstes kann es nicht sein.

An die Wand gelehnt, gönne ich mir eine Pause, und mein Blick schweift über das, womit der Boden fast lückenlos bedeckt ist. Es handelt sich vor allem um Kleidungsstücke, dazu alle Arten häuslicher Textilien. Bettwäsche, Vorhangstoffe, Tischdecken, Blusen, Feinrippunterhemden und Schlüpfer in Weiß, Rosa und Hellblau, das meiste nach Größe oder Farbe geordnet und bis in Kniehöhe geschichtet. Manch ein Wäschestapel ist, vielleicht weil er zu hoch getürmt war, umgekippt, und seine Teile, kurzärmelige Herrenhemden aus unverwüstlichen Kunstfasern oder steif gestärkte Geschirrtücher, sind schief gegeneinander verrutscht, ohne sich ganz voneinander zu lösen. Nichts ist zerwühlt, nichts verschmutzt, nicht einmal merklich eingestaubt. In unserer Guten Stube herrscht eine vorläufige Halbordnung, ein erstarrter Übergangszustand, ohne daß mir ersichtlich wäre, welches Getriebe hier zum Stillstand kam. Womöglich wurden diese Packen von Regalbrettern genommen, die man dann, um das Gewicht des altmodischen Zeugs erleichtert, zu anderer Verwendung wegtrug. In den Geruch, der über allem hängt, in die blumige Fülle verschiedener Waschmitteldüfte, scheint sich ein Stich Mottenpulver zu mischen. Und wie ich an der Wand in die Hocke rutsche, verdichtet sich das Raumaroma in Bodennähe zu einlullender Intensität.

Zwei mit lila Samt bezogene Kissen locken in Reichweite, und nachdem ich mir das eine unter den Hintern, das andere zwischen Kopf und Tapete geschoben habe, sitze ich wirklich gut. Vereinzelt ist zwischen den Textilien auch Geschirr verstreut, leider kann ich nur kleine Stücke ausmachen, Teller, Tassen und Gläser, nichts, was sich zum Schöpfen von Sand verwenden ließe, keine Schüssel, keine Suppenterrine, kein Topf. Unweit meiner Füße stehen, wie arrangiert, auf einem quadratisch gefalteten, glänzendgrauen Futterstoff, vier Sektkelche und fünf Likörgläschen. Keinem ist der Hals oder der vergoldete Trinkrand gebrochen. Auch ich habe, ohne es zu bemerken, den Schuh sacht darüber hinweggehoben.

Schließlich erspähe ich doch etwas, das zum Schaufeln taugen könnte: Ein kleiner Koffer mit hochgeklapptem Deckel lehnt an einer Stützsäule. Ich untersuche ihn, sehe, daß er aus lackierter Pappe besteht, die auf einen Holzrahmen genagelt ist. Er ähnelt den Spielköfferchen, die Kinder bekommen, um mit ihren Puppen oder Kuscheltieren auf Reisen zu gehen. Aber er ist zu groß und zu stabil, um je ein solches Spielzeug gewesen zu sein. Sein brauner Lack ist in feine Fältchen zersprungen. Der Leim, mit dem das schwarzweiß karierte Innenpapier verklebt wurde, ist in den Winkeln zu bernsteingelben Tropfen versteinert, und im Deckel findet sich der Rest eines fleckigen, von Hand beschrifteten Aufklebers. Ich hole meine Brille hervor, und das gute Stück, das so lange, das tausendundeine Stunde Illustriertenlektüre die Nase von Frau Mutschereit zierte, leistet mir den gewohnten Dienst. Buchstabe für Buchstabe entziffere ich einen häufigen deutschen Familiennamen, eine Straße samt Hausnummer und das Wort Königsberg.

Ich habe das Pappköfferchen umsonst nach unten getragen. Natürlich hat Vita, der Tüchtige, schon etwas Besseres aufgetrieben: vier kleine Putzeimer, die hervorragend zum Leeren der Wanne taugen. Trotzdem dauert es eine gute Weile, bis wir genug Raum in ihr geschaffen haben – Zeit, die uns auch dadurch lang wird, daß keiner Worte über die Lippen bringt, die diese Arbeit angemessen begleiten könnten. Als wir Funny über den Wannenrand hieven, scheint sein Körper schon weniger schwer geworden, als hätte er in der letzte Stunde, in der Phase des endgültigen Erkaltens, bereits an Substanz verloren. Seine Beine rutschen uns zuerst in die Tiefe. Die Hacken der Cowboystiefel bohren sich in den verbliebenen Sand, und der Druck des nachsackenden Rumpfes beugt die Knie mit einem leisen Knacken. So, mit leicht angezogenen Knien, die Hände auf dem Bauch und das Doppelkinn auf den Pelzkragen seiner Holzfällerjacke gepreßt, hat Funnys Liegen etwas Friedvolles. Fast könnte man glauben, ihm sei zum ersten Mal seit Beginn unserer Arbeit hinreichend warm.

Zögerlich beginnen wir, die Wanne wieder zu füllen, und alle vier vermeiden wir es, unsere Eimer in der Nähe von Funnys Gesicht zu leeren. Aber der Sandpegel steigt zügig an der schwarzen Innenwand empor. Schon rutschen die ersten Körnchen über seine Mundwinkel zwischen seine geöffneten Lippen, und schließlich erreicht der Sand auch die Augen des Kollegen. Still hatte sie oben, in der Cafeteria, zugedrückt, aber die Lider haben sich noch einmal unterschiedlich weit geöffnet und lassen die feuchten, noch ganz und gar nicht glasigen Augäpfel sehen.

Funny ist uns unter den Händen gestorben. Es war ein schneller, dennoch qualvoller, in all seiner Kürze elend gedehnter Tod. Sein gurgelnder Schrei holte uns – die vier, die ihn überleben sollten – aus dem Schlaf. Wir sahen ihn vor dem geöffneten Kühlschrank hocken. Er versuchte, eine Dose seines Fitneßgetränkes zu öffnen, was ihm, würgend und stöhnend, auch noch gelang. Aber als er sie an den Mund setzte, verlor er das Gleichgewicht, kippte zur Seite und zog, am Kühlschrank haltsuchend, eines der Ablagegitter samt den daraufliegenden Flaschen heraus. In den Scherben kniend, hob er noch einmal die Dose an die Lippen, ließ sie jedoch vor dem Mund fallen, sprang mit erschreckender Schnellkraft in den Stand und taumelte an uns vorbei. Widerwärtige Pfeifgeräusche begleiteten seinen Weg zur Fensterfront und rissen erst ab, als Funnys Kopf an die Scheibe schlug. Noch zweimal rammte unser Dikker die Stirn gegen das Glas, als wollte er ins Freie, in die frische Nachtluft durchbrechen. Aber das Fenster hielt stand, und Funny rutschte, langsam und ohne einen weiteren Laut, an der Scheibe hinab und über den schmalen Fenstersims aus Aluminium zu Boden.

Still, die sich als erste zu ihm hingewagt und ihn auf die Seite gewälzt hatte, schrie uns zu, daß er nicht atme. Wir kamen zögernd näher, neigten uns über Funnys Rumpf, und Light tastete über sein fleischiges Handgelenk, um nach einem Puls zu fühlen. Still und Vita, beherzter als wir, knieten neben Funnys Brust und versuchten abwechselnd, seine Lungen mit ihrem Atem aufzublähen. Ich weiß nicht, ob sie dies richtig machten. Aber nach dem zwanzigsten oder dreißigsten, nach einem letzten, in all seinem Geschick oder Ungeschick fast gewalttätigen Atemstoß löste sich Vitas Mund erfolglos von den dunkel verfärbten Lippen unseres Dicken.

Unser Ofen brennt, und das ist mein Verdienst. Heute abend vermochte erstmals auch ich etwas Entscheidendes zu unserem Hausen beizutragen. Jetzt können wir uns die klammen Hände wärmen, und die halbvorgebackenen Brötchen, unser Hauptnahrungsmittel, bekommen eine bräunliche Kruste, wenn wir sie lange genug auf dem oberen Blech des Zimmeröfleins liegenlassen. Das Feuer, mit dem wir das Petroleum zum Brennen brachten, stammt von mir. Die anderen drei staunten nicht schlecht, als ich, kaum hatten wir zum Abendessen Platz genommen, die Streichhölzer zückte und wortlos auf unsere Kaffeemaschine legte. Der Pappkoffer, den ich aus einer Laune heraus, nur weil es mir Spaß machte, meine Kladde in ihm herumklappern zu hören, in die Cafeteria mitgenommen hatte, mein Dienstkoffer also hat mir zu diesem kleinen Triumph verholfen. Sein Deckel besitzt eine Innentasche aus gerafftem Stoff; dort steckte die schmale Schachtel. Sie enthielt fünf der ungewöhnlich langen und dickköpfigen Brennhölzer.

Laut Etikett sind es Bengalische Lichter. Als Vita das erste über die Reibefläche strich, fauchte eine starke, grünstichige Flamme und entzückte uns mit einem prasselnden Brenngeräusch. Vita führte das Hölzchen in den Anzündschlitz unseres Ofens. Es brannte lange, aber wohl keinen Augenblick zu lang, denn erst als das Bengalische Feuer, zischelnd und letzte Funken schleudernd, erlosch, stieg uns der süßliche Verbrennungsgeruch des Petroleums in die Nasen.

Essend begannen wir zu streiten. Still bedrängte uns, Verbindung mit Cziffra aufzunehmen. Unsere Teamfrau, die sich bis heute abend, als müßte sie ihrem Auftragsnamen gerecht werden, nie mit mehr als zwei oder drei zusammenhängenden Sätzen an unseren Gesprächen beteiligt hatte, wiederholte in immer neuen Wendungen ihren Wunsch, unserem Auftraggeber Nachricht von Funnys Tod zu geben. Nervös griff sie immer wieder an ihren Kristallohrclip, als kämpfte sie dagegen an, ihn abzuziehen. Light erinnerte sie an das, was ihr eigentlich nicht entfallen sein konnte. Herrn Cziffras Anweisungen in Sachen Kontakt seien eindeutig: Erst wenn wir einen Erfolg vermelden könnten, sollten wir auf die vorgeschriebene Art von uns hören lassen. Jeder andere Versuch, die Grenzen des Hochhauses zu überschreiten, sei uns ausdrücklich verboten. Schließlich war es Vita, der Still mit einem einfachen Wink zum Einlenken brachte. Augenblicklich sei uns jener Weg, auf dem wir Cziffra wie vorgeschrieben erreichen könnten, doch überhaupt nicht gangbar. Am besten wäre es, morgen ganz zielgerichtet nach den geflügelten Boten zu suchen und dann noch einmal gemeinsam über den Brief nachzudenken, den wir ihnen gegebenenfalls anvertrauen möchten.

Erst mit Vitas Vorschlag war mir und vielleicht auch den anderen klargeworden, wie kurios die Form der Kommunikation ist, die Cziffra uns als einzige erlaubt. Im Singsang unseres Chefs, in der Emphase seiner Ansprache, hatte es wunderbar einleuchtend geklungen, daß wir den ersten Arbeitserfolg, die erste Spur vom Verbleib der gesuchten Sonne, mit einer Brieftaube an ihn melden sollten. Mehrere Tiere seien in einem Schlag zu finden. Handzahm und flugbegierig nannte Cziffra sie. Aus vielen Übungsstunden sei ihnen der Alte Salzhafen vertraut. Und wer sich auf seine Täubchen verlasse, habe ein Mittel gewählt, das den von Menschen und Maschinen bewerkstelligten Transportverfahren in puncto Geschwindigkeit und Sicherheit ebenbürtig und, wenn es ums Äußerste gehe, nicht selten sogar überlegen sei.

Beneidenswert schnell waren die Kollegen eingeschlafen. Mir gelang nur ein wirres Dösen. Im Schneidersitz dicht an das Petroleumöfchen gerückt, glaubte ich Cziffras Tauben zu hören. Nach und nach wurden die Laute der Vögel bis in die Einzelstimmen hinein deutlich, und die leibliche Nähe der Tiere erfüllte mich mit einem jähen Glücksgefühl – so heftig, daß mir Tränen in die Augen traten, als ich, ins Hellwache zurückgeschreckt, begriff: Es war nur das Brummen des Gewerbekühlschranks, das von meiner traumwärts driftenden Wahrnehmung in ein Gurren hinübermoduliert worden war.

Ich kann nicht sagen, was mich wieder vollends wach werden ließ. Die anderen atmen schwer. Vielleicht ist es nichts als die Kälte gewesen. Unser Öfchen ist leergebrannt. Wir haben beschlossen, das Öl, entsprechend unseren fünf Bengalischen Lichtern, in fünf Portionen aufzuteilen, und die erste ist nun verbraucht. Ich betaste das Blech des Geräts, überall fühlt es sich kühl an, auch seinem Metall ist nichts von der Wärme geblieben, die es uns unter leisem Blubbern gespendet hat. Ich schaffe es, nahezu lautlos aufzustehen und mich unbemerkt aus dem Kreis meiner Kollegen zu schleichen.

Wir wissen, woran Funny gestorben ist. Aus dem linken Mundwinkel des Toten lief eine feine ölige Spur über sein Kinn. Und Vita behielt nicht für sich, was da aus Funnys Mund gesickert war. Er und Still hatten das Aroma des Brennöls geschmeckt, jedesmal wenn sie ihre Lippen auf die Lippen des Sterbenden, des unter ihren Atemstößen Gestorbenen preßten. Unser Dicker hatte, sobald er sich unbeobachtet wähnte, aus einer der Petroleumflaschen getrunken. Es kann nicht mehr als ein kräftiger Schluck gewesen sein, aber er hatte das Öl – aus purer Gier oder aus der Angst, ertappt zu werden – in die Lungen gesogen. Light erläuterte, wie gefährlich dergleichen für die Atmung sei, sogar einen Namen für die krampfhafte Blokkade der Bronchien hatte er parat, einen langen, aus lateinischen und griechischen Silben zusammengesetzten medizinischen Ausdruck, der seiner Erklärung sofort fachkundliche Schlagkraft verlieh. Und obwohl mich Lights Bescheidwisserei mehr denn je reizte, war ich froh, dem langsam erkaltenden Toten nicht ohne begriffliche Aufklärung in die vom letzten Blick befreiten Augen schauen zu müssen.

Für den Abstieg ins Erdgeschoß, den ich zum ersten Mal mitten in der Nacht und über alle zehn Stockwerke hinweg allein unternehme, lasse ich mir Zeit. Die grünen Pfeile des Notlichts sind nur auf den Stockwerksabsätzen um ein größeres Leuchtbild ergänzt: ein Männchen, das vor stilisierten Flammen zwei Stufen treppab flüchtet. Die Birnen hinter dem Plastik dieser

Piktogramme sind so stark, daß ihr Schein als grüner Schimmer den Boden erreicht. Das Treppenhaus ist feucht. Auf den lackierten Betonstufen haben sich kleine Pfützen Kondenswasser gebildet. Still ist gestern, als wir vier in langgezogener Kette wieder nach oben in die Cafeteria trotteten, vor meinen Augen in einer solchen Lache ausgerutscht. Geistesgegenwärtig bekam sie noch das Geländer zu fassen, sonst wäre sie mir entgegen die Treppe herabgestürzt. Sie verlor einen Schuh, das schmale, hochhackige Ding purzelte bis auf meine Stufe, und als ich ihn aufhob, bemerkte ich, daß das Leder der Innensohle von Schweiß dunkel verfärbt war, sogar einen Hauch von Geruch glaubte ich wahrzunehmen, bevor ich mich ein zweites Mal bückte, um ihr den Schuh vor den Fuß zu legen.

Im Erdgeschoß umgibt mich, am Ziel angekommen, fast völlige Finsternis. Vergeblich taste ich rund um die Wanne nach den Eimerchen, mit denen wir uns bei Tage beholfen haben. Schließlich schlüpfe ich aus meinem Sakko, kremple die Hemdsärmel hoch und beginne dort zu graben, wo Funnys Brust verborgen sein muß. Ich befürchte, daß ich nur jetzt, in dieser Nacht, Gelegenheit habe, mich an unseren Dicken heranzumachen. Falls Still sich durchsetzt und wir morgen früh eine Brieftaube mit der Nachricht von Funnys Tod über dem Alten Salzhafen aufsteigen lassen, dann ist vielleicht schon in den Mittagsstunden alles vorbei. Zusammen mit dem Wagen eines Beerdigungsinstituts wird ein von Cziffra beauftragter Arzt erscheinen, um Funnys Tod und dessen Ursache zu beglaubigen. Uns vier wird ein anderer Subalterner, ein Sekretär oder ein Gebäudeverwalter, aus dem Hochhaus weisen. Dann ist es nicht einmal mehr nötig, uns an die Bedingungen unseres Kontrakts zu erinnern. Wir haben versagt, und unbezahlt, ohne einen Pfennig Entgelt, das heißt in Schimpf und Schande, müssen wir auseinander.

Dabei wäre es noch nicht zu spät, sich eines Besseren zu besinnen. Noch ist Gabor Cziffra unser Chef, wir sonnen uns im Glanz seines Vertrauens. Auch heute abend, in unserem über den wärmenden Ofen hinweg geführten Gespräch, unterließen wir es in stillschweigendem Einverständnis, aufdringliche Mutmaßungen über ihn anzustellen. Jeder behält für sich, wie er angeworben wurde, als dürfte Cziffras Rede an die zusammengetretene Mannschaft keine Vorgeschichte haben. Allein Funny wagte, diesen Bann zu brechen. Und jetzt, wo ich mich mit bloßen Händen durch Kalk und Sand an ihn heranwühle und einen Knopf seiner Jacke ertaste, drängt sich mir der Gedanke auf, diese Ungehörigkeit, dieser Vorwitz habe unseren Dicken das Leben gekostet.

Cziffra verriet mir damals, gegen Ende unseres Telefonats, den Namen unserer Arbeitsstätte. Das nach gegenwärtigen Maßstäben lächerlich kleine Hochhaus, das sich dennoch so luftig und selbstgewiß über die geduckte ältere Bebauung erhebt, habe sich, so erzählte er mir, bald nach seiner Errichtung einen Spitznamen zugezogen. Angeblich habe ein bekannter Lokalreporter das Wort geprägt. Dem sei unlängst, in seinem Auftrag, noch einmal gründlich nachgegangen worden – mit dem Ergebnis, daß sich in keinem der in Frage kommenden Artikel oder Glossen des Journalisten ein Hinweis auf eine solche Urheberschaft finde. Vermutlich sei der Spitz- und Kosename für den Neubau aus dem Mief des Alten Salzhafens aufgestiegen. Der Volksmund neige, gerade wenn eine gestrenge Obrigkeit den Leuten mißtrauisch aufs Maul schaue, zu kreativer Frechheit. Zwar hafte den Ausgeburten des kollektiven Geistes immer auch ein Resthauch Dumpfheit an, aber ihn, den Bauherrn, habe es doch gefreut, als ihm zugetragen wurde, daß man seinen bescheidenen Hochbau hier im Viertel den «Steifen Schnösel» nenne.

Funnys Leib scheint noch ein klein wenig Wärme abzustrahlen; zumindest fühlt sich sein Hemd, über dessen Knöpfe meine Rechte tastet, nicht ganz so kalt an wie der Sand, den ich durchgraben mußte. Als die Spitze meines Zeigefingers durch Hemd und Unterhemd hindurch den harten Nippel der linken Brustwarze erspürt, weiß ich, daß ich die richtige Höhe erreicht habe. Meine Hand gleitet auf die Flanke des Brustkorbs. Hier preßt der Sand die Jacke eng an die Rippen, aber ich dränge die Finger mit aller Kraft in die Innentasche und bekomme das Bündel zu fassen. Ich schaffe es, die Finger zur Faust zu schließen, und als ich so, mit einem kräftigen Ruck, Hand und Geld aus dem nachrutschenden Sand reiße, entweicht Funnys Brust ein pneumatisches Ächzen, und der Duft unseres Brennöls sticht mir ätherisch kühl in die Nase.

Phosphor

Das Wetter ist umgeschlagen. Vita behauptet, der Kälteeinbruch sei schon vor Tagen in den Nachrichten angekündigt worden. Ich selbst hätte wahrscheinlich nicht einmal bemerkt, daß das Vormittagslicht matter in unser Hochhaus fällt. Vita zwang und zwingt mich noch, nach draußen zu blicken, denn er löst ein, was wir Still gestern versprochen haben, und ich begleite ihn auf dem dazu nötigen Erkundungsgang. Wir inspizieren, von unten nach oben, die Fenster des Gebäudes. Während wir so, im vierten Stock angelangt, nach dem Schlag von Gabor Cziffras Tauben suchen, segeln draußen zwei Möwen dicht an den Scheiben auf und ab. Sie scheinen unseren Weg von Fenster zu Fenster aufmerksam zu verfolgen. Offenbar reizt es sie, zu uns wie in ein anderes Medium, wie in das Wasser eines Aquariums hineinzuschauen.

Es sind imposante Tiere, nie zuvor ist mir bewußt geworden, daß es so große Möwen gibt. Und je länger ich sie beobachte, um so sicherer scheinen sie mir als Raubtiere ausgewiesen. Der Schnitt ihrer Schnäbel findet mit dem lidschlaglosen Starren ihrer Augen zum Ausdruck boshafter Gier zusammen. Light wüßte wahrscheinlich, zu welcher Art das Paar gehört, vielleicht könnte unser Alleswisser an Nuancen der Gefiederfärbung sogar Männchen und Weibchen unterscheiden. Wenn die beiden mit scharfem Ruck dicht vor dem Glas des Fensters wenden, sehe ich ihre Bäuche aus der Nähe. Der Wind wühlt die Federn auf, weißen Flaum, ja sogar den Schimmer der orangeroten Vogelhaut glaube ich zu erkennen, und ich ahne, welche Kälte draußen herrscht.

Ich bin Vitas Begleiter, weil Light krank geworden ist. Als Still heute morgen die Kaffeemaschine zischeln ließ, kamen nur Vita und ich zum Frühstücksplatz vor dem Kühlschrank. Light blieb liegen, den Kopf auf eines der kleinen lila Samtkissen gebettet, die mir gestern bei meiner Suche nach einem Schöpfgerät aufgefallen waren. Bis zum Hals hatte er sich einen goldenen, brokatähnlichen Vorhang gezogen. So eng lag der Stoff um seinen Rumpf, als wäre er darin eingerollt. Wir alle hatten uns gestern aus dem Textilreservoir des dritten Stockwerks Kopfpolster und Decken mit nach oben genommen, aber, wühlend in der Fülle des Angebots, nicht unbedingt eine glückliche Hand bewiesen. Die beiden Tischdecken, die ich mir zur Nacht über Rumpf und Beine gebreitet hatte, sind aus einer metallisch glänzenden Kunstfaser gewebt. Das geringe Gewicht des Stoffs irritierte mich, und wie ich nach kurzem unruhigem Dösen wieder ganz wach wurde, fand ich mich in kaltem Schweiß fröstelnd. Offenbar ließen die Decken die Wärme meines Körpers, aber kein Tröpfchen seiner Ausdünstung passieren.

Wahrscheinlich war es Light mit seinem goldfarbenen Vorhang ähnlich ergangen, das Schwitzen und Auskühlen hatten ihn krank gemacht. Vor mein Frühstück gekauert, schaute ich zu seinem Lager hinüber. Aus dem Kissen ragte groß und bleich seine Nase. Zum ersten Mal hatte ich Muße zu studieren, wie merkwürdig geformt sie ist. Sie beginnt als schmale, fast zierliche Halbröhre, wird bis zu den Nasenlöchern aber immer knolliger, ja fast feist. Man mag nicht an die Knorpel glauben, die doch in ihr stecken müssen. Wie ein nach außen gewendetes Organ mutete sie mich an, und ähnlich wie die feuchten Nüstern bestimmter Pflanzenfresser an die Muskulatur ihrer Mägen denken machen, schien mir Lights schweißglänzende Nase der fleischgewordene Ausdruck seiner stupenden, blitzschnell in treffliche Deutung umschlagenden Auffassungsgabe.

Still ist bei Light zurückgeblieben. Sie hat ihm den Kaffee, den er heiser verlangte, verweigert, ihm statt dessen Kamillentee gekocht und ihn schließlich auch dazu gebracht, ein Stück jenes Zwiebacks in den Tee zu tunken, der seit gestern unser zweites Grundnahrungsmittel ist. Die Zwiebackdosen haben wir im Treppenhaus entdeckt. Sie sind zwischen dem vierten und dem fünften Stockwerk wie ein Pyramidensegment in eine Ecke des Treppenabsatzes gestapelt. Ihre olivgrüne Lackierung tarnt sie im Halbdunkel des Winkels so perfekt, daß wir mehrmals an ihnen vorbei hinauf- und hinuntergestiegen waren, ohne sie zu bemerken. Und wäre Still nicht wieder mit ihren Schühchen auf dem feuchten Beton des Treppenabsatzes ausgeglitten und, haltsuchend, an die Wand getaumelt, wir hätten das diskrete Depot vielleicht bis heute nicht gefunden. So gesehen müßten wir drei Still für ihr Stolpern dankbar sein. Aber ich erinnere mich, wie ärgerlich Vita aufschnaubte, als sie unmittelbar vor ihm Opfer ihrer rutschigen Sohlen wurde. Und in zwingender Unlogik neige auch ich dazu, unsere Teamfrau für die Unzulänglichkeit ihres Schuhwerks verantwortlich zu machen.

Zumindest sollte ich anerkennen, wie sie sich um unseren kranken Kollegen kümmert. Immerhin setzt sie in die Tat um, was unser Chef in seiner Ansprache «produktive Solidarität» genannt hat. Emphatisch verglich Herr Cziffra uns zunächst mit der Schiffsmannschaft des heimsegelnden Odysseus und schloß, souverän ins Historische wechselnd, als zweites nautisches Exempel eines der Rettungsboote der Titanic an. Jenes Boot sei damals als einziges in finsterer Nacht zur Untergangsstelle des Ozeanriesen zurückgerudert, um weitere im Eiswasser treibende Überlebende zu bergen. Vom Pathos der Erzählung entzündet, hatte ich den vollen, bald gefährlich übervollen Kahn vor Augen, und meine Phantasie übersprang die entscheidende Distanz: Mich und meine neuen Kollegen malte sie, Schulter an Schulter, in das Boot, dessen Bug durch blauschwarzes Wasser pflügte und die hellblau phosphoreszierenden Leiber der Erfrorenen beiseite drängte.

Heute morgen jedoch, als das erste Hinschauen, das ich den anderen gönnte, Still traf, packte mich wegen dem, was ich ungläubig gaffend an ihr sehen mußte, sogleich heftige Abneigung, und ebenso schlagartig begann es mich am ganzen Körper eisig zu schaudern. Kaum daß sie mir den Rücken zudrehte, um sich bei Light niederzuknien und seinem heiseren Flüstern zu lauschen, kaum daß ich sicher war, daß sich unsere Blicke nicht kreuzen konnten, schnitt ich ihr jene von Mißgunst verzerrte Grimasse, die ich bis dahin noch mit äußerster Anstrengung unterdrückt hatte.

Denn Still trug Funnys Jacke, den rotkarierten Holzfällerkittel, in dem wir ihn bestattet hatten. Die Schulterpolster des mächtigen Teils hingen ihr fast in Höhe ihrer Ellenbogen, sein Saum berührte den Boden, während sie die Hand auf die Stirn des Kranken legte, um dessen Temperatur zu fühlen. Auch Light und Vita haben bis jetzt dazu geschwiegen, haben gleich mir kommentarlos registriert, wie gründlich der Wollstoff der Jacke vom Sand des Grabes befreit ist. Allein der Webpelz des Kragens, den sie bis über ihren Ohrclip hochgeschlagen hat, war offenbar schwieriger zu reinigen gewesen, oder Still hatte, als sie ihn heute nacht ausklopfte, einfach nicht sehen können, wie dicht und tief das falsche Fell mit glitzernden Quarzkörnchen gesättigt ist.

Vita und ich haben die von Cziffra versprochenen Brieftauben gefunden. Ihr Schlag hängt an der Südseite des Gebäudes. Wir entdeckten ihn, als wir im vierten Stock unsere Wangen an die Scheiben preßten, um möglichst viel Fassadenfläche zu überschauen. Plötzlich blickten wir auf den Boden des graugebeizten Holzkastens. Wie in den ersten drei Etagen waren sämtliche Fenstergriffe abmontiert. Wir hätten Glas zerschlagen müssen, um von unten an die Tauben heranzukommen. Also stiegen wir noch ein Stockwerk höher und wurden für unser überlegtes Vorgehen belohnt.

Hier oben steht das entsprechende Fenster offen. Ein großer Schraubenzieher ist so zwischen Stock und Rahmen geklemmt, daß der Flügel einen Spalt aufklafft, ohne weiter nach innen schwingen zu können. Vita findet dieses simple technische Arrangement bemerkenswert. Zum dritten Mal zieht er das Werkzeug aus seiner Position, um es erneut in gleicher Weise festzustecken. Etwas entzückt ihn daran, und weil ich seine Begeisterung nicht teile, drückt er mir den Schraubenzieher in die Hand und fordert mich auf, es ihm nachzutun. Es gelingt mir nicht, und so muß ich meinem Teamkollegen zugestehen, daß die Blockade des Fensterflügels, die er mir wiederum ganz langsam, wie einem begriffsstutzigen Lehrling, demonstriert, gerade in ihrer Behelfsmäßigkeit genial ist.

Jetzt gilt es, eine Taube herauszuholen. Unter dem Fenstersims ist ein großes Winkeleisen an die Fassade geschraubt. Der hölzerne Schlag hängt an einem grobfasrigen Seil, das ich, wenn ich mich weit hinauslehne, eben noch mit den Fingerspitzen berühre. Vita aber, obgleich nicht größer als ich, kann es dank der Länge seiner Arme fassen und heranziehen. Ich halte ihn am Gürtel fest, als er beginnt, den Kasten nach oben zu hieven. Der ist offensichtlich sehr schwer. Zweimal muß Vita das gespannte Seil wieder aus den Fingern schnellen lassen und sich die schwitzigen Hände an der Hose trockenreiben.

Auch sein dritter Versuch schwankt zwischen Scheitern und

Gelingen. Um die Zuglast auszugleichen, kippe ich, an Vitas Gürtel geklammert, nach hinten. Hemd und Unterhemd rutschen ihm so weit aus der Hose, daß ich einen Streifen seines käsig bleichen Rückens zu sehen kriege. Etwa in Höhe von Vitas linker Niere fällt mir eine lange, doppelt gezackte, wulstig verheilte Narbe auf. Sie scheint sich, während wir uns mühen, immer stärker zu röten, und dieses Dunklerwerden hilft mir, mich vollends auf unser Ziehen zu konzentrieren. Mit tippelnden Rückwärtsschritten zerre ich Vita weiter in den Raum. Wir stöhnen im Takt und kippen schließlich, mit einem triumphierenden Hauruck, den Holzkasten auf die Fensterkante.

Wir haben es geschafft und haben doch nichts erreicht. Schweigend sitzen wir, Schenkel an Schenkel, auf dem Taubenschlag. Die Kiste, die wir vorsichtig, in Sorge um ihren gefiederten Inhalt, durchs Fenster gehoben und auf den Boden gestellt haben, ist die einzig verfügbare Sitzgelegenheit. Die fünfte Etage ist rechts und links des Mittelgangs in kleine Räume zerlegt, so schmal, daß nicht einmal jeder ein Fenster hat. All diese Kammern sind, bis auf eine Neonröhre an der Decke, leer. Wir sind uns sicher, daß unter dem vergilbten Hartplastik der Leuchten Verwaltungsarbeit verrichtet wurde, obwohl uns nichts, kein Büromöbel, kein ausgeblichener Kalender, kein an die Tür gepinntes Tierposter, nicht eine einzige Urlaubspostkarte mit Grüßen an die lieben Kollegen einen dinglichen Beweis hierfür liefert. Vielleicht ist es vor allem der Bodenbelag, ein stumpfgrünes Linoleum, der diesen Räumen die Aura bürokratischer Mühsal verleiht.

Ich habe Muße, Vitas Schuhe zu betrachten. Mit ihren grobstolligen Sohlen, ihren starken gelben Schnürbändern, die durch kupferfarbene Haken geführt sind, erinnern sie an Bergsteigerstiefel. Sie sind nagelneu, und mich beunruhigt der Gedanke, Vita habe sich eigens für unseren Auftrag so professionell ausgerüstet. Vielleicht wurde ihm als einzigem im voraus verraten, daß es auf guten Stand, auf Knöchelschutz und auf griffige Sohlen ankommt. An Vitas linkem Absatz schimmert es dunkel. Ich kann mir denken, was dort haftet: Er ist mit dem Schuh am Rand des Taubenschlags entlanggeschabt und hat das angetrocknete Blut abgerieben.

Die fünf Brieftauben Gabor Cziffras fanden sich, als wir durch das vergitterte Seitenfensterchen des Kastens sahen, zerfleddert auf dessen Boden. Das Blut, das die Vögel verloren hatten, war ins rohe Holz gesickert. Auf den bräunlichen Flecken klebte ausgerupfter Flaum. Den Kadavern lag das von ihrem einstigen Lebenssaft getränkte Gefieder eng an den Rümpfen. Schlank und langhalsig sahen sie aus, fast wie winzige Schwäne. Sie waren nicht angefressen. Nur einer hing der Kopf halb abgerissen auf das Brüstchen. Der Marder war wohl nicht hungrig gewesen.

Vielleicht hatte der gutgenährte, samtfellige Räuber die fünf Vögel, mit denen er auf knappem Raum zusammengepfercht war, mehr in Aufregung über ihr panisches Geflatter denn aus Jagd- oder Freßlust getötet. Als wir die Deckelklappe geöffnet hatten und von oben in den Kasten spähten, machte er Männchen und äugte uns ohne Angst entgegen. Ich muß gestehen, daß ich das Mardertier wider besseres Wissen zunächst für eine riesige Ratte hielt. Etwas in meinem Erschrecken ließ mich die Geschmeidigkeit des Räubers mit der eklen Quicklebendigkeit des Allesfressers verwechseln.

Zweifellos war der Marder an Menschen gewöhnt und rechnete mit seiner Befreiung aus dem Kasten. Als Vita ihm die Linke hinstreckte, schnupperte er zutraulich an deren Fingerspitzen und reckte sich, auf den Hinterbeinen stehend, vorsichtig durch die Luke. In diesem Augenblick entschied sich das Schicksal des Tiers. Zu seinem Glück sprang es weder mit der

Absicht zu fliehen auf den Deckel, noch wich es zähnefletschend in einen Winkel des Kastens zurück. In beiden Fällen hätte ihm wohl Vitas Rechte, der ich einen ansatzlosen, reflexhaft sicheren Stoß zutraue, den Schraubenzieher in den dottergelben, samtig glatten Brustfleck oder in das braune Fell des Rückens gestochen.

Still hat mir einen Brief an Herrn Cziffra diktiert. Ich habe ihn auf die innersten Seiten meiner Kladde geschrieben, auf ein Doppelblatt, das sich ohne den Verlust weiterer Seiten aus der Fadenbindung herauslösen lassen wird. Vita und ich sind mit dem Wortlaut zufrieden, aber Light, der von Anfang an skeptisch war, kommen erneut Bedenken. Er fordert mich auf, das Geschriebene noch einmal vorzulesen. Er kann nicht wissen, in welche Verlegenheit er mich damit bringt. Es erleichtert mich, ihn kurz und heftig für sein Verlangen zu hassen. Da meine Brille günstigerweise schon wieder in der Hosentasche steckt, kann ich vortäuschen, sie nicht zu finden. Still nimmt mir die Kladde aus der Hand und blickt ein Weilchen, das mir grausam lang wird, mit gerunzelter Stirn auf das Papier. Ich weiß, warum sie stutzt, und bin auf alles vorbereitet. Aber dann liest sie den Briefentwurf vor, als wäre nichts an seiner Niederschrift auszusetzen. Mehr als bloß dankbar muß ich dafür sein. Hingebungsvoll hängt mein Blick an ihren Lippen, die mir nun, wo sie meine armen Zeichen in gesprochenes Wort verwandeln, zum ersten Mal weiblich voll erscheinen. Schade, daß meine Brille verborgen bleiben muß. Jetzt hätte ich den Mut, ja vielleicht sogar Lust, die Kollegin genau, scharf bis ins Detail, zu betrachten.

Nach kurzer Diskussion beschließen wir einige kleine Änderungen. Still trennt die erste Fassung aus der Kladde und reicht mir das zusammengeklappte Doppelblatt. Ich greife es mit der

Linken, stopfe es in die Brusttasche meines Hemdes, nehme dann mit derselben Hand den Kugelschreiber vom Boden, um ihn ihr zu reichen. Die Rechte bleibt in der Hosentasche um meine Lesebrille gekrampft. Still schreibt. Die zweite Version ersetzt einige kritische Worte durch vorsichtigere, eher fragende als behauptende Formulierungen. Light hat eingewandt, unsere mündlichen Absprachen mit Cziffra seien vollgültige Verträge, und wir hätten zu bedenken, wann wir uns durch voreiliges Handeln ins juristische Unrecht setzen würden. Schon vor Abfassung des Briefes hat er uns aufgefordert, die Konditionen, unter denen wir jeweils mit dem Chef handelseinig geworden seien, offenzulegen. Er selbst machte den Anfang und erzählte uns, was er mit einem Beauftragten Cziffras, dem Anwalt und Notar Boxfeld, vereinbart habe.

Heribert Boxfeld ist mir kein Unbekannter, und nun wundert es mich, warum ich nicht früher darauf gekommen bin, daß er in dieses Spiel gehört. Lang schon bevor mir Boxfeld leibhaftig entgegentrat, hatte mir mein Apotheker von ihm erzählt. Heinlein liebte es, mich anhand von exemplarischen Anekdoten durch die jüngere Geschichte des Viertels zu führen, und fast immer kristallisierte seine Erzählung um jemanden, der es am Alten Salzhafen zu Kontur und dauerhafter Auffälligkeit gebracht hatte. Heribert Boxfeld betreibt seine Anwaltskanzlei auf einem der Hausboote, die den Kai vom Hafenkrankenhaus bis hin zum früheren Marinedepot säumen. Als ich, der Zugezogene, dieses Uferstück zum ersten Mal ablief, staunte ich darüber, wie üppig die schäbigen Boote, meist ehemalige Flußlastkähne, mit bunten Reklametafeln bestückt waren. Im finsteren Karree des alten Marinedepots war damals noch die städtische Kraftfahrzeug-Zulassungsstelle untergebracht, und in den Hausbooten hatten sich, die Nähe nutzend, Versicherungsbüros eingenistet. Wenig erfolgversprechend, fast anstößig kam es mir vor, daß ausgerechnet auf diesen maroden Wasserfahrzeugen Haftpflicht- und Kaskoversicherungen für Automobile angeboten wurden. Aber da sich bis zu drei Agenten die Deckaufbauten eines Schiffes teilten, müssen die Boote ein idealer Standort gewesen sein.

Inzwischen wurde die Zulassungsstelle in einen Neubau am Stadtrand verlegt, und die Versicherungsagenten sind ihr nachgezogen. Die kurze Zeit des Leerstands, die die Hinfälligkeit der Kähne bestimmt anrührend hervorgehoben hat, ist mir entgangen. Als ich an einem warmen Sommerabend, von Arno's Antik herkommend, wieder einmal in Höhe des Hafenkrankenhauses auf den Kai stieß und begann, ihn entlangzubummeln, begriff ich staunend, daß die Kähne bereits einer neuen Nutzung unterlagen. Meist hatten die Ausgezogenen versäumt, die Werbetafeln zu entfernen. Und auch den neuen Mietern war es wohl zuviel Arbeit gewesen, sich mit den in der Salzluft verrotteten Schrauben und Muttern abzumühen. Manche hatten die Schilder mit zwei gekreuzten Klebestreifen durchgestrichen, aber in der Regel waren nur die Strahler, die sie nachts erhellt hatten, lahmgelegt. Als neue Beleuchtung zogen sich nun Girlanden nackter roter Glühbirnen über Deck. Nicht selten stand auch eine rotbeschirmte Wohnzimmerlampe auf goldenem Fuß in einem der Kajütenfensterchen. Das Gewerbe, das sich so, ganz schriftlos, auszuweisen wußte, durfte nach einer informellen Absprache mit den zuständigen Behörden seine Arbeit erst nach dem Aufflammen der Gaslaternen aufnehmen.

Von meinem Apotheker wußte ich, daß es im traditionellen Bordellbezirk zu blutigen Revierkämpfen zwischen bereits etablierten russischen und albanischen Banden und unternehmungslustigen Nachzüglern aus dem nun bis in seine Tiefe aufklaffenden Osten gekommen war. In einer großen Spielhalle am Fischmarkt hatten sich die konkurrierenden Zuhälter, ausgerüstet mit den robusten militärischen Schnellfeuerwaffen der einstigen Sowjetunion, ein spektakuläres Gefecht geliefert. Neun schwerverletzte Kombattanten blieben in und vor der Spielhalle liegen und wurden von einem Lokalreporter, der noch vor der Polizei und den Notärzten eingetroffen war, in ihren Blutlachen abgelichtet.

Als zehntes Opfer, als den einzigen Toten, durfte die Boulevardpresse einen waschechten Einheimischen in Wort und Bild beklagen. Dieser nicht nur Erschossene, sondern buchstäblich Durchsiebte war ein in unserem Viertel als Original geschätzter alter Säufer gewesen. Den Ballistikexperten der Kripo gelang es, sämtliche Projektile – es waren genau ein halbes Hundert, von denen sein magerer Leib durchschlagen worden war – im Blechkorpus des Geldspielautomaten, den er gefüttert hatte, dingfest und damit zählbar zu machen. Heribert Boxfeld übernahm die Interessenvertretung der Witwe, einer stillen, häuslichen, nur ihren Nachbarn näher bekannten, ebenfalls stark trinkenden alten Frau.

Heinlein hatte die aktuellen Ausgaben der beiden städtischen Revolverblätter auf dem Glas seiner Verkaufstheke ausgebreitet, um mir mit Hilfe der Fotos die tieferen Zusammenhänge zu erschließen. In schlechtem, gelbstichigem Farbdruck war Boxfelds Büro-Hausboot zu sehen. An Land, neben dem schmalen Steg, der auf den Kahn hinüberführte, stand der gedrungene, mit seinem zotteligen schwarzen Vollbart seltsam alterslos wirkende Anwalt, das Kinn entschlossen in einen Rollenkragenpullover gesenkt, im Arm die schutzbedürftige Mandantin. Und so bekam ich, der ich einige Zeit später das beruhigende Gewicht von Boxfelds Arm auf den Schultern spüren sollte, einen Vorgeschmack davon, wie er es verstand, seine Klienten unter die Fittiche zu nehmen.

Heinlein erzählte mir damals, Boxfeld habe begonnen, die Interessen der vom «Großen Spielhallen-Massaker» betroffenen Parteien, diverse Schadenersatzansprüche und nicht zuletzt die noch fragilen Selbstwertgefühle der Zuwanderer zum Zopf einer Lösung zu verflechten. Alle Zuhälterbanden, sogar die längst zu marginaler Bedeutung herabgesunkenen alteingessenen deutschen Bruderschaften, die sogenannten Schwimmvereine, habe der Anwalt überredet, nach einem ausgeklügelten Verteilungsschlüssel respektable Summen in einen Rentenfonds zugunsten seiner Mandantin einzuzahlen. Parallel hierzu sei es ihm gelungen, die Behörden zu überzeugen, daß es der allgemeinen Sicherheit dienlich wäre, die Aufnahme von Prostitution in den freigewordenen Hausbooten zu dulden. Und als dann die Sperrbezirksverordnung entsprechend geändert worden war, erreichte er in einem diplomatischen Meisterstück, daß den zuletzt am Hafen aufgetauchten Banden dieser Streifen als exklusive Domäne garantiert wurde. Dreimal soll Heribert Boxfeld für friedensstiftende Maßnahmen nach Moskau und von dort sogar bis ins kriegszerstörte tschetschenische Grosny geflogen sein.

Auch Light hatte schon von den außerordentlichen Talenten des Anwalts gehört, bevor sich ihm dieser als Vertreter Cziffras vorstellte. Heribert Boxfeld lud ihn zwei Tage vor dem Beginn unserer Arbeit auf sein Büro-Boot und erklärte ihm knapp, worum es im Hochhaus gehen sollte. Am selben Nachmittag wurden auch Still und Vita dort empfangen und angeworben. Boxfeld wickelte die Verhandlungen so zügig ab, daß sich meine Kollegen weder auf dem Aluminiumsteg des Kahns noch auf dem Kai begegneten. Mit allen dreien traf er dieselben Vereinbarungen, und das Honorar, das ihnen für einen erfolgreichen Abschluß unserer Suche versprochen wurde, deckt sich exakt mit der Summe, die Cziffra mir telefonisch in Aussicht stellte. Anscheinend erhielt als einziger der arme Funny einen Vorschuß. Nun tut es uns gut, nun stärkt es unseren Mannschaftsgeist, um unsere durch seinen Tod ausnahmslos gewordene Gleichheit vor dem Herrn zu wissen.

Der Marder hat Gefallen an Light gefunden. Als wir ihn in der Cafeteria aus dem Taubenkasten ließen, wurden wir rundum an Füßen und Beinen beschnuppert. Und jedem sprang er auf den Schoß, um aus dieser Position auch noch die bloße Haut der Hände und des Gesichts zu beriechen. Lights fester Rumpf war es dann, der das quicklebendige Tier am meisten anzog. Auf seiner rechten Schulter ist es inzwischen zur Ruhe gekommen. Es preßt den spitzen, flachen Kopf auf seinen Oberarm und hat den Schwanz um seinen fleischigen Nacken geschlungen. Unseren Kollegen Light also hat es sich zum Herrchen auserkoren, und ich denke, dies könnte vielleicht auch daran liegen, daß er das Mardertier biologisch präzis als einen jungen, vermutlich noch nicht ganz ausgewachsenen Baummarder zu bestimmen wußte.

Light, den Vita und ich als einen Kranken und Geschwächten verlassen haben, hat sich erstaunlich schnell erholt. Schon bei unserer Rückkehr saß er wieder auf einem Stuhl. Und als es darum ging, den Brief an Cziffra zu formulieren, begann er, wie wir es inzwischen gut von ihm kennen, redend hin und her zu laufen. Der Baummarder auf seiner Schulter hob dabei das Schnäuzchen, folgte, mit dem Kopf pendelnd, dem Auf und Ab von Lights Zeigefinger. Und einmal, als Light sich ermattet an die abgerundete Flanke des alten Gewerbekühlschranks lehnte, sah ich, wie sich das Tier dem Gesicht seines Herrchens zuwandte, um an dessen Nasenlöchern das, was sich der im Eifer des Räsonierens abzuwischen versäumt hatte, mit flink vorschnellender Zunge abzulecken.

Anfangs war es ihm schwergefallen, den Marder in der Nähe

seines Kopfes zu dulden. Im Sitzen hatte er ihn immer wieder auf seine Schenkel hinuntergezogen und versucht, ihn mit ungeschicktem Streicheln in dieser Schoßtierposition zu halten. So haben seine Finger irgendwann die Kapsel gespürt. Das schmale Halsband, an dem sie hängt, ist tief im Pelz verborgen. Als Light den patronenförmigen Behälter davon gelöst hatte und ihn uns hinhielt, erfaßte uns alle die gleiche Hoffnung, und unsere Erwartung wurde nicht enttäuscht. Das ganze skrupulöse Erwägen, ob und wie wir uns an den Chef wenden dürften, hatte mit Lights Entdeckung ein Ende. Der Marder ist ein Bote Cziffras. Die Kapsel enthielt eine Nachricht des Chefs – an uns, an seine liebe Mannschaft, wie er uns in der Anredezeile des Briefleins erneut zu nennen beliebt.

Cziffras Botschaft ist auf hellblaues Luftpostpapier geschrieben. Light machte uns, noch bevor wir anfingen, über den Inhalt zu sprechen, auf das seltsame Zeilenbild aufmerksam. Der Brief ist auf einer mechanischen Schreibmaschine getippt worden. Die Buchstaben haben sich, wie für einen manuellen Anschlag typisch, unterschiedlich stark in das hauchdünne Papier geprägt. Uns erstaunt das Format der Schrift. Die Maschine, die der alte Herr oder auf sein Geheiß eine Hilfskraft benutzt hat, ist mit winzigen Typen ausgerüstet. Light meinte, die schnörkellose Funktionalität der Lettern und der Umstand, daß Herr Cziffra alles, sogar die Satzanfänge klein schreibe, verliehen seiner Mitteilung etwas kalt Modernes, so altväterlich zierlich deren Sätze auch gebaut seien.

Vermutlich hat er damit recht. Ich bin der letzte, der Lights Deutung bestätigen oder ihr widersprechen könnte. Zu denen, die so beiläufig herrschaftlich über Geschriebenes sprechen dürfen, werde ich, wenn kein Wunder an mir geschieht, nie gehören. Der Chef beteuert, daß er im Geiste bei uns sei, daß er dem natürlichen Tempo unseres kollektiven Vorgehens vertraue, daß er, die ursprüngliche Vereinbarung aufhebend, nun doch einen ersten formlosen Zwischenbericht von uns erwarte. Und wir erfahren, wie wir ihm auf einem anderen als dem ursprünglich vorgesehenen Weg Nachricht geben sollen.

Still faltet unseren Antwortbrief auf die erforderliche Länge, und mit ein wenig praktischer Gewalt läßt dieser sich in das Blechbüchslein zwängen. Light nimmt den Marder von seiner Schulter, und das Tier bekommt seinen metallenen Tornister zurück. Jetzt gilt es, den Boten, bevor sich der wolkenverhangene Nachmittagshimmel verdunkelt und es auch bei uns im Turm finster wird, auf den befohlenen Weg zu bringen.

Die Trennung fiel uns ergreifend schwer. Kopf an Kopf beugen wir, die beiden Zurückbleibenden, uns noch immer über das Loch, in das sich Vita und Light hinabgelassen haben. Obwohl längst nichts mehr zu sehen und nur noch wenig zu hören ist, mögen wir uns keinen Fußbreit von dem Ort entfernen, an dem sich unser Team spalten mußte. Die in Cziffras Brief beschriebene Klappe hatten wir erst nach einigem Suchen gefunden. Sie kam ans Licht, als wir im Erdgeschoß, unweit von Funnys Sarg, den Sand beiseite kratzten und einige Dutzend Teppichfliesen vom Boden rissen. Das rohe Fichtenholz des Lukendeckels ist noch schnittweiß, seine Messingscharniere sind mit einem hellgrünen Fett geschmiert, und laut Light hat man den Rahmen der Bodenöffnung aus einem tropischen Hartholz gezimmert, das höchstens seit einem Jahrzehnt im Baustoffhandel erhältlich ist. Auch wenn wir berücksichtigen, daß er unter dem Schutz der Auslegware nie dem Sonnenlicht oder mechanischem Verschleiß ausgesetzt war, kann der Einstieg allenfalls wenige Jahre alt sein.

Den ursprünglichen Kellerzugang konnten wir nicht entdecken. Aus irgendeinem Grund muß er aufwendig verborgen worden sein. Im Fahrstuhl verspricht die unterste Taste der Bedienungsleiste mit einem großen U eine Aussteigemöglichkeit unterhalb der Eingangshalle. Doch wenn man darauf drückt, verharrt der Lift unter mahlenden Geräuschen auf der Stelle. Der neue Zugang ist zweifellos ein Provisorium. Unter der Bodenklappe beginnt keine Treppe, nicht einmal eine Leiter führt nach unten. In etwa fünf Meter Tiefe sahen wir einen aus alten, feuchtglänzenden Klinkern gelegten Boden. Vita traute sich zu, hinabzuspringen, und ließ schon seine dicksohligen Allroundstiefel über den Rand der Bodenöffnung baumeln, aber Light verbot ihm diese Voreiligkeit. Aus dem großen Stoffdurcheinander des dritten Stockwerks holten wir uns Gardinen und drehten und knüpften sie zu einer Art Seil zusammen. Das eine Ende banden wir um Funnys Wanne, das andere warfen wir in den Keller hinunter.

Mich drängte nichts, mich an der Expedition ins Kellergeschoß zu beteiligen. Auch Still zeigte kein Verlangen, ins Finstere zu klettern und den Marder an der befohlenen Stelle auszusetzen. Sie schlug sogar vor, die Erkundung des Tiefgeschosses auf morgen zu verschieben, da es nicht mehr lange hell sein werde. Aber Vita schreckte die kurze Spanne, die zum Durchforschen des Kellers zur Verfügung stand, nicht. Im Gegenteil, daß es eine Frist gab, daß sich in spätestens zwei Stunden auch das Einstiegsloch verdunkeln würde, schien seine Unternehmungslust noch zu steigern. Und da uns allen wichtig war, daß die Nachricht an Cziffra das Hochhaus noch heute verließ, setzte er sich durch. Vita forderte mich auf, ihn zu begleiten. Aber schließlich kletterte doch Light als zweiter über den Lukenrand. Denn der Baummarder krallte sich fauchend fest, als ich ihn, um ihn mit hinunterzunehmen, von Lights Schultern heben wollte. Womöglich hätte mich das Tier, wenn ich seinen Pelz nicht losgelassen hätte, in die Hand gebissen.

Als die beiden Kollegen abgestiegen waren und Vita, noch sichtbar für Still und mich, einen ersten kleinen Rundgang durch das Halbdunkel unter der Luke wagte, fiel mir ein, was ich Light zuzustecken vergessen hatte. Da stand er, eine Hand am Klamottenstrang direkt unter meinen pendelnden Füßen. Noch einmal schaute er mit bleichem, plötzlich wieder recht krank wirkendem Gesicht zu uns empor, aber ich sagte nichts und warf ihm nicht nach unten, was die beiden im Keller gewiß gut hätten gebrauchen können. Wohlweislich behielt ich die restlichen Bengalischen Lichter bei mir. Ich legte sogar die Hand auf meine Brust, auf die Herzseite, wo ich das Schächtelchen in der Hemdtasche aufbewahrte. Und während ich so Licht und Feuer für mich sicherte, befiel mich plötzlich ein ungeheurer Durst, ich schluckte und schluckte, aber der Speichel, den ich durch meinen Kehlkopf preßte, linderte nichts – nun brauchte es reichlich zitronensaure Limonade, um den Phosphorbrand in meinem Schlund zu löschen.

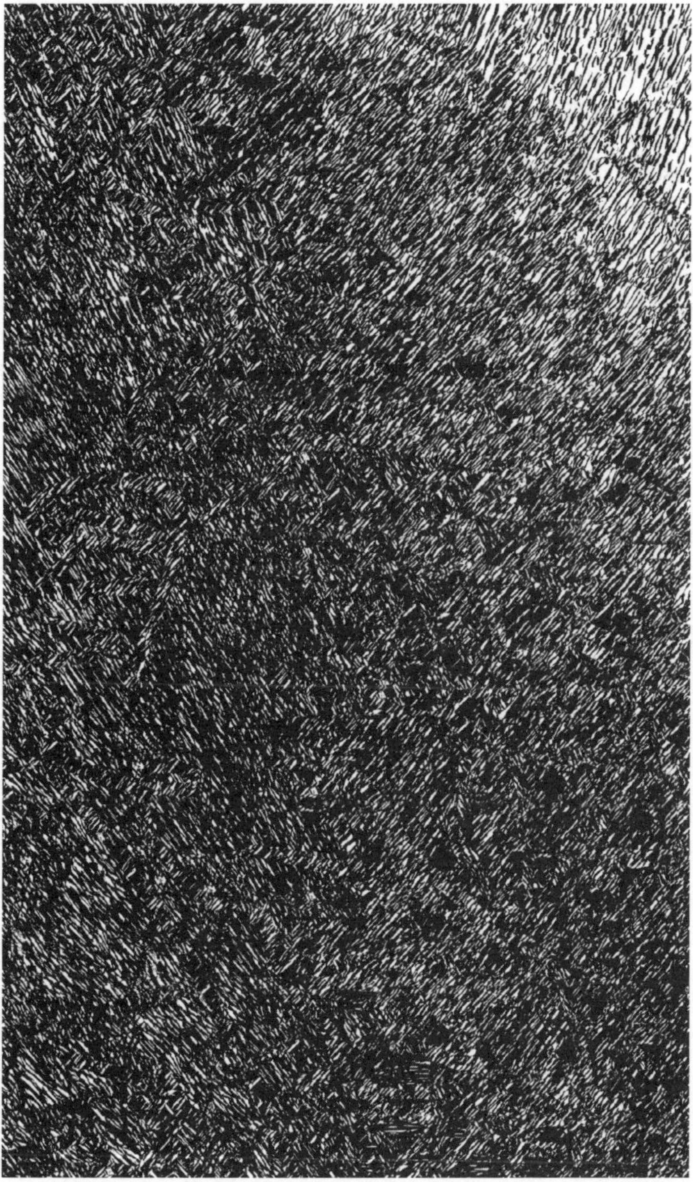

Die Keule

Onkelchen Gabor hört Lemon aus der Flasche schlürfen. Der Durst dehnt Lemons Züge bis in ein tiefkehliges Gurgeln. Ach, sein gewaltiges Verlangen nach Bitterem macht mir, macht Gabor Cziffra Kummer. Aber auch Vita und Light sind arge Knaben. Selbst aus dem allerbesten Echoraum, selbst aus der schmeichelnden Akustik der Cafeteria, klang ihr Gerede unausgegoren grell zu mir herüber. Es wollte meinem inneren Auge, meiner Greisenphantasie, nicht gelingen, sie mir zu ausgereiften Männern feinzumalen. Gleichwohl, sie sind der Keil der Sonnensucher. In ihrem Dreieck hat mir die Zeit die rechte Mischung aus Schuld und Unschuld angerichtet. Nicht einmal Boxfeld weiß, daß ich das muntere Trio deshalb, mit jeder Stunde ein Quentchen zärtlicher und bänger, meine Sorgenneffen nenne.

Dem treuen Boxfeld verdanke ich, daß Still mit ihnen ist. Onkelchen Gabor wäre, alterssteif im Denken, nicht mehr darauf gekommen, daß es ein Weib für diese Arbeit braucht. Erst als mir Boxfeld auf die Sprünge half, kam mir der Sinn hierfür zurück. Urplötzlich fiel mir wieder ein, was eine solche Frau am Leib zu tragen hat, und mein Nichtchen wurde entsprechend eingekleidet. Nun ist sie die Olive, die dunkel, glatt und fest auf einem Cocktail schwimmt, in dem sich Klarheit, Süße und reichlich Bitterstoff verbinden. Wie wohlgefällig, wie anspornend für jeden, der Frauen schöne Augen machen mag, daß meine liebe Nichte Still der Mond begleitet. Wie praktisch für mich, daß die hellhörige Sichel eines ihrer freifrisierten Öhrchen ziert.

Onkelchen Gabor hockt hier im Kümmerkasten, hört durch den Kopfhörer hindurch, wie sich die überschwere Fuhre quietschend hochmüht, spürt im Magen, wenn später alles abwärts sackt. Weit mehr als die bescheidene Beschleunigung der Auffahrt genieße ich den unfreien Fall des sacht gebremsten Sinkens. Und meinen nackten Füßen jucken die Sohlen, sobald der Kasten rüttelnd verharrt, weil uns die Sperrschaltung die Einfahrt in den Keller untersagt. Onkelchen Gabor wird durch die Enge des Gehäuses ruhig. Es ist mir Schutz und Burg. Mit ausgestreckten Armen könnte ich die fettigen Zugseile, das Rippenmuster ihres stramm geflochtenen Drahts ertasten. Aber brav bleiben meine Fingerkuppen auf den Schiebereglern und Kippschaltern der Lauschanlage. Mit hundert starren Mikrophonen und einer Wandelwanze horcht Gabor Cziffra hinüber in die zehn Etagen.

Jetzt ist es endlich Nacht geworden. Unverfälschte Nacht, mit einer Dunkelheit, in die sich auch die jugendlich scharfen Linsen meiner Mannschaft fügen müssen. Ohne Lampe tapsen mir zwei meiner Knäblein durch die Fundamente. Kräftig platschend, läßt Vita keine Sickerwasserpfütze aus, während Kamerad Light sogar im Finstern versteht, vorausblickend zu wirken. Mir träumte vorhin, als mir meine Lider herabgesunken waren, von den Steinen, die wir damals aus dem Keller des zerbombten Museums zum Schuttberg auf die Straße schafften. Die sieben Frauen und drei Männer, die mir im Traum noch einmal zu Gebote standen, trugen, was in den Keller durchgebrochen war, in Wäschekörben hoch. Der Stärkste, ein Pole aus Weißrußland, ließ sich die schwersten Stücke auf ein Traggestell hieven, das er sich aus zwei Brettern zusammengehämmert hatte. Es war nichts weiter als ein hölzernes ‹L›, an dessen langer Seite ein primitiver Gürtel festgenagelt hing – ein Fundstück, gleich am ersten Arbeitstag aus dem Museumsschutt gezogen. Dösend hörte ich eben wieder, wie der Pole zu diesem urig dicken Lederstreifen «sehr guter Leibriemen» sagte, und ganz wie damals freute ich mich, daß der Tragegurt, den er sich über die linke Schulter spannte, selbst dann nicht abriß, wenn ein besonders großer Brocken Mauerwerk auf dem kurzen Holzschenkel seiner Hucke zu liegen kam und Stufe für Stufe ins Helle geborgen wurde.

Als meine beiden Neffen die ersten couragierten Schritte durch den Keller machten, als mir der Hörkanal Null-Eins zum ersten Mal mehr als das Abtropfen von Wasser, mehr als ein zartes Rattenfiepsen in meinen Kasten übertrug, hatte ich den starken Steineschlepper komplett wie einst vor Augen: Weißblond, klein, aber verblüffend breit gebaut, stapfte er, gekrümmt unter ein kapitales Trümmerstück, die Kellertreppe hoch. Sogar die Stimme, die mir jahrzehntelang absent gewesen war, sein weitgehend korrektes, nur etwas leis herausgepreßtes Deutsch, sprach mir erneut im Kopf. Und prompt zog sich der Wiederaufgetauchte in mir den Namen Vladim zu. Aber ich fürchte, daß diese unwillkürliche Benennung einem Fehler geschuldet ist, einem Kurzschluß, der mir Benachbartes zusammenschmort.

Als Vladim zu meiner kleinen Arbeitstruppe stieß, war er im Unterschied zu den anderen gut genährt. Seinen männlichen Kollegen, zwei Ukrainern, wie er zu Landarbeit ins Reich verschleppt, standen die Rippen, fettfrei gehungert, aus der Brust. Der deutsche Bauer, auf dessen Hof Vladim drei Jahre lang geschuftet hatte, war mit dem ihm staatlich zugewiesenen Sklaven wie mit einem wertvollen Nutztier umgegangen. Gleichzeitig hatte der Landmann nicht mit jenen Demütigungen gegeizt, die höhere Lebewesen in Vieh verwandeln. Nicht zu Unrecht rühmte sich Vladim, daß er den alten Bauern, als endlich alliierte Tanks durchs Dorf gerasselt seien, mit einem

Schaufelstiel nur lahm-, nicht aber totgeschlagen habe. Außerdem habe er, was seine ungebrochene Menschlichkeit beweise, im Verein mit den Befreiern nur die älteste, die volljährige und mit einem Krieger verehelichte Tochter seines Zwangsherrn vergewaltigt, obschon die beiden jüngeren, minderjährigen nicht weniger hübsch und drall gewesen seien.

Wie zauberhaft, im Traum noch einmal mit Vladim über die Eigenart der Trümmer zu plaudern, die er zusammen mit den anderen aus dem Keller nach oben schaffte. Wir beide führten, als wäre nichts geschehen, erneut eines dieser luzid beschaulichen Gespräche, wie sie vielleicht nur auf dem Scherbenhaufen einer Katastrophe möglich sind. Von seiner Trage hatte Vladim einen großen Betonbrocken auf den Schutthügel am Rand der Straße kullern lassen. Die Kräfte der Zerstörung hatten das Teil anrührend gleichmäßig geformt, und Vladim, ich und auch die beiden Frauen, die oben Mörtel von den Steinen klopften, rätselten, wem oder was das fast kugelrund herausgesprengte Ding, von daumenbreiten Dellen fein zernarbt, am nächsten komme.

Als Vladim nach langem, stummem Lippenkauen schließlich das deutsche Wort Zitrone hervorstieß, so grimmig und zugleich erleichtert, als hätte es ihm schon ein ganzes Weilchen unerlöst im Kopf gekreist, klatschten die Frauen begeistert in die Hände. Eine von ihnen, eine kleine, staubgraue Tschechin, sprang sogleich um den von der Betonzitrone gekrönten Schutthügel herum. Wie ein Kostüm, extra für diesen Tanz ganz weit geschneidert, schlotterte ihr der schöne weinrote Trainingsanzug – zehn Stück, zehnmal die gleiche Herrengröße, hatte ich auf dem Schwarzmarkt erworben – um die mageren Hüften. Geschickt hüpfte sie über einzelne Ziegeltrümmer, als wären diese rohe Eier, und sagte halb singend ein Gedicht auf, das, wie ich eben traumscharf erlauschte, bereits im ersten Vers das tschechische Wort für diese saure Südfrucht erklingen läßt.

Aber die Freude über das erneute Hören war wohl zu groß, sie sprengte mir das Bild. Onkelchen Gabor ist aufgewacht und weiß und spürt, daß von damals nur noch die abertausend Kellersteine übrig sind. Mein Hochhaus steht – heute würde dergleichen keinesfalls erlaubt – auf den Grundmauern des zerstörten Museums. Die ausgedünnten Reste meiner Nachkriegsakten enthalten das Gutachten, das mir ein Statiker erstellte, um den bereits begonnenen Neubau holterdiepolter bürokratisch abzusichern. Denn langsam kamen die zuständigen Ämter wieder auf die Beine, noch halb benommen, wie aus einem Märchenschlaf erwacht, entsannen sie sich nach und nach ihrer Befugnisse und der damit verbundenen Verfahren. Zusammen mit anderen aus der Zeit des Turmbaus stammenden Papieren habe ich die Statikexpertise kürzlich Boxfeld vorgelegt.

Mein Advokat drehte das Dokument – ein einziges, mit braun gewordener Maschinenschrift locker bedecktes Blatt – wie eine antiquarische Kuriosität, wie etwas Bibliophiles zwischen den Fingerspitzen. Er überflog den Text, schüttelte dabei stumm den Kopf, fuhr sich, verlegen lächelnd, mit den langen gelben Fingernägeln durch den schwarzen, noch immer kaum graumelierten Bart. Gewiß hielt ihn nur sein eingefleischter Respekt vor allem Offiziösen davon ab, mit Spott und Hohn über den Zettel herzufallen. Boxfeld, im ersten Kriegsfrühling geboren und halbwüchsiger Bengel unserer Turmbaujahre, fragte mich nicht, wie es möglich gewesen sei, den Baubehörden mit einem solchen Wisch zu kommen. Statt dessen wollte er nur wissen, was später aus jenem Statiker, was weiter aus diesem wackeren Gutachter, was denn in Gottes Namen aus diesem Kellergläubigen geworden sei.

Ich glaube an nichts. Aber onkelhaft sorgend horche ich von neuem in die Fundamente. Dort tapsen meine tapferen Neffen, dort schnaufen Vita und Light und fluchen, wenn sie sich das Schienbein oder ein Knie anstoßen. Unten liegt allerlei Eisenkram herum. Das, was die Hausmeister im Lauf der Jahre an Werkzeug und Gerät verwandten, putzten, ölten und am Ende doch der feuchten, salzreichen Kellerluft zum Opfer bringen mußten, rostet, vereinzelt oder in Haufen böse werdend, vor sich hin. Die beiden stecken im dunkelsten Winkel. Light hat dem Kameraden vorgeschlagen, daß sie sich an den Händen fassen. Aber Vita meinte, falls einer in die Tiefe stürzen sollte, in einen zweiten Keller oder in ein schlichtes Loch, wäre es besser, er risse den anderen nicht mit. Gleich wird es ihnen wieder heller werden, denn Onkel Cziffra hat seinen heldenhaften Höhlenforschern im voraus ein Lichtlein angefacht.

Alle drei Heizungen sind noch vorhanden. Der plumpe, robuste Allesfresser, der in den harten Kriegswintern das Museum frostfrei hielt, wärmte noch ein gutes Dutzend Friedensjahre zunächst mit Trümmerholz und dann erneut mit Ruhrkohle den hohen, dünnhäutigen Turm. Die Ölheizung, aus Kostengründen angeschafft, war nur sparsam, solang ihr Stoff für einen Spottpreis angeliefert wurde, also durfte sie nicht so viele Jahre blubbern, wie die orangelackierten Kessel dem Rostfraß standgehalten hätten. Als wir auf Gas umstiegen und das Gebäude einen hinreißend eleganten Außenkamin aus Edelstahl erhielt, paßte der schlanke dritte Brenner genau in die Lücke, die der Zufall zwischen seinen beiden Vorgängern gelassen hatte.

Das Erdgas wurde, nur wenige Stunden bevor die Mannschaft in den Turm einzog, für immer abgedreht. Die langen Reihen reiner blauer Flämmchen sind erloschen. Jedoch als nostalgische Reminiszenz an all die Heizungsjahre ließ Onkel

Gabor im gußeisernen Maul des Vorkriegsofens ein kleines Lagerfeuer für die letzten Kellergänger schüren. Papier aus einem meiner Aktenordner brachte das trockene Verschnittholz, das noch vom Bau der neuen Behelfsluke unten lag, zum Brennen. Und seit die Mannschaft an der Arbeit ist, wird regelmäßig Kohle nachgelegt. Die faustgroßen Stücke finden sich nicht nur rund um den ersten Brenner, sondern liegen überall im Keller wild verstreut. Die Steinkohle ist zu feucht geworden. Sie knackt und zischelt, wenn man sie in die Glut wirft, und schwitzt ihr Wasser und schöne Salzkristalle aus, bis es endlich fahlgelb auf den schwarzen Brocken züngelt. Sobald die aber, tiefrot und lautlos, glühen, muß man sich lange nicht um Nachschub kümmern.

Vita ist vor dem Allesbrenner angekommen. Onkelchen Gabor hört das Quarren, mit dem die schwere Ofenklappe aufschwingt. Das Mikrophon ist feinsinnig genug, um mir sogar das Auffauchen des Feuers in meinen Kasten zu senden. Jetzt fällt den beiden Kellerforschern eine breite Lichtbahn über das Gerümpel. Aufgeregt, fast bubenhaft euphorisch schlägt Vita vor, Holz auf die vom Luftstrom angefachte Glut zu werfen und so den Feuerschein zu verstärken. Ich lausche dem Scharren und Poltern der beiden und sehe viel besser, als es das schwache Licht erlauben würde, wie sie sich nun in seligem Eifer Hände und Kleider schwärzen.

Lieber wäre es Onkel Gabor, statt Vita oder Light würde dort unten Lemon nach Scheiten suchen. Arbeit, Arbeit, viel harte Arbeit, die Kopf und Glieder bleiern macht, hätte es gebraucht, um meinem Lemon die schlimmen Flausen beizeiten auszutreiben. Mit Rückenschmerzen, mit heißgelaufenen oder müdgestandenen Füßen, mit frischer Hornhaut auf den Händen hätte er zu Martha Mutschereit nach Hause kommen müssen. Einer, der neun Stunden ins Neonweiß der Arbeitsleuchten starren muß, schickt seinen Blick am Abend bereitwillig auf die Augenweide unserer TV-Programme. Das Zwitschern eines Moderators lullt ihn in den Schlaf, und alles, was er untertags an Schwere aufgesogen hat, sinkt ihm wie eine Bleischnur in den Saum der Lider. Ach, fünfmal die Woche müßte das Losplärren eines Radioweckers meinen Lemon aus einem immer etwas zu kurz gewesenen Schlummer reißen.

Denn Lemon ist ein besonderes Früchtchen. Am Alten Salzhafen, der mir wie meine Westentasche, wie das Uhrtäschlein meiner Anzugweste vertraut geworden ist, kenne ich keinen, der es mit meinem Lemon in seiner Hinsicht aufzunehmen wüßte. Die gute Martha Mutschereit, bei der er untergekrochen war, hat wohl gespürt, wozu er fähig ist. Noch kurz vor ihrem schrecklichen Tod hat Gabor Cziffra sie auf dem Wochenmarkt gesprochen. Wir warteten am selben Stand, befühlten ähnlich unschlüssig den ersten, in griechischer Erde hochgeschossenen Spargel. Frau Mutschereit sagte nicht viel, und ihre Stimme klang ein wenig heiser. Blaß war sie, vielleicht auch magerer als in früheren Jahren. Sie sehe zuviel fern, antwortete sie auf meine Frage nach ihrem Wohlergehen. Der heißgeliebte Flimmerkasten raube ihr täglich die Stunden vor Mitternacht, in denen Schlaf und Traum bekanntlich besonders tief und ergiebig wurzeln könnten. Und sei sie endlich doch ins Bett geschlüpft, hindere sie etwas anderes am ersehnten Hinüberschlummern. Mit beiden Händen hielt Frau Mutschereit ein Kilopack der bleichen griechischen Triebe an die Brust gedrückt. Zögernd, irgendwie verstockt, starrte sie auf die lila Spargelköpfe, um schließlich heftig von ihrem Untermieter zu erzählen.

Bis weit nach Mitternacht bringe der auf dem schmalen Streifen, den ihm sein Zimmerchen als Auslauf lasse, die Dielen zum Jammern. Dann, meistens kurz vor Dämmerung, renne er aus dem Haus, kehre jedoch schon wenige Stunden später, gerade wenn sie endlich eingenickt sei, in die Wohnung zurück. Laut keuchend falle er aufs Bett und bleibe reglos liegen. Bei ihr sei es dann in der Regel mit dem Schlafen vorbei, nach kurzem Herumgewälze stehe sie auf, um sich Kaffee zu kochen. Während der Wasserkessel auf dem Gasherd knacke, schleiche sie, Mut aus dem ersten Zigarettchen saugend, ans Ende des Flurs und schließe die Zimmertür des jungen Mannes.

Denn immer, wenn er von seinen Ausflügen ins Morgengrauen nach Hause gekommen ist, läßt er die Tür geöffnet. Ganz angekleidet, sogar mit seinen Schuhen hat er sich auf sein Bett geworfen. Mit weggespreizten Armen liegt er da, der linke baumelt über die Matratze, die Hand schwebt über einem aufgeschlagenen Comic-Taschenbuch, als sei es eben erst aus ihr gefallen. Und, was das ärgste ist und sie schnell wieder wegschauen macht: Stets stehen dem armen Kerl, dessen rasselnder Atem auf einen ungesund sauerstoffarmen Schlaf verweist, die Augen offen.

Gleich Frau Mutschereit kaufte ich mir ein Kilo griechischen Spargel. Und als ich, um ihr zum Abschied ein wenig Trost zu spenden, noch sagte, daß Menschen, die aufgrund einer Lidmuskelschwäche mit offenen Augen schliefen, längst medizinstatistisch erfaßt und damit nichts Unnatürliches mehr seien, schüttelte sie nur unwirsch den Kopf und stopfte das erworbene Gemüse gefährlich energisch in ihre Einkaufstasche. Schlafen, nun gut, das leuchte ihr schon ein, aber daß man blankäugig träumen könne, solle ihr niemand einzureden versuchen.

Irgendwann hatte Frau Mutschereit eine Grippe, die sie und ihren Untermieter gleichermaßen plagte, zum Anlaß genommen, ihn in die Apotheke am Salzhafen zu schicken. Und Hugo Heinlein, dieser Samariter, tat sein Möglichstes, um Lemon mit den Hausmittelchen von Mutti Chemie zur Seelenruhe zu verhelfen. Mir, den er, obschon selbst Greis geworden, bis zuletzt gern Onkel Gabor nannte, hat er erzählt, in welcher Verfassung Lemon das erste Mal vor seiner Theke auflief. Heinlein scheuchte die kesse, jedoch im Kern noch unschuldige Apothekenhelferin und sogar seine hocherfahrene Hertha, eine nicht nur in Ehren grau gewordene Pharmazeutin, in die hinteren Räume, als er das Flackern in Lemons schnupfentrüben Augen sah. Mein guter Heinlein, dieser schwerversehrte Kämpe, der selbst, wenn er am Apothekerstammtisch wüst getrunken hatte, noch kerzengerade heimwärts staksen konnte, erwies sich damals noch einmal als ganzer Kerl. Hinter der Glasplatte seiner Theke bot er dem Anwogen von Lemons Aura die Stirn der männlichen Vernunft. Als letztes Aufgebot der Kriegsteilnehmer, die einst aus schockhafter Erfahrung klug geworden waren, verteidigte er seinen Heimatfrontabschnitt gegen die Vorhut einer neuartigen Bedrohung.

Das Zeug, mit dem er Lemon ruhigzustellen hoffte, darf wegen seiner Nebenwirkungen nur in der geschlossenen Psychiatrie verwendet werden. Heinlein war sicher, daß seine illegale Kur bei Lemon anschlug, daß dem zu einer Nachtruhe, solide wie Beton, verholfen war – bis zu der Stunde, als ihm sein Leibpatient im Morgengrauen in den Heimweg streunte. Nach seiner freitäglichen Apothekerrunde ging der Alte gern entlang der Mole heim. Er machte diesen kleinen Umweg, um sich die Nachtarbeiterinnen, die dort die Hausboote gewerblich nutzten, anzuschauen. Er mochte es, wenn sich die müden Mienen der Prostituierten spannten, weil sie in ihm den potentiellen Kunden sahen.

Ein blasser Sichelmond stand noch am aufhellenden Himmel. Lemon kam über einen Steg gestolpert. Aus dem Deckaufbau, den er verließ, keifte ihm eine Frauenstimme hinterher. Es waren üble Wörter, die seinem schlingernden Abgang den Charakter einer Flucht verliehen. Als er den Kai erreicht hatte und seinen ihm väterlich vertrauten Chemotherapeuten beinah streifte, erkannte er ihn nicht und gab auch nicht auf Heinleins Anruf Antwort. Aber sowie die dürre Hure, bei der er Gast gewesen war, auf Deck erschien, die Lederjacke, die er bei ihr zurückgelassen hatte, ins morgengraue Wasser warf und ihn mit einem allerletzten leisen, fast weinerlichen Nuschelsatz verwünschte, hielt Lemon an und wandte sich zum Hausboot um.

Heinlein, Veteran eines sechsjährigen Krieges und einer langen, zähen Nachkriegszeit, erzählte mir, daß er in diesem Augenblick an seine Schußwaffe gegriffen hatte. Nachdem er mehrmals auf dem nächtlichen Heimweg von ausländischen Halbwüchsigen belästigt, einmal sogar mit Messern bedroht worden war, hatte er sich auf dem Schwarzmarkt eine preiswerte Militärpistole aus der untergegangenen Tschechoslowakei besorgt und trug sie außer Haus ständig bei sich. An Lemons absolut geweiteten, stark schielenden Pupillen erkannte er, daß diesem überreichlich Medizin im Körper kreiste, nach pharmazeutischem Ermessen genug, um auch einen Hünen antriebslos und gliederlahm zu machen. Lemon jedoch stand, angespannt wie eine Feder und leicht zur Seite pendelnd, die Hände in Hüfthöhe gespreizt, am Kai. Er schien zu lauschen, bewegte ruckartig den Kopf, als peilte er nach einem verlorenen optischen oder akustischen Signal – um, falls er dessen Schwingung wiederaufnahm, sofort auf den georteten Sender loszustürzen. Die Frau jedoch, die er als Freier so erbost hatte, blieb unter Deck verschwunden. Heinlein hielt still, und plötzlich, raubtierhaft herumgeschnellt, eilte Lemon erschreckend sicheren Schritts davon.

Felix, mein Marderchen, ist eingetroffen. Felix bleibt unruhig, würdigt seinen Freßnapf keines Blicks, sondern rennt, obwohl er hungrig sein muß, immer wieder zu der Klappe, die er, aus dem Müllschacht schlüpfend, mit seinem Schnäuzchen aufgestoßen hat. Erzbrav, weil wohlerzogen, kam Felix aus dem Keller hoch. Aber nun, wo er die Post an Onkel Gabor losgeworden ist, will er nichts als zurück. Es scheint, er ist in Light verliebt, gewiß hat er sein kleines, nervöses Raubtierherz an den Geruch von dessen schlauen Sprüchen verloren. Im Lauf der Jahre, die ich nun schon mit Mardern lebe, habe ich oft genug erlebt, wie sie die Menschen am Duft des Atems unterscheiden und lieben oder meiden lernen. Bereits mein erster Felix, ein blitzgescheites, aufgrund schlechter Ernährung aber klein gebliebenes Männchen, hat so, nach meinem Sprechhauch schnüffelnd, Kontakt mit mir aufgenommen.

Es war in jenen warmherzigen Zeiten, in denen ich die Mieten noch persönlich abkassierte und auf der Wanderschaft von Haus zu Haus stets Muße für ein Pläuschchen fand. Onkelchen Gabor saß in Arno's Antik und plauderte mit einem Arno, dessen Haar noch blond und voll war, über die wieder besser werdenden Geschäfte, als mir der Käfig auffiel. Der Steinmarder stammte aus einem Nachlaß. Arno witzelte, der Verstorbene, der das heikle Gewerbe der Zuhälterei auch in schwierigster Kriegszeit mit Bravour betrieben habe, sei der erste Mann am Salzhafen gewesen, von dem es etwas Lebendiges zu erben gegeben habe. Mit diesem Wieseltier, das Felix heiße, habe der Kerl seine Mädchen besser im Zaum gehalten als die Kollegen mit Schlägen oder Liebesschwüren. Denn nahezu alle Frauen ekle es vor dem flinken bodennahen Gleiten des Geschöpfs, ähnlich wie vor dem schwanzschlängelnden Huschen einer Ratte. Ihn, den Händler, zwinge die Wirkung, die Felix auf die weibliche Mehrheit seiner Kundschaft habe, bei aller Tierliebe dazu, den süßen Burschen demnächst von einem Nachbarn, der Kaninchen züchte, das Fell über die Ohren ziehen zu lassen.

Onkelchen Gabor denkt gern an den Arno jener aufstrebenden Jahre. Er hatte Witz und Format, wußte Frauen wie Männern zu gefallen. Sein erstes Ladenschild war ein aus Blech gestanztes U-Boot. Arno behauptete, es sei aus jenem antimagnetischen Spezialstahl, von dem sich das deutsche Marinekommando zuletzt noch vergeblich erhofft habe, daß der Radar der Alliierten ihn nicht erfassen könne. Mit grimmiger Fröhlichkeit stellte sich der Trödler, wenn er mit neuen Kunden ins Gespräch kam, als einzigen Überlebenden der deutschen U-Boot-Flotte vor. Zweifellos war das eine freche Übertreibung, aber in Anbetracht der fast totalen Vernichtung der deutschen Unterwasser-Armada war es vielleicht nicht völlig falsch. Als man Jahrzehnte später in Kleinanzeigen unserer Boulevardblätter nach Augenzeugen des U-Boot-Krieges suchte, meldete sich Arno und wurde zusammen mit einer Handvoll alter Kameraden nach München eingeladen, wo man die Dreharbeiten eines für deutsche Verhältnisse großen Abenteuerfilms zu diesem Thema plante.

Arno ist nun ein knappes Jahr hinüber. Er war das erste offizielle Opfer jenes Keulenmanns, der unserer Polizei noch immer Rätsel aufgibt. Bis jetzt vermag sie nicht einmal zu beweisen, daß es sich um einen männlichen Täter handelt. Allein die Wucht des schädelbrechenden Schlags und die Brutalität, mit der der Unbekannte nach dem tödlichen zu weiteren Hieben ausholt, lassen Untersuchungsbehörden wie Medien annehmen, der Mörder sei ein Mann. Auge in Aug mit ihm hatte sich Arno, obschon halbseitig gelähmt, nicht einfach ins Totgeprügeltwerden gefügt, sondern versucht, zumindest seine Ehre zu verteidigen. Die Finger seiner Rechten fand man um den Griff eines großen Ziersäbels gekrampft. An dessen stumpfer Schneide entdeckten die Spurenexperten der Polizei Fasern einer bunten Winterjacke. Und so gilt als erwiesen, daß unser wackerer Arno, als sein letztes Stündlein schlug, immerhin einen Streich, der seinem einstigen Matrosesein entsprach, gegen den Rumpf des übermächtigen Gegners führte.

Neben Arnos zerschmettertem Gesicht lag die erste der Keulen. Wie bei den folgenden Morden hatte sie der Täter bei seinem Opfer zurückgelassen. In Arnos Fall war die Waffe aus einem dicken Verschalbrett geschnitzt. Mehr als geduldig, von einer dunklen Inbrunst angetrieben, hatte der Mörder das betonverschmierte Fichtenholz mit einem kurzklingigen und stumpfen Messer so lang bearbeitet, bis es die gewünschte Form besaß. In einem letzten Arbeitsgang waren mit einem Lötkolben noch jene Zeichen ins Holz geschmort worden, die der Polizei als Ausweis der Identität des Mörders gelten.

Bis heute wird diese graphische Verzierung der Waffen unserer Öffentlichkeit vorenthalten. Angeblich sollen dadurch mögliche Nachahmungstäter vom ursprünglichen Keulenmörder unterschieden werden können. Das darf, wer mag, so glauben. Onkelchen Gabor denkt eher, daß die erfolglosen Ermittler ihrem Gegner eine größere Leserschaft mißgönnen. Kein gutmeinender Mensch wird die Beamten dafür tadeln. Wie alle, die ihr Wissen mühsam erwerben mußten, neigen sie dazu, das wenige Verstandene zu verschweigen. Wer wollte das Einatmen der frischen Luft vom Ausstoßen der verbrauchten trennen.

Es schreit. Es kreischt. Light heult. Es ist ein kindlich helles, ein langes, ein zu keiner Silbe ausartikuliertes Gellen. Auch Felix, der sich eben in meine Armbeuge schmiegte, der meine Schulter und vielleicht auch erstmals meinen Atem meidet, hat diesen Schrei durch die Schaumstoffmuscheln der Kopfhörer gehört. Mit einem Satz ist er erneut an der Müllschachtklappe, kratzt mit den Vorderpfoten und faucht in meine Richtung. Natürlich hat er die Stimme seines neuen Liebsten erkannt und nicht vergessen, wo er ihn finden kann. Womöglich weiß er sogar, was Light entsetzt hat, was jetzt auch Vita sieht, was beide, gleich heftig schnaufend, nun im Kellerschimmer studieren müssen.

Alle, die hier am Salzhafen aufwuchsen, die schon als Kinder die steilen, engen Kellertreppen hinabschlüpften, um Kohlen, Kartoffeln und Einweckgläser hochzuholen, standen irgendwann diesem prächtigen Phosphoreszieren gegenüber. Lichtpilz müßte die niedere Pflanze anschaulicherweise heißen. Aber der Volksmund hat sich aus gutem Grund gerade in diesem Fall gegen das naheliegende Bild und für einen bündig scharfen Klang entschieden: Salzpilz nennt man das heimische Gewächs. Manchmal überzieht der Salzpilzbewuchs nur flaumzart die Kellerwände, ist aber schon im Anfangsstadium seiner Entwicklung zu einem feinen, in völliger Finsternis gut bemerkbaren Glimmen fähig. Auf einem alten Lumpen oder gar in einer Kiste mit keimenden Kartoffeln bilden die Pilzfäden schnell ein dichtes, stark schimmerndes Polster. Ans Tageslicht gebracht, sieht das Gespinst wenige Minuten lang aus wie jenes Engelshaar, mit dem man früher den Christbaum schmückte, wirkt kurze Zeit fast unverwüstlich anorganisch – bis Sonnenstrahlung und trockene Luft alles zu einer braunen Schmiere zusammensacken lassen. In der rechten Atmosphäre jedoch, zwischen den bröckeligen Backsteinen und dem salpeterschwitzenden Verputz unserer klammen Keller, leuchtet eine von diesem legendären Schimmel befallene Rübe bisweilen so sehr, daß einem, wagt man die Hände auszustrecken, der Abglanz basalen Lebens die Finger fahlgrün färbt.

Der gute Light mußte soeben auf besonders eindrückliche Weise mit dem Pilz Bekanntschaft schließen. Gewiß haben ihn die dünnen Bretter, locker zu einem tonnenförmigen Hügel aufgehäuft, als potentielles Brennholz angelockt. Gewiß drang auch ein Schimmern durch die Ritzen. Und als er zugriff, als er zwei oder drei der leichten Latten auf einmal abhob, stand ihm die ganze Pracht vor Augen. Längst ist der prall geblähte Rumpf überall mit langen, haarigen Tentakeln überwachsen. Die schlichte Uniform des Toten hat sich in einen märchenhaften Dienstpelz verwandelt. Am allerbesten aber ist die Schimmelkolonie auf den Gesichtswunden gediehen. Dort hat das leuchtende Polster die Unregelmäßigkeiten der Verletzung ausgeglichen, all das, was Keulenschläge häßlich zerbrechen ließen, ist in die Eiform des Neuen eingegangen.

Onkelchen Gabor und Boxfeld wissen als einzige, was sich dort unten im Keller des Steifen Schnösels vor der Neugier unserer Polizei verbirgt. Vor einem guten Jahr haben wir beide den Körper die Treppe hinabgetragen. Zum Glück war der Gekeulte, mein Hochhauswachmann, ein schmächtiges Kerlchen. Boxfeld, der mit anderen sportlich gebliebenen Juristen in einer Seniorenmannschaft Faustball spielt, packte ihn unter den Achseln und überließ es mir, nach den Füßen der Leiche zu tasten. Dennoch bleibt unentschieden, wer von uns beiden schwerer trug. An Boxfelds weißem Hemd rieb sich der blutgetränkte Schopf. Ich aber – die Schuhsohlen des Toten drückten mir an die Brust – mußte mir vorstellen, was vom Gesicht des treuen Mitarbeiters übrig war. Wir betteten ihn auf einen Stapel Türblätter, in die Nische zwischen dem Allesbrenner und der Nordwand. Ich legte die Dienstmütze auf seinen Bauch, und Boxfeld – der Gute wußte einfach nicht, wohin damit – drückte ihm die Keule, die ihn erschlagen hatte, in die rechte Achselhöhle.

Die folgenden Tage war Boxfeld dann damit beschäftigt, den Toten auch bürokratisch in ein sicheres Abseits zu manövrieren. Dabei half ihm, daß unser Mann, ein durch Heirat eingedeutschter Syrer, in jungen Jahren zum Doktor der Linguistik promoviert, schon lang allein gelebt hatte. Als günstig erwies sich auch, daß er leidenschaftlich auf Pferde gesetzt hatte und bei verschiedenen Wettbüros sowie bei illegalen Buchmachern im Rotlichtviertel hoch verschuldet war. Mit Liebe zum Detail fingierte Boxfeld eine überstürzte Flucht und ließ den Informationskörper des Mannes mit Hilfe eines türkischen Reisebüros und einer Charter-Fluggesellschaft über diverse Datennetze in sein Herkunftsland verschwinden. So hat die Sonderkommission unserer Polizei das erste Keulenopfer bis heute nicht zu Gesicht bekommen.

Lemon wurde, als man Frau Mutschereit erschlagen auf der Kellertreppe fand, aus dem Bett geholt und festgenommen. Nichts sprach dagegen, daß er der gesuchte Keulenmörder sei. So, wie mein lieber Lemon durch die Tage lebte, hatte er keine Ahnung mehr, wo er sich zur Zeit von Arnos Tod herumgetrieben hatte. Auch für die Morgenstunden, in denen seine Vermieterin ums Leben gekommen war, hatte er kein Alibi parat. Irgendwann nach Mitternacht war er in einer Kneipe mit Bordellbetrieb eingetroffen, hatte mit finnischen Matrosen Billard gespielt und stark getrunken. Nach einem mißratenen Abstecher in die hinteren Räume, an den sich zwei der dort tätigen Frauen ungut erinnern, während Lemon davon kein Schimmer im Gedächtnis blieb, hatte er das Lokal, auch hierfür gab es Zeugen, allein verlassen.

Lemons Filmriß war unsere Chance. Da er nichts wußte und keine Anstalten machte, sich Entlastendes zurechtzudenken, konnte er sich auch nicht in Widersprüche verwickeln. Unsere Polizei vertraute auf die Kunst der Wissenschaft. Lemons gesamte Kleidung wurde sorgfältig in Plastiksäcke sortiert und ins Labor geschafft. Boxfeld war als sein frisch berufener Verteidiger bereits mit dem zuständigen Staatsanwalt, einem alten Faustballkameraden, am Tatort, als man mit Spezialstaubsaugern in Lemons Bett und in jedem Winkel seines Zimmers nach Partikeln jagte. Ein Spänchen Holz genüge, sagte ein junger, elegant bebrillter Fahnder, um den Verdächtigen zumindest der Keulenschnitzerei zu überführen.

Da die Indizien jedoch ausblieben und der Geist unseres Sorgenbengels keine Erinnerungen produzierte, konnten wir darangehen, ein Alibi für ihn auf den Weg zu bringen. Am Mordmorgen waren laut Polizeibericht mehrere geparkte Pkws am anderen Ende des Viertels, am kleinen Container-Terminal, beschädigt worden. Ein junger Hafenarbeiter, der bald danach bei einem ähnlichen Delikt auf frischer Tat gefaßt wurde, gestand, die Fahrzeuge zusammen mit einem anderen Trunkenbold, einer Zufallsbekanntschaft jener Nacht, zerkratzt und zerbeult zu haben. Die Beschreibung, die er von seinem Mittäter gab, war zwar recht vage, aber da der Kerl sich einige Tage später urplötzlich an den Vornamen seines Kurzzeitkumpanen erinnern konnte, kam die Wahrheitsliebe unserer Polizei nicht um eine Gegenüberstellung herum.

Boxfeld weiß, welche Risiken er eingeht, wenn er ein Loch im Netz des Vergangenen so mutwillig zusammenzieht. Es war ja nicht das erste Mal, daß er mir und meinen Geschäften in einer verfahrenen Angelegenheit mit einer frechen semihistorischen Improvisation auf die Sprünge half. Treu, wie er ist, vergißt er nicht, daß Gabor Cziffra ihm, dem unehelichen Sohn eines im Krieg Verschollenen, in mageren Zeiten den Besuch des hiesigen Realgymnasiums und das Studium der Rechte ermöglicht hat. Und Dankbarkeit, die auf so früh erlebter Wohltat gründet, überdauert, seltsam unversehrbar, all die Roßkuren, in denen eine weitgespannte Seele zum Erwachsenenverstand zusammenschnurrt. Mein Anwalt Boxfeld, den ein unterlegener Prozeßgegner in lächerlicher Überspitzung einmal einen Advokaten des Teufels nannte, freute sich wie ein Kind, als er Lemon am Tor des Untersuchungsgefängnisses abholen durfte. Lachend klopfte er ihm auf die Schulter, und die Scherzworte, mit denen er dem jungen, blassen Mann die nicht zu übersehende Befangenheit zu nehmen suchte, waren männlich grob, auch etwas anzüglich, aber frei von beruflichem Zynismus und jeder eingefleischten Bitternis.

Ach, Onkelchen Gabor hört Boxfelds Schulterklopfen, weil er es wieder hören will, als trockenes Patschen in schönstem Stereo von links nach rechts, von rechts nach links durch die Muscheln seines Kopfhörers wechseln. Und meine Augen sehen, weil sie sich miterinnern, die große, auf ihrem Rücken schwarzbeflaumte Hand immer aufs neue, ganz langsam und sehr schwer, auf den gekrümmten Rücken meines Sorgenneffen fallen. Erneut hebt sich Boxfelds Rechte, landet auf der rechten Achsel, rutscht weiter auf den Oberarm, zieht Lemon stramm heran. Ach, Onkelchen Gabor weiß, wie schrecklich verbunden sich die beiden so, Schulter an Schulter zum wartenden Taxi schreitend, fühlen mußten. Die tüchtigen Gesellen rühren mich lang und tief. Solchen Gehilfen schaute Herr Gabor Cziffra immer gerne auf die Finger – und heute nacht lug ich noch einmal allen ins Gemüt.

Die Sichel

Bitter ist brav. Die ganze Zeit schon krakelt er in seine Kladde. Zuerst schrieb er im Halbdunkel auf seinem Schoß, aber dann verdroß es ihn doch, daß er nicht richtig sehen konnte, was seine Hand dem Chef da aufmalt. Also hat er sein Büchlein ins beste Licht, ins Kühlschrankinnere gelegt. Bitter kniet vor dem großen Kasten, keilt Strich für Strich in das Papier, staunt, wie sich die Zeichenmännchen zu Grüppchen zusammenrotten, läßt Zeile an Zeile wachsen, begafft begeistert, was schon entstanden ist, brummelt, was ihm noch einfällt, vor sich hin, um so zu hören, ob es zum Aufgeschriebenwerden taugt, und spürt doch immerzu, selbst in der höchsten Kritzelseligkeit, den Blick des Weibsbilds in seinem Nacken.

Fabelhaft einfach wäre die Welt jetzt ohne sie: Buch, Hand und Kopf im Kühlgerät geborgen. Bitter spürt dessen Vibration über die Knie in beide Oberschenkel dringen. Sobald das Pumpen des wirkungslosen Aggregats in einem langgezogenen Rütteln ausklingt, muß er das Schreiben unterbrechen, weil die letzten Stotterstöße des Geräts in seinen Beinen, in seinem Becken weiterbeben. Vorhin hörte er Still, just im Moment der ärgsten Schwingung, hinter seinem Rücken kichern. Das kurztaktige Getön kitzelte ihn tief in den Ohren. Aber vielleicht war es auch nur das Knistern und Knacken von Zellophan, das ihre Finger zerrissen und zusammenknäulten. Noch immer ist sie mit dem Abendbrot beschäftigt. Bitter weiß sicher, daß Still, solange die ganze Mannschaft bei den Mahlzeiten beisammensaß, nur wenig zu sich nahm, und deshalb fiel ihm, als sie sich erstmals zu zweit am Öfchen niederließen, gleich ihre helle Hast beim Essen auf. Vielleicht hat er sich deshalb nur zwei, drei Bissen einverleibt und dann damit begonnen, fleißig für Großonkel Cziffra Buch zu führen.

Still sagt etwas, sie ruft ihn. Bitter hört den zitronenfarbenen Klang seines Arbeitsnamens. Sie sorgt sich, weil Vita und Light nicht wie verabredet aus dem Keller zurückgekommen sind. Es macht ihr angst, es macht sie hungrig, daß allerlei Gerumpel, ein Schrei und danach nichts als Stille aus dem finstern Loch emporgestiegen sind. Sie möchte das, was sie befürchtet, mit dem Kollegen teilen, aber Bitter schüttelt nur den Kopf und murmelt weiter über seiner Kladde. Das Büchlein freut ihn mehr denn je, nur schade, daß der Stift, sein Kugelschreiber, so ganz und gar gewöhnlich ist. Wenn er gewußt hätte, wie geschmeidig ihm das Schreiben für Großonkel Cziffra von der Hand gehen kann, hätte er sich besonderes Gerät dafür besorgt. Mit einer goldenen Feder, mit einem schweren, prallen Kolbenfüller, würde er sich über den angegilbten Blättern seiner Kladde, auch ohne einen weiteren Menschen, alles andere als einsam fühlen.

Manchmal denkt Bitter, er könnte alte Dinge lieben, er könnte sogar zum Sammler sorgsam ausgewählter Stücke werden. An einem Montag hatte in Arnos Ladenfenster plötzlich ein altes Taschenmesser ausgelegen, auf dem in zackiger Schrift ein Spruch geschrieben stand: «Mann, nimm dir Zeit und nicht das Leben!» Arno verlangte fünf Euro – zehn alte deutsche Mark! – dafür, was Bitter sagenhaft teuer vorkam, denn beide Klingen waren festgerostet. Aber er kaufte das Messerchen, ohne zu feilschen, und schob es schnell in seine Hosentasche, bevor es Arno in die Tüte zu den Videokassetten und den Lustigen Taschenbüchern stecken konnte.

Zu Hause bat er Frau Mutschereit um ein Metallputzmittel.

Sie gab ihm nicht nur eine Tube ‹Stahlglück›, sondern auch ein Fläschchen Nähmaschinenöl und holte ihm aus der Abstellkammer das Holzkästchen mit ihrem Damenwerkzeug. Mit einer kleinen Zange gelang es, die Klingen des Messers auszuklappen. Bitter muß schmunzeln, wenn er daran denkt, mit welchem Eifer Frau Mutschereit das Problem sofort zur Hausfrauenangelegenheit erklärte. Als sie auf den Flur ans Telefon gegangen war, drückte er ihr zum Dank mit der größeren der Klingen eine kleine Kerbe in die Kante ihres Küchentischs. Traurig, zum Herzerweichen traurig ist nur, daß er sich jetzt, in diesem Arbeitsaugenblick, kein bißchen dran erinnern kann, wo jenes Messerchen samt seinem schönen Ratschlag abgeblieben ist.

Still hat ihn wieder angesprochen. Mit vollem Mund hat seine Teamkollegin ihn erneut etwas gefragt. Bitter schlägt seine Kladde zu und rutscht auf Knien zu ihr hinüber ans Petroleumöfchen. Dessen Blubbern, sein kommaloser Kommentar zu ihrer Zweisamkeit, ist vorhin mit einem spitzfindigen Sprotzeln verstummt. Die Ölration für heute abend ist verbraucht. Notgedrungen muß der Ofen nun seine Klappe halten und atmet keine Luft in Hitze um. Durch die Fenster aber strömt ein wenig reichlicher Licht als in den bisherigen Nächten, und diese schwache Helle – es könnte Mondlicht sein – scheint die Wärme noch ein Weilchen festzuhalten. Weil Bitter versäumt hat, die Lesebrille abzunehmen, sieht er Still deutlicher als je zuvor. Ganz unbezweifelbar hat sie durch ihr Abendessen schon gewaltig an Gewicht gewonnen. Massiv und imposant thront sie, die Beine im Schneidersitz gekreuzt, auf ihrem Polster. Der schwarze Zwickel ihres Slips separiert feste, muskulöse Oberschenkel. Der Schaumstoffquader kann ihre Pobacken nicht fassen. Und ihre Hüften sind gar nicht schmal und knochig, wie er es sich bislang eingebildet hat.

Bitter reißt sich die Brille von der Nase. Gerade eben – Still wippte auf die Knie, Funnys Jacke und das Oberteil ihres Kostüms klafften auseinander, die Bluse spannte sich über ihrem Busen – hat er, weil er dem Anblick dieser Brust auswich, den silbernen Clip so scharf wie nie gesehen. Das dünn hereingeschwemmte Licht erkaltet auf dem matt polierten Schmuckstück, es kondensiert sogleich zu feinen Perlen, die zu Kügelchen zusammenrinnen, bis ihre Schwere sie abzutropfen zwingt. Die Brille in der naßgeschwitzten Hand, hört Bitter das Plop-Plop-Plop, mit dem die Mondlichtkugeln auf Stills Hals zerplatzen. Er steckt die Lesehilfe weg und schafft mit übergroßer Willenskraft, ihr nicht zur Strafe aufs Gestell zu schlagen, wie er es immer macht, wenn sie ihn mit übertriebenem Scharfsehen ärgert. Zumindest hat er verhindern können, daß auch der Mund seiner Kollegin deutlich wurde. Er weiß, wie schwer es wäre, ihre Worte noch halbwegs zu verstehen, wenn er zur gleichen Zeit ihr Lippenspiel verfolgen müßte.

Er rutscht ihr näher ans Kostüm, und wenn das Öfchen nicht so dominant nach Petroleum duften würde, könnte er jetzt gewiß schon ihr Verschwitztsein riechen. Bitter ist überzeugt, daß sich keiner der Mannschaft in den zurückliegenden Tagen mehr als die Hände und das Gesicht gewaschen hat. An Vitas Fingern waren ihm breite Trauerränder unter den Nägeln aufgefallen. Und aus Lights Kleidern stieg ein säuerlicher Hauch, als er dem plumpen Kerl unter die Achsel griff, um ihm über den Rand der Kellerklappe hinab ins Dunkle zu helfen.

Zum zweiten Mal hört er Still sagen, daß sie und er ganz offen über alles reden müßten, und Bitter mißfällt, daß sie vom Chef weiterhin als von «Herrn Cziffra» spricht. Eigentlich sollte er vorschlagen, ihn nun unter vier Augen, damit es ernst wird mit der Offenheit, «Großonkel Cziffra» zu nennen. Aber noch traut er sich nicht, ihr so intim zu kommen. Sie siezen sich ja weiterhin, ganz wie es ihnen vorgeschrieben ist. Still hat inzwischen angefangen zu erzählen, was sie da draußen in ihrem anderen Leben tut, womit sie sich ihr Geld verdient, Bitter aber ist zu sehr damit beschäftigt, die neue Nähe auszuhalten, und kann nicht richtig zuhören. Als sie sich eine weitere Scheibe Zwieback aus der zähen Plastikfolie zerrt, stoßen sie leicht – er spürt es wie einen Messerstich – mit ihren Ellenbogenspitzen aneinander.

Kollegin Still berichtet, sie habe in den letzten Jahren als freie Graphologin Gutachten für Personalabteilungen geschrieben. Bevor sie von Herrn Boxfeld wegen des Hochhauses angesprochen worden sei, habe sie nicht einmal gewußt, daß zwei der Firmen, für die sie regelmäßig tätig sei, zu Cziffras Unternehmensgruppe gehörten. Bitter beobachtet, wie Still, während sie spricht, sich unter dem Einsatz aller Finger vergeblich müht, den Zwieback zu zerbrechen. Er muß an Vita denken, der die ungewöhnlich dicken, steinharten Scheiben zwischen Daumen und Mittelfinger klemmte und sie unter dem Druck des Zeigefingernagels in zwei Stücke zerspringen ließ. Der Zwieback stammt, das verriet ihnen die Verpackung, aus der Vorratshaltung, die die amerikanische Armee einst hierzulande unterhielt. Light, den Dicke und Härte der Scheiben erstaunten, der überhaupt Meister im Staunen ist, meinte, vielleicht habe man mit diesem Gebäck die Gebisse der Soldaten auf Gefechtstauglichkeit getestet.

Still ist aus einem Schuh geschlüpft und wendet ihn auf dem Schoß in beiden Händen, so daß auch Bitter sieht, wie stark das Wildleder an Spitze und Absatz gelitten hat. Dann aber schließt sich Stills Faust um den Stöckelstift. Wie eine Schraube versucht sie ihn abzudrehen und legt den Schuh, weil ihr das nicht gelingen will, dem Kollegen auf die Oberschenkel. Lemon solle so lieb sein und diesen Absatz gegen den Uhrzeigersinn von der

Sohle schrauben. Bitter probiert es, und es fällt ihm leicht. Ein Messinggewinde ist auf die Schuhsohle genietet, und er betastet das Gegenstück, den Absatz mit der integrierten Mutter, bis Still ihm beides – wie einem Kind ein unerlaubtes Spielzeug – wegnimmt.

Wieder tut das Zurückkehren weh. Erneut schmerzt es so sehr, den eigenen Körper aus dem Dunkel ins Licht zurückzuschaffen. Aber die Arme erfüllen ihre Pflicht, Zug um Zug hangeln sie Vita an dem Seil, das die Mannschaft aus Stoffen und Kleidern gewunden hat, in die Höhe – dem Schimmer entgegen, der wie feinster Sand, wie Glasstaub, über den Rand der Kellerluke strömt. Jedesmal, wenn seine rechte Hand nach oben greift, sticht es ihm nagelspitz in seine Narbe, zieht es ihm als ein heißes Reißen bis zur Wirbelsäule, um dann, mehr juckend als schmerzend, im Spalt seines Hinterns auszuklingen. Damals, als die Chirurgen sein Fleisch zerteilten und ihm die absterbende Niere aus dem Gewebe schnitten, wurde ihm diese Spur ins Rückenfaserwerk gelegt.

Wieder wirft ihm die Narbe vor, er hätte ahnen müssen, wohin das Treiben in der Apotheke führte. Das mag er längst nicht mehr bestreiten. Von Anfang an war da ein mulmiges Gefühl, aber was ihm Heinlein zahlte, schien ein wahrer Fürstenlohn verglichen mit dem, was Vita im Programm der Goldenen Ritze verdiente. Dabei war Tibor, der neue Chef der Ritze, spendabler als deren Vorbesitzer. Vitas einstigen Brötchengeber, Sproß einer Schwimmverein-Dynastie und bei den Mädchen nicht nur wegen seiner Knausrigkeit verhaßt, hatte der Hüne Tibor mit sanftem Prankendruck zum Verkauf der Bar und zum Umzug nach Ibiza genötigt. Immer, wenn mit der Sonntagnachtshow das Wochenende hinter ihnen lag, drängte sich Boris Tibor Schulte, über zwei Meter groß und weit mehr als zwei

Zentner schwer, in die winzige Künstlergarderobe, dankte ihnen für die prima Arbeit und klatschte jedem bankfrische Noten auf die flache Hand.

Für einen satten Pauschalbetrag stieg Vita freitags und samstags dreimal, am Sonntag zweimal auf die kleine, rot angestrahlte Drehbühne der Bar, meistens zu Gitti oder zu Yvonne, zwei sehr soliden Partnerinnen, brachte es immer inklusive aller Extras, ohne Gummischutz und mit Erguß – so, wie das Publikum es heutzutage in einer guten Show erwartet. Tibor, der wußte, was er an der Gesundheit seiner Mitarbeiter hatte, legte großen Wert darauf, daß sich diejenigen, die Haut auf Haut zugange waren, alle vierzehn Tage testen ließen. Der Arzt, ebenfalls deutschstämmiger Russe und mütterlicherseits mit Tibor versippt, wurde von ihm bezahlt. Das konnte man, gemessen an den Bräuchen im Milieu, nur nobel nennen.

Und nobel war es auch, daß Vita nach seiner Krankenhausentlassung sofort wieder in der Goldenen Ritze auftreten durfte. Ein Afrikaner, ein schöner Ghana-Neger, anerkannter Asylant, war in der Zwischenzeit für Vita eingesprungen und hatte ohne Fehl und Tadel seinen Mann gestanden. Aber die Gäste, vor allem die Wochenendtouristen aus den deutschen Hinterlanden, sahen doch lieber weiße Bühnenmänner. Die Zeit, wo jeder gutbestückte Schwarze von den in Rudeln angereisten Skat- und Kegelbrüdern mit gutmütigem Gejohle empfangen wurde, war bis auf weiteres vorbei. Tibor kannte den Wert von Vitas käseweißen Teilen, und Gitti fand die frische Narbe richtig geil.

Herr Heinlein, der Apotheker und Versucher, hatte Gitti und Vita kurz nach Tibors Ritzenübernahme zum ersten Mal ihre Arbeit tun gesehen. Bald saß der alte Mann regelmäßig in der sündteuren Promi-Loge, direkt am linken Eck der Bühne, und schließlich bat er die beiden Künstler nach ihrem Auftritt auf ein Glas Hauschampagner an seinen Tisch. Schnell wurde man handelseinig. Gitti und Vita sollten am Montag abend in der Apotheke eine Privatvorstellung geben. Ihr Gastgeber wollte nur zuschauen, und das gebotene Honorar schien genau zu dieser Art von Auftrag, zu den begrenzten Wünschen eines diskreten, spendablen alten Herrn zu passen.

Jedoch, bereits an jenem Montagabend kam es zu einer Überraschung. Kaum hatten Gitti und Vita die erste Stellung eingenommen, huschte noch eine weitere Person ins gutgeheizte und sorgsam abgedunkelte Apothekenhinterzimmer. Sie trug wie Herr Heinlein einen weißen Arbeitskittel und war, was Vita irritierte, eine schon ältere, grauhaarige Frau. Gitti bemerkte zunächst allein an Vitas nachlassendem Eifer, daß etwas nicht in Ordnung war, entdeckte dann den Grund und zischte erbost: «Ich mach's doch nicht vor meiner Mutter!» Sie sei in diesem Augenblick, gestand sie auf der Heimfahrt, drauf und dran gewesen, die Arbeit hinzuschmeißen, aber sie hatte das Apotheker-Geld im Geiste schon für einen ganz bestimmten Fummel ausgegeben.

Es war nicht nötig, Gitti zu einem zweiten Besuch zu überreden, denn Heinlein hatte sie eh nur als Übergangslösung angeheuert. Am nächsten Montag kletterte Vita auf Wunsch seines Auftraggebers mit jener grauhaarigen Dame, die ihrer ersten Vorführung beigewohnt hatte, auf den großen, mit Dekken gepolsterten Tisch. Auf dieser Bühne ging seine Montagsarbeit fast drei Monate hindurch gleichförmig vonstatten. Und erst als ihm die neue Partnerin samt jenem weißen, steifgestärkten Kittel, den sie niemals auszog, zumindest taktil und motorisch vertraut geworden war, rückte der Apotheker mit dem heraus, was wohl von Anfang an das Ziel der Inszenierung gewesen war: Heinlein wünschte den Akt auf Video zu filmen, und zwar, wie er es nannte, sowohl in Echtzeit als auch in hinreichend echter Länge. Er meinte damit, Vita sollte es mehrmals einen Vierteltag, jeweils volle sechs Stunden ohne Pause, mit dieser Frau tun, die er nicht einmal während des Arbeitseinsatzes zu duzen wagte und deren Namen Heinlein ihm bis zuletzt verschwieg.

Ohne den schwarzen Porsche wäre es vielleicht nicht zu diesem Film und ebensowenig zu den dafür nötigen Spritzen gekommen. Aber ausgerechnet damals mußte ihm Tibor sein liebevoll gepflegtes schwarzes Cabriolet zu einem wahren Freundschaftspreis offerieren. Um diesen todschicken Renner unter den Hintern zu kriegen, begann Vita mit Heinlein zu verhandeln, der mit sich handeln ließ und ihm erstaunlich weit entgegenkam. Mit der Vereinbarung von einem Dutzend Drehterminen war die Finanzierung des schwarzen Traums gesichert; Montag auf Montag wurde der Wagen Stück für Stück unter Heinleins großer Uhr verdient. Eigens für ihren Film war eine jener mächtigen Normaluhren, wie sie auf Bahnhöfen zu finden sind, im Hinterzimmer der Apotheke angebracht worden. An einer transparenten, erschreckend dünnen Nylonschnur hing sie über dem Arbeitstisch, und noch beim letzten der zwölf vereinbarten Langzeitarbeitsintervalle hatte Vita Angst, das schwere Ding könnte ihm unversehens in den Nakken krachen.

Aber die Schnur der Uhr und auch der zierliche Haken in der Decke hielten. Volle sechs Stunden hielt auch das Mittel vor, das ihm Heinlein unmittelbar vor Arbeitsanfang intramuskulär, in einen Oberschenkel, injizierte. Wie versprochen spürte er keine Nebenwirkung. Auf dem Nachhauseweg, zu Fuß am Alten Salzhafen entlang, ließ die genitale Durchblutung problemlos nach, und immer schlief er dann bis weit in den Dienstag nachmittag. Am Ende des letzten Marathons jedoch bemerkte er eine feine rote Spur im milchigen Geschliere des Ejakulats. Auch die digitale Kamera des verfluchten Pillendrehers wird die Verfärbung festgehalten haben. Schon tags darauf hatte er Blut im Harn und leichte Rückenschmerzen, die langsam stärker, schließlich unerträglich wurden.

Vita reibt sich die Narbe mit dem Daumen. Noch immer hockt er am Rand des Ausstiegs. Es fällt ihm schwer, dem Kellerloch adieu zu sagen. Da unten war ihr Auftrag, diese sinistre Sonnensuche, endlich in Schwung gekommen. Zuerst hatten sie ihre Botschaft an den Chef auf den Weg gebracht. Im Licht des Kohlebrenners faßte er den siebenschlauen Kollegen um die Oberschenkel und stemmte ihn so hoch, daß er mit ausgestreckten Armen den rechteckigen Auswurftrichter des Müllschachts erreichen konnte. Dort hinein schoben Lights Hände, wie es ihnen in Cziffras Brief befohlen worden war, den Marder.

Der zierte sich eine ganze Weile, wollte zurück auf die Schulter seines neuen Herrchens, fauchte verdrossen und biß ein paarmal, mehr zärtlich denn erbost, in Lights Haar und Nacken. Aber am Ende siegte die Dressur. Der Marder war darauf abgerichtet, sich durch den Blechschacht davonzumachen. Light tippte auf eine Querverbindung zu den benachbarten Gebäuden, die in Höhe der Wasser- und Gaszuleitungen verläuft. Die Müllschachtklappen waren ihnen bereits am ersten Morgen bei ihren Rundgängen über die Etagen aufgefallen. Überall sind die Deckel der großmäuligen Einwürfe mit gründlich verrosteten Schrauben fixiert. Die Jahre, in denen Abfall aller Art mit einem fröhlichen Poltern Richtung Keller sausen durfte, scheinen schon lang zurückzuliegen.

Als das Kratzen und Tapsen des entschwundenen Tiers in einem letzten hohltönenden Echo ausklang, als Vita den schwergewichtigen Kollegen wieder auf den Kellerboden stellte, als er den Fieberschweiß auf dessen Stirn und Nase glänzen sah, hat diese Arbeit, diese Suche nach allem und nichts, begonnen, ihm Spaß zu machen. So, wie es unten im weiteren endlich hart zur Sache ging, soll es nun oben weitergehen. Vita steht auf, nimmt seine Waffen, den Schraubenzieher und die frisch erworbene Keule. Noch einmal beugt er sich über das Loch zum Keller, sammelt Speichel im Mund und spuckt ins Finstere.

Jetzt erst, schiere Ewigkeiten nachdem er den Umschwung auf den Augäpfeln fühlte, beginnt Bitter zu begreifen, was am Kühlschranklicht anders geworden ist. Dessen Temperatur, dessen Farbmischung, die nie wirklich erwärmend, sondern nur aufreizend schwefelstichig war, hat sich, seitdem sie abwechselnd an Stills Zigarette saugen, in ein prächtiges, in ein vollrundes Sonnenblumenleuchten verwandelt. Und dieses Gelb reicht weiter als zuvor. Just dort, wo ihre Köpfe liegen, nahe am Feuermund des neuentfachten Zimmerofens, schmiert nun das Rot der Petroleumflämmchen mit einer mandarinefarbenen Aura in das hitzig gewordene Gelb des Kühlschranklichts hinüber.

Der Schaumstoffkeil, auf dem er und Still ihre Köpfe liegen haben, stammt wie das ganze notdürftige Bettzeug aus der Guten Stube, aber er riecht nicht nach der abgestandenen Reinlichkeit der Wäschestapel und Kleiderberge. Der Schaumstoff hat, vielleicht weil er in einem höheren Sinne künstlich ist, den Muff des dritten Stockwerks abgewiesen. So darf es jetzt rund um ihre beiden Gesichter einzig nach der Kollegin duften, nach Äpfeln und Vanille, obstartig säuerlich und zugleich puddingsüß, nach ihrem Schweiß, nach dem Talg ihres Haars und nach den letzten Spuren des Gels, das seit Tagen ihre Frisur fast unverändert in Form hält.

Die Zigarette im Absatz ihres Schuhs war selbstgedreht. So paßgenau fügte sie sich in den hohlen Stift, daß Still sie durch vorsichtiges Klopfen herausbefördern mußte. Bitter bestaunte diese Prozedur. Nie hätte er gedacht, daß ihm ein anderer Mensch mit einer Heimlichtuerei so nahe kommen könnte. Was würde Still wohl sagen, wenn er sich jetzt den linken Schuh vom Socken zöge und ihr, ohne Umschweif, ohne jede Erklärerei, zeigte, was der Kollege Lemon dort als sein ureigenes Schuhgeheimnis spazierenträgt. Denn eben ist es Bitter wieder eingefallen. Das sind die schönsten, die wahren Geheimnisse, die selbst dem Wissen und der Kontrolle ihrer Hüter immer neu entgleiten.

Still hat erzählt, daß sie das Kraut, das sie da rauchen, im Keller anbaut. Umständlich wurde ihm ausgemalt, wie er sich dieses Gärtnern vorzustellen hat. Sie wohnt im Egon-Zucker-Park, dem einzigen komplett sanierten Winkel des Viertels. Der ruhige Zipfel der Landzunge, auf dessen vorderem Stück bis heute die chemische Industrie ihr Wesen treibt, war eines Tages von einer großen Umweltorganisation in die Liste der schlimmstverseuchten Stätten des Planeten aufgenommen worden und dadurch prompt in den Fokus der allgemeinen Aufmerksamkeit gelangt. Plötzlich war diese namenlose Industriebrache, gerade mal fünf Hektar groß und von den Resten alter Lagerhallen wie von einer Schuppenflechte entstellt, der Schandfleck und zugleich das Sorgenkind der Stadt. Schulklassen übernahmen Patenschaften für einzelne Quadratmeter des Areals. Und kaum hatte man dort nach seltsam klein bleibenden Eichen, den sogenannten Salzeichen, auch noch eine rosa blühende Kümmerform der Brennessel entdeckt, wurde das mutierte Unkraut von einem Naturschutzbund zur Pflanze des Jahres ausgerufen.

Der Erbe eines Waschmittelkonzerns stellte das Gründungskapital für eine Stiftung zur Verfügung, der die Entgiftung des Geländes als einziges Ziel in die Satzung geschrieben ist. Und wirklich, im Rahmen eines halb kommunal, halb privatwirtschaftlich durchgeführten Langzeitvorhabens verwandelte sich das nationale Gifteck in einen kleinen, ökologisch ausgetüftelten, in jeder Hinsicht feinen Wohnpark. Sechs mittelhohe Blocks wurden so verschachtelt, daß man die sternförmige Anordnung nur aus der Luft erfaßt. Still sagt, wenn sie aus dem Panoramafenster ihres winzigen Apartments blicke, habe sie stets das Gefühl, die Grünparzelle unter ihr bilde mit dem Gebäude vis-à-vis einen gefährlich spitzen Winkel. Und je nach Sonnenstand entstehe der Eindruck, als klappe das erwiesenermaßen ebene Gelände auf das Haus zu oder als neige sich dessen Fassade sturzsüchtig über den kurzgeschorenen Rasen.

Im Rauch von Stills unglaublich langsam abglühender Zigarette hat Bitter nun auch erfahren, daß die Wohnanlage nicht nur nach Egon Zucker benannt ist, sondern sogar auf Skizzen aus dem Nachlaß dieses berühmten Vorkriegsarchitekten beruht. Zuckers Gestaltungswille, der während der ersten drei Jahrzehnte des vergangenen Jahrhunderts alle damals noch praktizierten Retro-Stile plünderte, hat sich in jedem Viertel der Stadt in mindestens einem Bauwerk verwirklichen dürfen. Auf dem Höhepunkt seines lokalen Ruhms verlegte er sein Büro in die Reichshauptstadt, um sich dort ganz der Moderne zu verschreiben. Mit einem kühnen Großprojekt, mit einem Kinopalast, der seine Front wie den Bug eines Transatlantikdampfers in eine Wilmersdorfer Straßenkreuzung stemmt, wurde die neue Werkphase eindrucksvoll begonnen, ohne sich weiter entfalten zu dürfen. Zucker sah sich gezwungen, vor den Nazis in die Neue Welt zu fliehen, wo er sich nicht mehr im gewohnten Maßstab etablieren konnte. Allein am Strand von Santa Monica hat er zwei weitere bemerkenswerte Bauten, die Villen emigrierter Filmstars, als merkwürdig wehmütige Nachgeburten seiner kontinentalen Kunst hinter lagunenhaft geschwungene Pools und strenge Palmenreihen in den Sand Kaliforniens gesetzt.

Unmittelbar vor seinem Tod war Egon Zucker dann noch im Planungsstab für jene Geisterstadt in Nevada, an der die Air Force den Luftkrieg gegen seine einstige Heimat probte. Der alte Architekt konzipierte und errichtete in der Wüste Rohlinge jener Hafenbauten, die es durch Luftminen und Brandbomben möglichst effektiv in Ruinen zu verwandeln galt. Still weiß zu erzählen, man habe damals in Übersee auf Zuckers Geheiß sogar die dunklen, extraharten Klinkersteine, mit denen nun wiederum die Fassaden des Egon-Zucker-Parks verblendet seien, aus einem mexikanischen Lehm vergleichbarer Konsistenz gebrannt und schnurstracks ihre Zersprengung getestet.

Ohne je dort gewesen sein zu müssen, überschaut Bitter das Gebäudeensemble, in dem sich seine Kollegin in ihrem Außenleben eingemietet hat. Die schief verschachtelten Klötzchen des Egon-Zucker-Parks stehen vor einem kunterbunten Hintergrund, vor einem Trickfilmprospekt. Schon springt sein Blick, beflügelt von Stills Beschreibung, auf den zackig geschnittenen Balkon und gleitet in das Innere der Wohnung. Im Rundflug geht es durch die beiden kleinen, verschieden fünfeckigen Räume, die Möbel der Junggesellinnenbehausung verschwimmen in pauschaler Hübschheit, allein im dunklen Flur gilt es einer schönen, tiefhängenden Lampe aus orange schimmerndem Porzellan mit instinktivem Ducken auszuweichen. Schon ist es wieder hell, denn sie schweben in den Glasturm des Treppenhauses, spiralig sausen sie hinunter, Bitter sieht noch im Augenwinkel die Glasfront des Eingangs und die Aluwand der Briefkästen, bevor ihnen die eiserne Kellertür des Apartmentbaus Halt gebietet. Mit mehreren urtümlichen Riegeln ist sie verschlossen; die springen aber, Still muß nur mit den Fingern schnipsen, unberührt auf, und drinnen in einem Kellergang fassen sie beide Fuß, werden ganz langsam, gehen Hand in Hand nebeneinander. Und nun, zwischen den ungestrichenen Wänden, unter einer niedrigen Decke, über die Kabel und Rohre laufen, hört er Stills Absätze in übertrieben präzis gesetzten Schritten auf jener Klinkerhärte klackern, die einst die angloamerikanischen Bomben zersplittern ließen. Das ist künstlich und schön. Und Bitter stört nicht, daß seine Ohren in einer zweiten Wahrheit ihrem Mannschaftsöfchen lauschen, das jetzt, weil das Petroleum erneut zur Neige geht, mit dessen letzten Tröpfchen Luft aus dem Tank hochsaugt und dabei dieses harte Klopfen produziert.

Während Bitter seine ganze Aufmerksamkeit fürs Weiterrauchen braucht, gießt Still noch einmal Brennstoff nach und kann zugleich erzählen, wie es in ihrem Keller aussieht. Jede der Wohnparteien hat eine Fläche von zwei mal zwei Metern als Abstellraum, und weil diese Abteile nur durch Gitter aus grünen Latten geschieden sind, weiß ein jeder, wovon der andere nicht Abschied nimmt. Stills linker Kellernachbar hat eine gelblackierte Drückbank und ein Dutzend chromblitzende Hanteln eingelagert. Das rechte Kellerabteil ist mit tiefen Weinregalen aus rötlich lasiertem Holz vollgestellt, aber jeden Abend schafft es der Eigentümer, sein schönes Designer-Fahrrad in den verbleibenden Spalt zu fädeln. Still streckt die Arme aus und zeichnet in die Luft, was sie in ihrem Keller stehen hat. Es ist ein steilwandiges Iglu aus silbergrauer Folie, ein breiter Reißverschluß markiert den Eingang, und eine rote Aufschrift verrät den neugierigen Nachbarn, daß sie ein ‹Damenschlankheitswunder› vor sich sehen.

Still sagt – von einem langen, rhythmischen Husten unterbrochen –, daß sie diese Plastikhütte für einen Spottpreis auf dem Wochenendflohmarkt am Alten Salzhafen erstanden habe. Es handle sich um eine kaum gebrauchte Ein-Personen-Saunakabine, die sich, korrekt zerlegt, in einem erstaunlich kleinen Karton verstauen lasse. Sie selbst habe das Ding zwar eigenhändig in ihrem Keller aufgebaut, jedoch, beteuert sie ihm lachend, kein einziges Mal als Schwitzhäuschen genutzt. Zu spät. Bitters vorauseilender Blick weiß es längst anders und hält an seinen Bildern fest. Er sieht die Rauchgenossin auf einem hölzernen Hocker in der rötlich ausgestrahlten Kuppel schwitzen. Nur den Kopf hat sie durch den Manschettenmund des Iglus hinausgeschoben. Mit haarigen Blattkanten und kleinen Klettersprossen rühren die Pflanzen, von deren Keimen, Wachsen, Blühen Still nun schwärmt, an ihren nackten Leib. Durch feine Poren saugt der Hanf Stills Schweiß und dessen Salze in seine Kapillare.

Ganz wichtig sei, sagt diese splitternackte Still, daß die Pflanzen dicht und buschig wüchsen. Die Hanfstengel schössen in freier Wildbahn mehr als mannshoch auf, im Saunazelt müßten sie beizeiten – Still demonstriert es im Zelt mit einer Schere, und zugleich klappen ihre Finger vor Bitters Nase auf und zu – fachgerecht beschnitten werden. Unmittelbar vor der Ernte sei das Iglu restlos vollgewuchert. Sechs weibliche Gewächse, die Männchen und die Zwitter, würden ausgerupft, hätten den Hohlraum in ein klebriges Dickicht verwandelt. Die Leuchtstoffröhren seien dann vom Harz der Blüten so verschmiert, daß schon allein aus Lichtmangel die Erntezeit gekommen sei.

Bitter hört Still über das Ernten, Trocknen, Fermentieren reden und sieht sie, so dozierend, im Treibhaus sitzen. Und schließlich hockt auch er, geduckt, nackig, schwitzend und harzverschmiert, bei Still im Schlankheitswunder. Der nasse, kopflose Körper vor seiner Nase hält still im roten Licht, und tief errötet sind nun auch die Igluwände. Rundum bestehen sie, wie Bitter begreift, aus einem Glas, in das mächtige Heizspiralen eingegossen sind. Stills Rumpf ist es hier drin so warm geworden, daß an den Spitzen ihrer Brüste riesige Tropfen hängen, die das rote Licht wie Bernsteinkugeln sammeln. Erst jetzt glimmt die märchenhaft langlebig gewesene Zigarette in Bitters Fingern auf den Filter zu. Schade, auch sie kann nicht für ewig brennen, das heißt, bald ist die Rauchzeit um, und Lemonbitter, Bitterlemon hat leider Gottes wieder beide Hände frei, um dies und das zu tun.

Vita wird aufgehalten. Im zweiten Stock unterbricht er seinen Aufstieg, weil er ganz leis Musik vernimmt. Er wendet sich aus dem Treppenhaus ins Finstere, freut sich, daß seine gutgewichsten Fallschirmjägerstiefel kein bißchen quarren. Vor der Milchglastür faßt er die Keule fester. Auch dahinter müßte es völlig dunkel sein, aber zusammen mit einem sanften Wummern dringt ein schwacher Lichtschein durch das Glas. Er drückt die Klinke und schiebt die Tür eine Handbreit auf. Die zweite Etage ist in zwei gleich große Säle gegliedert. Den Kopf im Türspalt, erschnuppert Vita aus dem ersten erneut, was ihm und seinem einstigen Kollegen, als sie die beiden Räume nach Hinweisen durchsuchten, Rätsel aufgab.

«Es riecht nach Fleisch!» hatte der selige Light verdutzt gerufen, «nach altem, abgehangenem Fleisch!», und hatte die klobige Nase wie ein Spürhund in die Luft gereckt. Vita war kurz versucht gewesen zu glauben, man habe auf diesem Stockwerk Tiere gehalten, Ziegen oder Schafe, und deren strenge Ausdünstung hänge nun weiterhin im Raum, obwohl das Viehzeug längst, den letzten Nutzern des Gebäudes folgend, hinausgetrottet sei.

Sie stellten fest, daß beide Säle nichts außer schweren, langen Tischen enthielten. Light beugte sich tief über das Resopal der Arbeitsflächen, schnüffelte mit geschlossenen Augen und meinte, vielleicht habe man darauf alten Schinken oder Dörrfleisch portioniert. Vita hingegen rechnete damit, auf ein totes Tier, und sei es nur eine verweste Ratte, als Ursache des Geruchs zu stoßen. Aber dann war die Lösung noch etwas schlichter. Im hinteren Raum fand sich, säuberlich in der Mitte zusammengekehrt, ein Haufen Lederreste. Light wühlte mit dem Fuß darin herum, aber unter den Flecken und Bändeln kamen nur weitere rauhe, glatte, naturfarbene oder buntgebeizte Lederfetzen hervor. Das Ganze schien der Verschnitt von Näharbeit zu sein. Hier auf der zweiten Etage waren offenbar Jacken, Taschen oder Gürtel gefertigt worden.

Das Licht, das Vita lockt, dringt aus dem zweiten Raum. Er ist durch eine Zwischenwand aus trüben Glasbausteinen vom vorderen getrennt. Im Eck, dort, wo die gläserne Wand an die Außenmauer rührt, steht eine Sackkarre, die Vita bei Tageslicht nicht aufgefallen ist. Aus der halboffenen Tür zwischen den Etagenteilen schwingt auch die eigentümliche, sich zäh voranleiernde Musik herüber. Obwohl sie Vita jetzt vollends asiatisch vorkommt, als wäre sie von Ethnologen in den Tempeln Thailands oder Kambodschas aufgezeichnet worden, ist ihm das an- und abschwellende Wummern und Jaulen auch rätselhaft vertraut. Von irgendwoher kennt er das Gejodel. Und da fällt es ihm ein. Wird etwas wirklich langsam, wird es fremd. Er hat diese Musik in richtiger Geschwindigkeit, im Gleichtakt mit Gitti, in den Rhythmen ihres Bühnentuns, wohl an die fünfhundertmal gehört.

Das ist nicht schlecht. Das ist ein guter Witz, schenkt ihm im Nu ein zartes Grausen und steigert seine Jagdlust. Er schiebt die Tür mit seiner Keule auf und sieht den Abspielapparat. Auf dem Fußboden steht ein altes Tonbandgerät, an dessen Front zwei winzige gelbe Lämpchen glimmen. Die großen Spulen drehen sich träge gegen den Sinn der Uhr. Kein Kabel führt an das Gerät. Vita begreift, daß das urige Ding mit Batteriestrom läuft. Und weil der schwach geworden ist, hat sich die Wiedergabe der aufgenommenen Musik verlangsamt. Das ganze Gezwitscher und Gestöhne, ihr immer noch aktueller Ritzen-Soundtrack, ist tief und alt und schwerfällig geworden.

Die beiden Magnetbandspulen werfen eiförmig verzogene Schatten. Die Lampe, die sie von hinten bestrahlt, sitzt oben in einem hohen, glockenartigen Objekt. Es hat den Umriß einer riesigen Pudelmütze mit einem fußballgroßen Puschel. Weil diese Spitze Vita das Licht genau entgegenschleudert, bleibt ihm die Beschaffenheit des Unterbaus verborgen. Also macht er einen Schritt zur Seite, tritt aus dem blendenden Strahl und nähert sich der Glocke vorsichtig in einem kleinen Bogen.

Schon kann er sehen, daß es sich um ein zeltähnliches Gebilde aus silbriger Plastikfolie handelt. Aber erst als er sich bis auf einen letzten Schritt heranwagt und mit der Keule an den Kunststoff stupst, bekommt auch die Spitze, die dem Iglu aufgesetzte Kugel, ein beruhigend deutliches Profil. Vita erkennt die etwas zu flache Nase. Vita betrachtet, zum ersten Mal mit freundlicher Belustigung, wie Stirn und Kinn, fleischig gepolstert, nach hinten fliehen. Sogar die Mundpartie erscheint ihm unverwechselbar, obwohl die Taschenlampe, ins Gebiß geklemmt, die linke Backe ausbeult und die Lippen so verzieht, daß der Erstverstorbene des Teams nahezu affenmäulig aussieht. Der Schein der Lampe ist bestechend stark. Ihre Batterien müssen noch fast voll sein. Technik, die funktioniert, tut gut. Exakt so eine Arbeitsleuchte hat ihm noch gefehlt. Er steckt die Keule in den Gürtel. Seine Rechte greift in den sandigen Schopf des Schädels, während seine Linke den geriffelten Blechzylinder der Taschenlampe packt. Mit einem rohen Ruck reißt er sie Funny aus den Zähnen.

Das Fieber ist ihm vergangen. Seit er das schwarze Bad verlassen hat, ist ihm nicht heiß, ist ihm nicht kalt. Das Frösteln wie das Schwitzen haben ein Ende. Erst jetzt hat er das richtige Gespür für dieses Haus. Als Wechselblütler, als großer dunkel und ölig glänzender Lurch, scheint er in der Lage, seine Körpertemperatur dem Klima des jeweiligen Raumes anzupassen. Light fühlt sich prima als Amphibium. Unter der schwarzen Schleimschicht ist ihm die eigene Haut so nah wie nie, und wenn er nun die Fäuste ballt, kann er sich erstmals in seinem Leben vorstellen, mit ihnen herzhaft auf ein Gesicht, auf Vitas Visage einzuschlagen.

Light weiß, er fühlt sich stark im Dasein, weil er dem Wegsein aus den Fingern glitschte. In größter Not blieb er ein heller Kopf, und deshalb war der schwarze Schlick, der ihn ersticken sollte, seine Rettung. Aber sosehr ihn dieses Überleben auch erquickt, die Muskelkraft steigert es kaum. Er schaffte es nicht, sein Körpergewicht samt seinen ölgetränkten Kleidern am Seil nach oben zu ziehen. Also hat er nach einem anderen Weg gesucht und schließlich die Kellerhaltestelle des Lifts entdeckt.

Das Team hatte bereits am ersten Arbeitstag festgestellt, daß der Aufzug nicht bis in das Untergeschoß durchfuhr. Als er und Vita dann unten durch das Finstere tapsten und nach und nach ihre Funde machten, kam ihnen der Lift gar nicht mehr in den Sinn. Aber nun, wo Light ihn braucht, hat er ihn ohne große Mühe aufgespürt. Der Aufzugschacht ist natürlich dort, wo er baulogisch enden muß, nur hinter zwei breiten Bahnen schweren Sackleinens verborgen. Der Knopf, mit dem man die Kabine ruft, leuchtet grün, und kaum hat ihn Lights Daumen ölig verschmiert, versprechen Quietschen und Rumpeln das Kommen der Kabine.

Im starken Neonlicht des Lifts, zwischen dessen großen Innenspiegeln, staunt Light, wie zäh die Schmiere an ihm haftet und wie bezaubernd fremd ihm dieses neue schwarze Abbild ist. Dabei ist wenig an seiner Form verändert, allein die Haare kleben ölig am Schädel, und am linken oberen Rand der Stirn wölbt sich eine spektakuläre Beule. Light beugt sich zum rechten Spiegel, um sie genauer zu betrachten. Er zupft die Haare weg und legt den schmalen, sichelförmigen Krater der Platzwunde frei, die ihm der Keulenhieb geschlagen hat.

Durch nichts wurde ihm Vitas Angriff angekündigt. Wahrscheinlich hätte ihn warnen können, wie hastig Vitas Finger nach der Waffe griffen, wie er die Keule, die in der Achselbeuge der Leiche klemmte, an sich riß. Aber Light ahnte in diesem Augenblick nicht einmal, daß das krude Holzding dazu taugte, vielleicht sogar dafür gemacht war, Schädelknochen zu zerschmettern. Allerdings war ihm instinktiv nicht recht, daß Vita dem Toten etwas wegnahm. Der strahlende Leichnam schien so, wie er dalag, absichtsvoll bestattet, und das Arrangement sollte nicht ohne Überlegung angetastet werden.

Nur ein paar Schritte neben dem schweren Allesbrenner stand der alte Öltank. Die obere Hälfte des Behälters war abgesägt. Wahrscheinlich hatte man irgendwann geplant, das, was sich aus dem Heizöl vieler Jahre niedergeschlagen hatte, herauszuschöpfen und herauszuschaben, um es zu entsorgen. Vita hatte die Idee, die Bretter, mit denen die Leiche abgedeckt gewesen war, in den Ölsumpf zu tunken und so die Brenndauer der dünnen Planken zu erhöhen. Als Light sich weit über den Rand des Tanks lehnte, um seine erste Holzlatte möglichst tief einzutauchen, traf ihn der Schlag. Ob er dann nur vom eigenen Gewicht über die Kante gezogen wurde oder ob Vita mit seinen kräftigen, langen Armen nachhalf, weiß er sich nicht zu sagen.

Die Schwärze der Ohnmacht wich, als sich die kühle Brühe des Tankinhalts über seinen Wangen, über seinen Lidern und seiner Stirn zu einer Oberfläche glattzog. Fast übersinnlich klar verspürte er, wie seine Nasenspitze in die Kelleratmosphäre ragte, während ihn rundum, auch an den Händen, der Schlick geschmeidiger als Wasser umschloß. Er ahnte, daß oben Kollege Vita lauerte, daß der die Keule ein zweites Mal niedersausen lassen würde, falls er sich in Erstickenspanik aufbäumte. Also hielt er den Atem an. Reglos im schwarzen Schlamm, ermaß er die Grenzen von Vitas Schauen und folgerte, daß der nur stärkere Bewegungen im Grund des Tanks erkennen würde. Das Licht, das über dessen Rand fiel, war äußerst schwach. Er spannte den Rücken und die Nackenmuskeln gerade so weit an, daß sich seine Nasenlöcher ganz aus der Flüssigkeit erhoben. Sein Glück war unbeschreiblich, als es ihm gelang, mit einem lautlos zarten Schnauben das Öl, das ihm in seine Nase gedrungen war, hinauszublasen. Die erste Luft, die er sacht einsog, war süß und harzig schwer. Immer würde er den Geruch des Ölsumpfs als das Aroma seines zweiten Lebens lieben.

Gedämpft hatte er Vita beiseitestapfen hören. Und ohne es sehen zu können, begriff er, was der Kollege mit dem ihm eigenen Sinn fürs Naheliegende machte. Er fledderte die Leiche. Etwas, vielleicht der schöne Schimmelschimmer, ließ Vita wohl vermuten, daß er der gesuchten Sonne nahe sei. Im Ölschlamm schwebend, glaubte Light gegrunzte Flüche, ein Ritschen und ein Ratschen und sogar ein widerliches Knochenknacken zu erlauschen. Viel später, als längst wieder Stille herrschte, als Light mit bebenden Gliedern, mit steifem Nacken, tauben Händen, aber noch immer berauscht vom Triumph des Willens über den Rand der Wanne kroch, konnte er sehen, wie gründlich Vita vorgegangen war. Der Leichnam lag, ins Licht des Ofenlochs gezerrt, mit häßlich verrenkten Armen, mit weit gespreizten Beinen auf dem Klinkerboden. Die pilzüberwachsene Kleidung, ganz unverkennbar eine Uniform, war ihm in großen Fetzen vom Leib gerissen.

«So etwas tut man aber nicht», hörte sich Light mit heiserer Stimme flüstern. Und dann, nach einem Ehrfurchtspäuschen, trat er heran, hockte sich nieder und begann sorgfältig zu prüfen, ob Vita in seinem Furor etwas übersehen hatte. Er ließ sich Zeit und forschte gezielt. Viel besser als sein grobschlächtiger Kollege weiß Light, worum es bei ihrer Suche geht. Auch in diesem speziellen Fall ist der Gebildet-Kluge der Eingeweihte unserer Tage. Aber nirgends, nicht in den Taschen von Jacke und Hose und auch nicht unter der Wäsche des Toten, die er vorsichtig anhob und mit den Fingernägeln abrupfte, sobald sie wie feuchte Pappe riß, war ein Hinweis auf den Verbleib der Sonne zu finden. Zuletzt nahm Light noch eine Latte, wälzte die Leiche damit auf den Bauch, um auch ihre Rückseite zu untersuchen.

Im scharfen Spiegel, im erstklassigen Licht des Lifts läßt sich schön erkennen, daß die Stirnwunde nicht tief ist. Und da die Schwellung wahrscheinlich ihren Höhepunkt erreicht hat, werden die Ränder nicht weiter auseinanderklaffen. Light kann sich schon die krumme, helle Narbe vorstellen, die ihm zur Erinnerung bleiben wird. Bei diesem schönen, zukunftsträchtigen Gedanken sieht er sein schwarzbraun beschmiertes Gesicht eine richtige Siegermiene schneiden. Aber es gibt noch viel zu tun. Light beugt sich über die Bedienungsleiste. Und während er sich sorgsam überlegt, wohin er fahren soll, beginnen seine Füße, als hätten sie es eiliger als er, in schnellem Rhythmus auf und ab zu wippen.

Der Diskus

Onkelchen Gabor hört seinen Edelneffen unstet auf der Stelle treten. Es quietscht und schmatzt. Ich weiß, in Lights Schuhen steht die Schmiere, seine Socken haben sich mit Ölschlamm vollgesogen. Er ist so unruhig, weil sich der Lift nur stockend aufwärts schiebt. Light ahnt ja nicht, was dessen Kasten alles huckepack nach oben schaffen muß. Mir aber kann die Auffahrt gar nicht langsam genug vonstatten gehen. Denn während wir so ausnahmsnahe beieinander sind, während wir Stückchen für Stückchen nach oben ruckeln, dürfen Onkel Gabors nackte Füße spüren, wie Lights plumper Leib den Würfel unter meinem Stuhl zum Schwingen bringt. Die alten Brandnarben sind wachsam wie eh und je. Wir halten an. Die Tür brummt auf. Jetzt melden mir die Kopfhörer das satte Schnalzen, mit dem sich Lights Ledersohlen vom Aufzugboden lösen. Öl ist ihm aus den Kleidern abgelaufen und hat sich zu einem schwarzen Pfützchen angesammelt. Man müßte die Kabine saubermachen, mit einem scharfen Lösungsmittel, sonst bleibt dort noch ein Fleck.

Boxfeld soll sich drum kümmern. Noch heute nacht. Ich bin zu alt dafür. Alles an mir ist leider Gottes übermäßig alt. Hundertundeins ist eins zuviel. Und da mir meine Augen, die eigensinnigsten aller Organe, da mir die lieblos gewordenen Linsen die Teilhabe an Gabor Cziffras Welt so schnöde aufgekündigt haben, hören meine Ohren besser als je zuvor. Ich habe meine Müh mit ihrem Übereifer. Wieder und wieder wollen die weißbehaarten Muscheln mich dazu verleiten, mir mehr, als meiner Mannschaft in den Blick sticht, in mein Horchbild hineinzubasteln.

Vielleicht hat Light sogar hiervon bereits ein Gran begriffen. Voller Erkenntnisgier starrte er eben, bevor er aus der Kabine schritt, noch einmal in alle drei Aufzugspiegel. Allein weil Light so vorbehaltlos ans Schauen glaubt, fand er damals bei Arno's Antik eines der verschollenen Museumsstücke. Arno warf den kleinteiligen Glitzerkram, alles, was glänzte, Nippes, Besteckteile, Serviettenringe, Modeschmuck, Münzen und Medaillen, in eine große Wühlkiste aus Holz. Hundert und einem Salzhafenbewohner wäre es möglich gewesen, den verschollenen Diskus, die gelochte Himmelsscheibe, darin zu finden. Aber das urtümliche Ding verfehlend, gruben sich alle anderen Kunden durch den Tand.

Fast alle anderen. Onkelchen Gabor will bei der Wahrheit bleiben. Ungefähr eine Stunde, ein rundes Stündchen, bevor Light, der wahre Kenner und Käufer, kommen sollte, lag der kuchentellergroße Diskus schon einem anderen Mann ein langes Weilchen auf der flachen Hand. So lang, wie eine übergründliche Lektüre dauert. Sein Zeigefinger schob sich von Zeichen zu Zeichen über die matt oxidierte Bronzescheibe. Hauchlos sprachen die Lippen den mit den Augen und der Fingerkuppe abgenommenen Text. Der brauchte überreichlich stille Zeit. Arno bemerkte es und wartete hinter der Kasse ab. Der gute Arno kannte seine Pappenheimer. Er kannte den, der sich da einfach Zeit nahm, als notorisch zögerlichen Käufer, als einen, der lange im Laden blieb und meistens ihm das Reden überließ. Seinetwegen durfte dieser Gehemmte, ja chronisch Verstockte, der sonst nur Comics und Videos kaufte, ewig auf die Scheibe gaffen.

Arno hielt den Diskus für Modeschmuck. Wenn er den Nachlaß alter Frauen kaufte, klaubte er längst nicht mehr auseinander, was sie an Broschen, Ringen, Ketten in Kästchen, Täschchen oder in den Schubladen von Frisierkommoden und Badezimmerschränkchen angehäuft hatten. Zusammen mit schmuddeligen Bürsten, speckigen Kämmen, verhakt in Haarnetze und Gummibänder, wurde alles, was von den Tagen des Sichschönmachens zeugte, in die Kiste zu dem ganzen anderen gleichartigen Zeug gekippt. Selbst bei den alten Huren, die manchmal Unmengen davon gehortet hatten, war ihm noch nie ein wirklich wertvolles Stück in die Trödlerhand gefallen. Die Scheibe, über der dieser Comic-Fan noch immer, wie in ein Selbstgespräch versunken, den Mund bewegte, hatte vermutlich einer dieser Damen an einer Kette auf die junge Brust gehangen. Der gute Arno schüttelte nur einmal kurz den Kopf, wandte sich dann den anstehenden Schlüpferlieferungen zu, sortierte sie, beschriftete die Kuverts – verpaßte so die Einsicht, daß Lemon, sein Kleinkramkunde, einen großen Leser darzustellen vermochte.

Nur eine Stunde später traf Light im Laden ein, sah, was von Lemon hochgegraben worden war, griff habenwollend zu und kaufte. Er war auf eine andere Weise eingeweiht. Bevor er die uralte Himmelsscheibe, den Zeigefinger in ihr Mittelloch geschoben, aus dem Glitzerkrust der jüngst gewesenen Jahrzehnte fischte, hatte er schon ihr Abbild gesehen. Als Krücke, als Schicksalsstütze stand ihm ein Exemplar der alten Museumsbroschüre zur Verfügung. Light kannte die schriftlose Diskusvorderseite so, wie ihr Schwarzweißfoto auf Seite 8 groß abgedruckt ist. Das Bild des Diskus war vom Vorbesitzer seines Katalogexemplars mit rotem Lackstift dick umrandet worden. Zur Sicherheit – aber wahrscheinlich hätte es diesen Wink bei einem Kenner wie Light gar nicht gebraucht.

Onkelchen Gabor wüßte zu erzählen, daß die erste und einzige Auflage immerhin zweitausend Exemplare betrug. Die hochwertige Glanzbroschüre wurde am Eingang zur Dauerausstellung, mit der Herr Ilja Gor sein neuartiges Museum eröffnet hatte, für den bescheidenen Preis von fünfzig Reichspfennig feilgeboten. Man hatte sie exakt neunhundertneunundneunzigmal verkauft, als eine Handvoll an den Salzhafen verirrter Bomben das Gebäude und damit Gors Kuriositätenkabinett in einen flachen Trümmerberg, in eine Wüstenei verzauberten.

Oh, Ilja Gunter Gor. Es liegt in der Natur der Sache, daß ich über ihn am liebsten schwiege. Selbst Boxfeld ist es nicht gelungen, mir mehr als das Nötige über diesen Museumsfritzen zu entlocken. Ein Scharlatan, sogar ein genialer Scharlatan wie Gor, schrumpft allen, auch sich selbst, zu nichts als Peinlichkeit zusammen, sobald sein Werk, sobald die Anmut seiner Gaunereien, aus der Welt verschwunden ist. Einer wie Gor hätte sich nicht endgültig auf etwas, das man in Schutt und Asche legen kann, verlassen dürfen. Aber nach einer nervösen Serie erfolgreich flüchtiger Geschäfte, nach kühn geplanten und Hals über Kopf gelungenen Spekulationen mit allem, was in der Nach- und Vorkriegszeit vom knappen Gut zum inflationären Überschuß und wieder zur begehrten Ware wurde, zog es Gor unausweichlich zu den kostbaren Einzelstücken und zur Immobilie. Gegen die Sehnsucht nach deren Schwere war damals, nach all der wilden Pendelei und vor dem zweiten großen Schlachten, wohl kein Kraut gewachsen.

Den Gipfel der Beständigkeit sah Ilja Gor in einem eigenen Museum. Es mußte nicht groß sein, aber es sollte mit einer hyperexquisiten Sammlung auf eine himmelschreiend spitze Weise großtun. Gor, dieser Tausendsassa, wollte einen Pflock in den Treibsand der Geltung rammen, und ausgerechnet den Salzhafen hielt er für das richtige Gelände. Das Haus hat ihn bestochen. Es war damals noch Kino, aber egal, für welchen

Film geworben wurde, egal, was der Reklamemaler auf die zehn Meter breite und fünf Meter hohe Holztafel über dem Eingang gepinselt hatte, egal, welche Diva dort riesige Wimpern senkte, der Kintopp-Prospekt konnte die Wucht der granitgrauen Fassade nicht übertrumpfen.

Das Kino war die letzte Arbeit Egon Zuckers in seiner Heimatstadt und sein letzter Versuch, die Durchsichtigkeit der Gegenwart durch die Gewalt herbeizitierter Vergangenheiten ins Bild zu zwingen. Der Vorbau bleckte seine äußerst eng gereihten Pfeiler, unterschiedlich breite, aber gleichermaßen scharfkantige Stützen, wie ein stilisiertes Wolfsgebiß. Die Stufen, die zu ihnen führten, waren übertrieben hoch. Die aufsteigenden Kinobesucher witzelten gerne, der Baumeister habe offenbar an die Hünen sagenhafter Vorzeit gedacht oder großwüchsige Generationen kommender Tage anvisiert. Die Kuppel, die den Vorführsaal überwölbte, wirkte sonderbar geschwollen, wie eine Blase, die nicht gewillt war, sich zwischen der Halbkugelform und etwas noch Pompöserem zu entscheiden. Und alle Fenster waren so eng geschlitzt, als würde der monumentale Lichtspielbunker in tiefer Skepsis gegenüber Tag und Sonne nur seinem inneren Schein vertrauen.

Gor kaufte das Kino, als es günstig zu haben war, und binnen eines halben Jahres war es zum Ausstellungsgebäude umgestaltet. Jeder, der damals an einem unwirklich lauen Frühlingsabend zur Eröffnung seines ‹Museums der Weltmirakel› vorgefahren kam, die steilen Stufen erklomm und sich unter die Gäste mischte, durfte einen Premierenblick auf die zuvor rumorös halb geheimgehaltene Sammlung werfen. Und meine Augen genossen es, wie ungeniert man allenthalben glotzte. Onkelchen Gabor sieht sich noch einmal taubenblau befrackt – von links nach rechts, von rechts nach links – durch schlanke Spiegel schreiten. Das Vestibül, dessen Wände ein letzter Ausbruch von Egon Zuckers Jugendstil mit seltsam gezacktem Laubwerk überwuchert hatte, war beim Umbau klugerweise nicht verändert worden. Und auch die kühne Bemalung der Decke hatte sich erhalten. Aus Dschungelranken, aus Lianenknäueln, aus dem Schichtwerk riesiger Blätter blickten Halbaffen, exotische Marder, Tukane, Papageien, insektenhafte Fabelwesen mit riesigen Pupillen und Facettenaugen auf die muntere Gesellschaft. Nicht ohne Wehmut sehe ich meine damalige Wohlgestalt, den Sektkelch in der Hand, von einem zum andern wechseln, um, wie es sich bei solchen Anlässen gehört, mit jedem ein abgemessenes Weilchen zu scherzen und zu plaudern.

Was leider zu erwarten war, ist eingetreten: Kein Historiker, kein einziger Frühgeschichtler und auch keiner der eingeladenen Archäologen ist gekommen. Umsonst hat ihnen Ilja Gor mit seiner zierlich spitzen Schrift geschrieben, vergeblich hat er jedem der eitlen Gelehrten mit dessen Verdiensten um die Beherrschung des Vergangenen geschmeichelt. Aber auch ohne universitäre Prominenz drängt sich in allen Spiegeln eine Fülle bekannter und beliebter Gesichter: Aktricen von den städtischen Bühnen und sogar vom Hauptstadtfilm, Opern- und Operettenstimmen, ein kahlköpfiger Komponist der leichten Muse. Selbst ein frisch entthronter Boxeuropameister ist erschienen, und mehr als ein Dutzend Journalisten und Schriftsteller geben sich, in eilfertiger Konkurrenz ums beste Bonmot, die Ehre. Die ganze illustre Kabarett-, Nachtclub- und Kaffeehausschickeria der Stadt ist weit über die geladene Zahl hinaus herbeigeströmt, labt sich am Buffet, trinkt schnell und viel und guckt ganz herzerfrischend kenntnislos in die wenigen geschickt ausgeleuchteten Vitrinen.

Ach, Ilja Gunter Gor, der schöne Schlawiner Gor. Er steht mit einer angemessen attraktiven, mit einer anrüchig berühmten Künstlerin vor dem Glaskasten, der das Hauptstück der Sammlung präsentiert. Auf rotem, auf knallend unseriösem Samt bietet die Bronzescheibe an diesem Abend ihre schriftlose Seite, die Planetenseite dar. Die Künstlerin sagt nichts, zieht nur die starken, kaum ausgezupften Brauen zu einem flachen V, legt ihre Stirn in drei bedenklich tiefe Falten.

Gors wegen ist die skeptische Schöne aus der Hauptstadt angereist, hatte ihm zuliebe die Vorbereitung ihres bislang größten Projekts für zwei volle Tage unterbrochen. Sie, die sich schon blutjung als Ausdruckstänzerin einen Namen machte und dann als Heldin von Abenteuerfilmen in gewagt kämpferischen Hosenrollen ein Liebling des Kinopublikums geworden ist, will nun das Heft der Filmemacherei selbst in die Hände nehmen. Sie fragt ihn etwas, Gor gibt ihr nickend Antwort. Sie bückt sich und hievt eine große Tasche auf die Vitrine. Mit langen Fransen, mit ein paar angenähten Straußenfedern, mit Perlmuttpailletten ist sie als Damen-Accessoire getarnt. Aber jetzt zieht die werdende Regisseurin die bullige Kleinkamera heraus und spannt mit kräftigen Fingern deren Feder.

Das Filmchen, das sie vom Diskus drehte, ist drei Minuten lang, ist stumm und nicht sehr scharf. Die Beleuchtung war gut, aber nicht sonnen- oder studiostark. Bis heute kann man sich mit Hilfe eines historischen Projektors das Rund des Diskus, seinen Innenring und, als eine hochgewölbte Kugel, dessen Bernsteinfüllung auf eine Leinwand werfen lassen. Undeutlich, weil grobkörnig, sind die Planeten, unkenntlich bleibt die Stelle, wo einst in grauer Vorzeit ein Sichelmond befestigt war.

Während die Kamera wieder in ihre Tasche glitt, fragte ihn seine Freundin, ob er nicht davon träume, daß auch der verlorene Trabant noch irgendwann aus deutscher Erde ausgebuddelt werde. Da lachte Ilja Gunter Gor hell auf, lachte laut und herzlich, strich sich mit beiden Händen über das lange, seidig dunkelbraune Haar und sagte: Wir werden fündig werden, liebste Helene, du wie ich. Die Sichel plumpst uns noch vom Himmel. Die Wahrheit kommt zum Licht. Zur rechten Zeit. Wir dürfen nur nicht dem Gerede der Gehetzten, wir dürfen bloß nicht unseren Hetzern glauben.

Light entdeckte die Broschüre in der Angebotsliste eines Berliner Versand-Antiquariats, das auf stadtkundliche Schriften spezialisiert ist. Zusammen mit ein paar anderen interessanten, nicht teuren Stücken ließ er sich den ersten und einzigen Ausstellungskatalog dieses ihm vorher nicht einmal dem Namen nach bekannt gewesenen ‹Museums der Weltmirakel› schicken, ohne viel mehr als eine hübsche Absonderlichkeit zu erwarten. Onkelchen Gabor muß gründlich kichern. Nur allzugut kann ich mich noch erinnern, wie schnell sich damals alles fügte. Und mehr als komisch erscheint mir heute die Möglichkeit, Light, der Hellwache, hätte ohne die Penetranz der knallroten Markierung dem Bronzediskus im Katalog nicht die nötige Aufmerksamkeit gezollt und dessen dreidimensionale Inkarnation bei Arno übersehen. Weniger Sorgfalt oder ein Tröpflein Pech: Es wäre so gekommen.

Gleich vielen modernen Heimatforschern hängt Light zu sehr am unlängst Geschehenen und an dessen tattrigen Augenzeugen. Am liebsten ist es meinem dicknasigen Neffen, er kann noch einen Greis aufspüren, der ihm recht greisenhaft aus seinem Leben vorzuschwatzen weiß. Wenn sterbenskrumme Finger aus einer Zigarrenkiste fleckige Fotos klauben, brüchige Geburtsurkunden auseinanderpulen und wehmutszittrig im Poesiealbum einer Cousine zweiten Grades blättern, wird es Light warm ums Herz, auf seine bescheidwisserische Weise fühlt er sich dann in seinem Element.

Folglich hat Onkel Gabor diese Schwäche Lights genutzt, um ihn Quentchen für Quentchen zu erleuchten. Der arbeitslose, für viele Tätigkeiten überqualifizierte Kulturhistoriker erhielt ein Schreiben Boxfelds, der ihn im Auftrag einer ‹Gedächtnisgemeinschaft Luchs-Lichtspielhäuser, Houston, Texas› zu einem Vorstellungsgespräch einlud. Advokat Boxfeld und ein Strohmann, der erstklassig radebrechend den Deutschamerikaner gab, prüften glaubwürdig umständlich Lights Eignung, und schließlich wurde er von den angeblichen Erben in Übersee mit der Abfassung einer Firmengeschichte beauftragt.

Die Luchs-Lichtspielhäuser, zuletzt 27 an der Zahl, waren vor dem zweiten großen Krieg die erste Kinokette in Europa gewesen. Firmenchef Siegfried Luchs hatte seine in schneller Folge gebauten, damals hochmodernen Häuser weder mythologisch nach den Musen Thalia oder Urania benannt noch sie, architekturhistorisch inspiriert, mit Alhambra, Filmpalast, Schauburg oder erratisch rätselhaft mit Emelka überschrieben. Reichsweit wurden sie rein seriell von Lux 1 bis Lux 27 durchnumeriert – eine Entscheidung, die heute die Medienwissenschaftler als programmatisch bahnbrechend rühmen.

Eineinhalb Jahre lang durfte Neffchen Light in Sachen Luchs ein Forscher sein, und für den Endspurt stellten wir ihm sogar eine studentische Hilfskraft zur Verfügung. Zwei Halbjahresberichte und eine 300 Seiten starke Abschlußschrift wurden für die spendablen Auftraggeber verfaßt, für jene angeblichen Nachfahren von Siegfried Luchs, die doch ausnahmslos im Staub meines alten Safes zu Hause waren. Auf Boxfelds Büroboot nahm ich Lights Kinokonvolut aus Mitleid mit der Historie in die Hand. Meine milchigen Pupillen wurden, wie einst zu ihren teilnahmsgeilen Zeiten, auf den Packen Papier gerichtet. Und meine Hände blätterten alles, um jedem vollgetippten Blatt einen Hauch Ehre zu erweisen, mit dem Daumen von hinten nach vorne durch.

Ilja Gor, aus dem in kalter Voraussicht rechtzeitig ein Gunter Gor geworden war, hatte Lux 11, das erste und letzte Lichtspielhaus des Salzhafens, günstig von Siegfried Luchs erworben. Dem Kinokönig hatte die Tarnkappe seines teutonischen Reckennamens nichts geholfen. Er war gezwungen gewesen, seinen gesamten Besitz binnen eines Vierteljahres zu veräußern. Light machte den Notar ausfindig, der damals den Vertrag zwischen Gor und Luchs aufgesetzt hatte. Über hundertjährig geworden, dämmerte der einstige Paragraphenjongleur in einem Seniorenpflegeheim am Ammersee in Zeitlupe dem Tod entgegen. Und seine Enkelin, die Light an den Rollstuhl führte, staunte nicht schlecht, als das morsche Gedächtnis des Parkinsonpatienten urplötzlich Feuer fing. Wie glühende Kohlestückchen sprangen die Namen Luchs und Gor in den Zunder des Erinnerbaren.

Im Schlußkapitel seines Firmenepos – es trägt den Titel ‹Verfolgung, Enteignung und Emigration› – berichtet Light in einer ausschweifenden Anmerkung von dem, was er am Ammersee erfuhr. Der greise Notar nannte Siegfried Luchs einen gerissenen Hund, dem es leider gelungen sei, in letzter Minute und noch dazu mit harten Devisen, sogar mit einem Batzen Gold in die Tschechei, dann, nach einem wilden Zickzack durch Südosteuropa, zu den Türken und von dort in die USA zu fliehen. Ganz böse Wörter, zu bös für jede Fußnote, entnahm der Alte seinem Fundus an Beschimpfungen, um Luchs damit zu überziehen.

Für Ilja Gunter Gor jedoch, den Gründer des Museums der Weltmirakel, schien ihm das ärgste Wort nicht arg genug. Nach eher hilflosen Beschuldigungen, die ungeschickt in Gors obskuren Immobilientransaktionen Grund zu fassen suchten, nach Stocken, Stammeln, Husten, Spucken und der Behauptung, Luchs und Gor seien aus dem gleichen faulen Holz geschnitzt und hätten verdient, im selben Feuer verheizt zu werden, verlor der alte Mann sich so in Schmähungen sexueller Art, daß seine Enkelin ihn dem Besucher und dessen Mikrophon entzog.

Die Bänder wurden wie das Diktiergerät nach Abschluß des Projekts der ‹Gedächtnisgemeinschaft Luchs-Lichtspielhäuser, Houston, Texas›, also Advokat Boxfeld, ausgehändigt. Und heute noch legt Onkel Gabor bisweilen eine der Kassetten ein. Mit wohligem Schaudern lausche ich dann den unflätigen Tiraden des einstigen Zeitgenossen, freue mich, wie diese ganz langsam – man schob den Rollstuhl über bremsenden Kies davon – leiser und leiser werden. Ach, Gabor Cziffra ist notwendig davon entzückt, daß das Gezeter am Ende in einem fernen «Gor, dieser Affe! Gor, dieser Affenrammler!» wie über eine tiefe Schlucht ins Heute herüberklingt.

Vita stürmt an den Kühlschrank, stößt mit der Taschenlampe zwischen die verbliebenen Flaschen, daß Blech und Glas gegeneinanderscheppern, als suchte er selbst dort nach Lemon und Still, als hätte er den Verdacht, die beiden wären blitzschnell, blitzschlau geschrumpft, wären als winzige Figürchen auf allen vieren hinter die dunklen Flaschenböden gekrabbelt, sobald sie ihn, den Jäger, in die Cafeteria schleichen spürten. Dann wendet er sich ab, läßt Keule und Taschenlampe fallen, reißt auch den Schraubenzieher aus dem Gürtel und wirft sich auf den Boden, um weiter nach Spuren zu forschen. Nur seine Stiefelspitzen und die gespreizten Finger berühren dabei das PVC. Rumpf und Beine bleiben, gleich der schnüffelnden Nase, gleich der aus dem Mund pendelnden Zunge, in der Schwebe. Sich so über den Boden zu schieben kostet Kraft, und Vita genießt es, wie seine Stärke sich in dieser Pose vergeudet.

Er findet einen Zigarettenstummel, erkennt die Farbe von

Stills Lippenstift, und als er die Kippe mit Daumen und Zeigefinger zusammenquetscht, sieht er es feucht auf der Filterwatte glitzern. Vita schnaubt böse. Wenn Still, das Biest, bis jetzt vor ihm und den anderen zu verbergen wußte, daß sie etwas zu rauchen bei sich hat, ist ihr noch allerlei an Tücke zuzutrauen. Aber auch Lemon, den er von Anfang an für sich «den Blöden» nannte, ist nicht einfach auszurechnen. Schon in der ersten Nacht hörte Vita, daß der Kollege, der untertags den Stockfisch gab, im Schlaf zu sprechen anfing. Eigentlich war es kaum ein Flüstern, ein Wispern nur lag über dem fast nicht bewegten Mund.

Dreimal stand Vita auf und hockte sich zu Lemon hin. Der schlief mit offenen Augen. Die Lider hingen zwar ein wenig tiefer, das linke war sogar über den halben Augapfel gesunken, aber sie schienen sich, wenn man von einem zuckenden Blinzeln absah, nie völlig zu schließen. Vita beobachtete, wie Lemons Pupillen in die Augenwinkel ruckten – nicht ganz synchron, fiel ihm nach einer Weile auf. Bei Tage dagegen war nichts von einem Schielen zu bemerken.

Unheimlich flüssig, nahezu rasant floß die Traumrede über Lemons Lippen, leider zu leise – nur während einer einzigen langsamen, von Stocken unterbrochenen Passage war sie so deutlich, daß Vita ein bißchen Zusammenhang erlauschen konnte. Der Kollege unterhielt sich mit einem Gegenüber, den er «Papi Sonne» nannte. Vita hörte ihn «Jawohl, Papi Sonne!» und «Wird erledigt, Papi Sonne!» sagen. Und einmal ging ein «Jawohl, verstanden!» in ein langes, dünnes Wimmern über, dem dann, ganz hell und klar, fast fröhlich folgte: «Und wenn die Sonne scheint, geht's aber flugs zu Arno, Lustige Taschenbücher kaufen!»

Vita sammelt seine Sachen wieder ein, schiebt sich die Waffen in den Gürtel und schaltet die Taschenlampe aus, um die

Batterien zu schonen. Er glaubt zu wissen, wohin das Pärchen sich verzogen hat. In Gabor Cziffras Abbruchturm ist reichlich Raum, in manchem Eck gerinnt die Zeit, aber kaum ein Winkel taugt dazu, sich ein Nest zu bauen.

Bitter tapst hinter Still, und Bitter fürchtet sich im Finsteren. Still hält ihn fest am Ärmel gepackt und zieht ihn durch eine kalt saugende Luft nach unten. Er weiß, daß ihre andere Hand, die linke, ihre Schuhe trägt. Und während sie ihn führt, während sie vor ihm diese neue, diese löchrige Treppe abwärts steigt, weist sie mit ihren Schuhen hinab ins Dunkle, als wären in deren Spitzen Sensoren, die schon rechtzeitig vor einem Tritt ins Leere warnen würden.

Als Still ihm verraten hatte, wie man nach draußen auf die Feuertreppe gelangt, wollte er seine Kladde ziehen und die Entdeckung irgendwie notieren. Zumindest wollte er eine kleine Skizze zusammenkrakeln, die zeigte, wohinter die Tür verborgen gewesen war. Aber Still schlug ihm sein Büchlein unter der Nase zu, tippte sich mit dem Finger an die Schläfe, pochte auch noch an seine Stirn, nahm ihm die Lesebrille ab, zog ihm den Kugelschreiber aus der Hand und sagte, Lemon sei der bravste Buchhalter, den man sich denken könne, doch jetzt sei wirklich nicht die rechte Zeit zum Schreiben.

Dann lehnte sie sich neben dem Kühlschrank an die Wand, rutschte mit dem Rücken an ihr nach unten, bis ihre Knie einknickten und ihr der Rocksaum weit auf die Oberschenkel glitt. In dieser Position schob sie die Hand auf die Rückseite des Geräts, und ohne daß sie einmal in den Spalt hätte schielen müssen, kamen ihre Finger mit einem großen, fettig glänzenden Schlüssel wieder hervor. Mit einem ernsten Lächeln hielt sie ihn hoch, und dann befahl sie dem Kollegen Lemon, den Kühlschrank wegzuschieben.

Den zugigen Schacht, durch den ihn die Kollegin Still nun abwärts geleitet, haben er und die anderen, als sie zur Arbeit kamen, von außen als schlanken Glasanbau gesehen. Die Nordwand des Hochhauses ist fensterlos. Die Feuertreppen führen als schwarzes Zickzackband an ihr empor, der Glaskasten, der sie umschließt, ist stark verschmutzt; das ablaufende Regenwasser hat lange Bahnen in den Schmutz geleckt. Im oberen Drittel klaffen rechteckige Lücken, als wären schadhafte Scheiben zwar korrekt abgenommen, aber niemals erneuert worden.

Auf allen unteren Etagen hatte das Team am ersten Morgen an den Klinken der Nordwandtüren gerüttelt. Jedoch weder der kluge Light noch der patente Vita hatten bedacht, daß auch die Cafeteria einen solchen Ausgang als Feuerfluchtweg haben mußte. Die rotgestrichene Eisentür hatte der mächtige Kühlapparat so paßgenau verdeckt, als wäre er zu diesem Zweck gebaut, und lautlos, wie ohne Widerstand, drehte sich Stills Schlüssel zweimal im Schloß. Hinausgetreten in eine neblig versuppte, zwar bewegte, aber nicht wirklich frei wehende Luft, sackte Bitter in die Hocke, um mißtrauisch das Bodengitter abzutasten. Er fingerte in eiserne Rauten, von denen sich der Rost wie Blätterteig abbrechen ließ. An einer Stelle griff er ins Leere durch, das Loch war groß genug, um einen Kinderfuß zu fangen. Modrig stank es von unten aus dem Schacht, und Bitter konnte sich der Vorstellung nicht erwehren, man hätte die stählernen Streben dereinst ohne ein Fundament direkt in den Schlick des Salzhafengrunds gerammt.

Bestimmt spüren Stills dünnbestrumpfte Sohlen die Blechkanten bei jedem Schritt, bestimmt spüren ihre langen, schmalen Zehen, wie kalt und naß die Luft durch diese Gitter zieht. Der Nebel scheint mit jeder Stufe, die sie tiefer steigen, zuzunehmen. Obwohl ihn die Kollegin oben im Kühlschranklicht mit so viel Wissen überraschte, sorgt Bitter sich nun doch, daß sie sich nicht genug auskennt. Zumindest nicht gut genug, um sie beide über die Nordtreppe heil an irgendein Ziel zu bringen.

Etagen tiefer, hypnotisiert von der Hinfälligkeit der Stufen, hat er die Treppenabsätze nicht mitgezählt, taucht Stills Schlüssel in eine Tür und schließt auch hier. Still drückt die Klinke, aber die Tür schwenkt nicht auf, und Bitter drängelt sich ungeduldig an Stills Rücken. Sie schubst ihn mit dem Po zurück, hämmert mit der Faust gegen das eiserne Blatt. Über ihre Schultern kommen ihr seine Hände zu Hilfe. Schließlich läßt sie ihn vor, und er stemmt die Schulter gegen die Tür, so lange, bis sich deren Angeln mit einem spöttischen Räuspern drehen, als wüßte die stabile Tür aus langer Erfahrung, zu welchem Zweck die Menschenpaare so ungestüm, als gälte es, die letzte Möglichkeit zu nutzen, in Innenräume streben, die von Türen wohlbehütet sind.

Die Kälte hat ihn erreicht. Light, der schneller denn je bis drei zählen kann, hat den Moment, wo der Wärmeverlust an seinem neuen Mut zu zehren droht, längst nahen sehen. Jetzt spürt er das Ausgekühltsein bis auf die Knochen und klappert mit den Zähnen. Er muß die ölgetränkten Klamotten vom Leib und etwas Trockenes auf die schaudernde Haut bekommen. Die Gute Stube ist nicht völlig finster. Vom aschefarbenen Firmament fällt so viel Nachtlicht durch die Fenster, daß die hellgrauen Wäschestapel dunkelgraue Schatten werfen.

Light reißt sich alles, auch Socken und Unterwäsche, vom Körper und wirft es neben den Schuhen, aus denen der Ölschlick trieft, auf einen Haufen. Bevor er in andere Kleidung schlüpft, gilt es die steif werdenden Glieder warmzureiben. Nach wahllosem Herumgrapschen faßt er mit einem Glücksgriff in einen kleinen Stapel grober Tücher, Geschirrtücher aus

Leinen. Sie saugen gut und sind auch rauh genug, um die Durchblutung anzuregen. Er muß sich hinsetzen zu dieser Arbeit an sich selbst, so weich wird ihm jetzt in den Knien. Nackt hockt er mitten in der Guten Stube und rubbelt sich die Brust, spürt unter ihrem Fett sein Herz und wünscht sich nicht zum ersten Mal, es würde stärker schlagen.

Seit dem letzten Herbst weiß Light, wie schwach sein Blutdruck ist. Als er sich in der Apotheke am Salzhafen seine spezielle Raucherzahncreme kaufte, fragte ihn die junge Apothekenhelferin, ob er wisse, wie blaß er heute wieder um die Nase sei. Just diese Woche habe man für alle Kunden einen kostenlosen Blutdrucktest im Angebot, mit einem neuen, sensationell bedienungsfreundlichen Gerät. Fünf Minuten müsse er doch für seine Gesundheit übrig haben. Belustigt und zugleich ein wenig bang, stimmte er zu. Die junge Frau holte den Chef, den alten Heinlein, nach vorn, damit er ihm, noch kurz vor Geschäftsschluß, den Blutdruck messe.

Am nächsten Tag wurde Light frühmorgens von der Polizei aus dem Bett geklingelt. Eine Beamtin und ein Beamter in Zivil standen vor seiner Tür, und er erfuhr, daß er zu den letzten gehörte, die mit Heinlein gesprochen hatten. Höchstwahrscheinlich war er der letzte, der – im guten – Haut auf Haut mit Heinlein zugange gewesen war. Der Alte hatte ihm eine schmale Meßmanschette angelegt. Light sah die wulstigen, blauknotigen Adern auf den großen Händen. Die Kanten von Heinleins stark gewölbten Fingernägeln fuhren ihm kitzelnd über die Innenseite seines Unterarms. Der greise Pharmazeut erklärte die möglichen Gründe für seinen Niedrigblutdruck, befragte und beriet ihn fast wie ein Hausarzt. Und während sie an der Theke über die Risiken von Übergewicht und Kettenrauchen plauschten, während Light sogar erlaubt wurde, sich eine Zigarette anzuzünden, wurde es Feierabend, und die junge Helferin und die zweite Angestellte, eine ältere grauhaarige Frau, verließen die Apotheke.

Der Keulenmörder ist wohl wenig später, vermutlich auf einfachstem Wege, nämlich durch die Eingangstür, die Heinlein nicht hinter Light verschlossen hatte, zu seinem bislang letzten Opfer vorgedrungen. Erst gegen Mitternacht fiel einem Wach- und Schließmann das Schußloch am oberen Rand der Schaufensterscheibe auf. Ins Apothekeninnere spähend, entdeckte er einen schmalen Ausläufer der Blutlache, der in einem sanften Bogen um die Theke herumgeflossen war und im schwachen Mondlicht glänzte.

Kurz wurde von der Polizei ein Raubmord mit Schußwaffengebrauch für denkbar gehalten. Aber sowohl die Kasse als auch der Schrank mit den Narkotika waren unversehrt, und das Projektil, das die Schaufensterscheibe durchschlagen hatte und im Putz des gegenüberliegenden Hauses steckte, stammte aus Heinleins Waffe, einer großkalibrigen Pistole, die sich unter seiner Leiche fand. Der alte Weißkittel, einst schwarzer Krieger eines großen Krieges, hatte sich offenbar zur Wehr gesetzt und noch zwei Schüsse auf den Angreifer abgefeuert. In dessen Keule stak die zweite Kugel, als hätte sie der Mörder gleich einem genialen Baseballspieler mit dem Schlagholz aus der Luft gefischt. Die Mordwaffe war dieses Mal aus tropischem Hartholz gefertigt. Der für Ballistik und Materialkunde zuständige Techniker des Polizeilabors bewunderte in seinem Befund ausdrücklich die Engelsgeduld, mit der der Täter an der Waffe gearbeitet haben mußte. Zweifellos war wieder dasselbe stumpfe Messer benutzt worden, um dem Holzstück die gewünschte Form zu geben.

So hatte es zumindest in den Zeitungen gestanden, die zwar ein Foto des Ballistikers, aber erneut kein Bild des wiederum mit rätselhaften Zeichen geschmückten Totschlaginstruments veröffentlichen durften. Die Gefahr von Trittbrettfahrern schien den Behörden noch gewachsen. Nach der Bekanntgabe eines dritten Mordes erreichte die Zahl der Bekenntnisschreiben, die bei der Polizei, bei der Boulevardpresse und den Fernsehsendern eingingen, eine Höhe, die auch für ein spektakuläres Kettenverbrechen ungewöhnlich war. Dutzende wollten es gewesen sein, und mehr als die Hälfte der Möchtegernkiller kündigte an, in Bälde weitere dieser faltigen Sackgesichter, noch möglichst viele dieser Runzelparasiten ausmerzen zu wollen. Aus der Flut der Sympathisantentexte schäumte ein großer kollektiver Haß gegen die Alten, gegen die pensionsberechtigten Bewohner dieses Landes. So klamm rührte die Mordlust den abgebrühten Neuigkeitenkrämern ans Herz des öffentlichen Auftrags, daß in den Redaktionen schnell Einverständnis herrschte, vorerst nicht darüber zu berichten.

Light trocknet sich die Kniekehlen, greift nach dem letzten frischen Geschirrtuch, fährt sich damit noch einmal zwischen die Pobacken, umkreist sein Geschlecht und reibt sich den Rükken, so gut dies geht. Dann sucht er nach einem feinen und doch saugfähigen Tuch. Nun kommt das Wichtigste. Nun geht es darum, auch sein geheimes Schmuckstück zu säubern. An einem Lederbändel liegt es auf seiner Brust. So trägt er es herum, seit es in seine Hände fiel. Auch nachts hat er es niemals abgenommen. Und nie wäre er auf die Schnapsidee verfallen, den Schatz unbewacht in seiner Wohnung zurückzulassen. Er findet einen Stapel Unterwäsche, durchbrochene Damenschlüpfer, kleine Größen, einzeln in Kunststoffhüllen verpackt, die zellophanhaft knistern, als er sie zerreißt.

Light beugt sich vor, so weit, daß ihm das schwere Stück bis vor den Bauch fällt, und beginnt die frei baumelnde Kostbarkeit zu putzen. Leider weiß er nicht, in welchem Kupfer-Zinn-Verhältnis die Bronze vor dreitausend Jahren zusammengeschmolzen wurde. Noch darf den Diskus niemand sehen. Unbestimmt mußte deshalb bis heute bleiben, wie hochkarätig das Gold des daumenbreiten Rings ist, der auf der Bildseite das Mittelloch umrundet. Vielleicht ist es legiert mit irgendeinem niederen Metall, das sich nun als reaktionsfreudig erweist. Der Gedanke, der Ölschlick habe womöglich einen ätzenden Stoff enthalten, macht ihm wirklich Sorge. Obwohl es ihn nirgends brennt, nicht einmal in den Augenwinkeln, weder am Penis noch am Anus, befürchtet er doch, das Bild- oder das Schriftgesicht der Himmelsscheibe könnte korrodieren. Am meisten ängstigt ihn die Vorstellung, daß die goldene Diskusmitte, der leere Sonnenreif, die Lochumrandung, chemisch Schaden nehmen könnte.

Auf halbem Weg hinaus, zwischen den letzten Stühlen der Cafeteria, hat Vita sich noch einmal umgesehen. Ihm war, als träfe ihn ein Blick im Rücken. Die Narbe juckt heftig auf und juckt ihn noch. Mißtrauisch starrt er in Richtung Kühlschrank, fährt sich mit der Keule ins Kreuz, um sich zu kratzen. Weiterhin behauptet sein Narbenwulst, da vorne sei etwas. Im Bannkreis des kalten Öfchens, dort, wo das gemeinsame Lager verwaist im Licht des Kühlschranks liegt, gebe es etwas zu entdecken. Er geht noch einmal ganz zurück, legt seine Waffe oben auf den Kühlschrank und greift nach einer Flasche. Aus Jux, als verspäteten Siegestrunk, nimmt er sich das Getränk des Gekeulten, Lights Leichtbier. Er trinkt die Flasche auf einen Zug halbleer, und als er sie, da ihm das dünne Zeug nicht schmeckt, zur Seite wirft, als sie auf einen Stuhl knallt, über dessen Sitzfläche kullert und auf dem Boden weiterrollt, als das Flaschengrün die helle Bahn des Kühlschranklichts verläßt, kapiert er schlagartig, was es noch aufzudecken gilt: Der Schein ist schief! Das Licht fällt nicht mehr lotrecht in die Tiefe des Raums, weil der Kühlschrank nicht mehr parallel zur Wand steht.

Später – nachdem er sich lange vergeblich gemüht hat, die freigelegte Tür mit seinem Schraubenzieher aufzuhebeln – hockt Vita sich mit einer Flasche Malzbier auf den Boden und sucht sich einen Reim auf das Herausgefundene zu machen. Still und der blöde Lemon waren an der Tür. Soviel ist sicher, denn auf der Kühlschrankrückseite, in deren Abdeckgitter, steckte Lemons Büchlein. Die beiden können die Cafeteria aber nicht zusammen über die Feuertreppe verlassen haben, da sich der Apparat, bei aller Treue, die die Dinge zu ihrem Standort hegen mögen, nicht von selbst an seinen Platz zurückgeschoben haben kann. Und daß sich die beiden Süßen, die vom Arbeitsanfang an begehrlich nacheinander schielten, getrennt haben, daß nur ein Täubchen durch die Tür davon ist und dann das andere den Ausschlupf wieder hinter dem Kühlkasten verborgen hat, will Vita auch nicht glauben.

Also ging es wohl darum, das Büchlein zu verstecken. Vita dreht sich ins Licht und beginnt, Lemons Niederschrift zu studieren. Alle hatten sie, ohne nachzufragen, akzeptiert, daß der weitsichtige Kollege ab und zu etwas für den Chef aufschrieb. Sogar Funny, der Unerträgliche, der zu allem seinen Senf gab, nörgelte nicht daran herum. Und keiner lachte Lemon aus, obwohl es immer wieder kurios aussah, wenn Lemon seine Lesebrille, ein riesiges Damengestell aus rotem Kunststoff, umständlich auf halber Höhe zwischen Nasenwurzel und Nasenspitze plazierte.

Gleich auf der ersten Seite des Büchleins sind mit großen, ungelenken Blockbuchstaben ihre neuen Namen eingetragen. Da Vita die Art der Niederschrift verblüfft, weil er staunt, wie tief die Kugelschreiberstriche ins Papier geprägt sind und wie unregelmäßig die krummen Lettern auseinanderstehen, liest er die Wörter, die sie bilden, zunächst nicht wirklich. Erst als er weiterblättern will, wird seine Hand von der Einsicht gebremst, daß etwas falsch ist. Nur Vita, Still und Funny sind korrekt geschrieben. Der Name ihres dicknasigen Besserwissers aber buchstabiert sich ‹L-E-I-T›.

Vita würde es nicht wundern, wenn Lemon kein Englisch könnte. Vielleicht hielt Light sein Leichtbierfläschchen damals gerade so in der fleischigen Pranke, daß sich Lemon keine Gelegenheit bot, aufs Etikett zu schielen. Aber warum nur notierte er, als er selbst als letzter an die Reihe kam, statt jenes Lemon, das allen gefiel und das er sogleich akzeptierte, im Büchlein nicht dieses erste, sondern das zweite Teilwort seines Getränks als seinen Arbeitsnamen?

Mißtrauisch blättert Vita weiter. In langen Kolonnen stehen die Haltbarkeitsdaten von Margarine, Honig, Marmelade und Streichkäse untereinander. Gleich dreimal, stets mit einem schiefen Ausrufezeichen versehen, findet sich das Rekorddatum des Zuckerpäckchens. Dann folgen leere Seiten bis zur Kladdenmitte. Dort ist der erste Entwurf ihres Briefes an den Chef lose wieder eingelegt. Vita erinnert sich, daß Lemon für die zweite Fassung sein Amt an Still übertrug, angeblich, weil er seine Brille nicht finden konnte. Nun aber versteht er den wahren Grund, sieht, wie erbärmlich ihr Aufschreiber mit dem zu kämpfen hatte, was ihm hinreichend langsam vorgesprochen wurde. Kaum etwas ist richtig geschrieben, nicht wenig fehlt, weil Lemon entweder vor der Schwierigkeit einzelner Wörter kapitulierte oder von der Geschwindigkeit des Diktats überfordert war. Es hätte das ganze Team beschämt, wenn diese jämmerliche Textgestalt dem Chef vor Augen gekommen wäre.

Der hintere Teil der Kladde ist bis auf die letzte Doppelseite leer. Auf der jedoch findet sich rechts wie links etwas, was Vita, ohne es zu durchschauen, für entscheidend hält. Auch hier war Lemons plumpe Hand am Werk. Besonders tief scheinen die Zeichen eingedrückt, manchmal hat die Kugelschreiberspitze sogar das Papier durchstoßen. Aber im Gegensatz zu dem zuvor Geschriebenen war Lemon sich seiner Sache sicher: Wie ausgemessen sind stets fünf große Zeichen zu einer Gruppe formiert, und jeweils zwei dieser akkuraten Blöcke bilden eine Zeile.

Vita weiß nicht einmal, ob hier Lettern zu Wörtern oder Ziffern zu Zahlen beieinanderstehen. Denn kein einziges der Zeichen ist ihm geläufig. Er kann nicht sagen, ob die spiegelverkehrte Eins, die doppelt den Anfang macht, einen Lautwert besitzt oder vielleicht nur eine verschriebene Elf bedeutet. Einige Zeichen erkennt er wieder, ohne sie zu kennen. Erst vorhin, als er die Keule auf dem Kühlschrank abgelegt hat, sind sie ihm, ins Holz der Waffe eingraviert, aufgefallen: der zweistufige Blitz, der Kreis mit Innenpunkt, das dreiarmige Ypsilon, vielleicht ein stilisiertes Bäumchen oder ein Krähenfuß, und die Sichel, die mit ihren Spitzen nach unten weist, als stürze ein schmaler Mond vom Himmel. Vita klappt das Büchlein zu, nimmt seine Waffe, hält sie noch einmal kurz ins Kühlschranklicht, schüttelt den Kopf, zuckt mit den Achseln und macht sich auf, den Schreibfix samt seiner Braut zu finden.

Der üble, der schlammsalzige Mief soll bitte-bitte draußen bleiben. Bitter stemmt sich gegen die Feuertür, um den Spalt, der sie hineingelassen hat, zu schließen. Aber jetzt klemmt sie vollends, und Bitter sieht, der Sand ist schuld. Und da es auch hinter ihm quarzfein unter Stills Füßen knirscht, begreift er, wo sie nun bleiben werden, begreift, daß sie im Nebel bis ganz nach unten abgestiegen sind und Funnys Grabkammer betreten haben. Er kniet sich nieder, langt mit der Rechten vor die Tür, schiebt und schaufelt den gestauten Sand auf die Feuertreppe. Dort rieseln die Körnchen ins Finstere ab, plötzlich jedoch gewinnt das Rautenmuster des Bodengitters an Kontur, und Bitters Hand, schutzlos hinausgestreckt, erbleicht. Ein ungutes Mehr an Licht läßt seine Fingernägel wachsig schimmern.

Der Kopf sinkt Bitter ins Genick. Sein Blick peilt in den Schacht hinauf, wandert, als ob er sich zwischen den Feuertreppenstufen nach oben schlängeln könnte, dorthin, wo eine Scheibe fehlt. Durch das Loch des Glasschachts sieht er ins Freie. Da draußen, wo auch heute nacht ein Firmament gespannt sein muß, hat sich der Dunst verdünnt. Hastig kratzt Bitter weiter vor dem Türblatt, stößt mit der Stirn gegen die Kante, in der Hoffnung, es vielleicht doch noch beizeiten zu schaffen. Aber die Eisenkante rutscht, höhnisch scharrend, nur eine nichtsnutzige Spanne vorwärts. Bitter springt auf, um sich mit ganzer Kraft gegen die Tür zu werfen, und guckt dabei noch mal hinaus. Die Tür knallt zu. Zu spät: Da hing der dünne, schiefe Kerl und kippelte in seiner grauen Himmelssuppe. Der sturzsüchtige Mond ist seinem alten Kumpel Bitter aufgegangen.

Die Hose rutscht. Light hat sich schon verschiedene Stoffe um den Leib gewickelt, um den Bund der weiten, schwarzen Anzughose auf seinen Hüften zu fixieren. Alles erweist sich als zu glatt, nach ein paar Probeschritten spürt er sein neues Beinkleid schon wieder über die Hinterbacken sacken. Kurz ist er in Versuchung, nach seiner ölgetränkten Jeans zu fassen, aber ein tiefes Unbehagen läßt ihn davon Abstand nehmen. Er ahnt, etwas in ihm schreckt vor Allgemeinerem zurück als nur vor den naßkalten Röhren. Er wünscht sich sogar heftig, es gebe in Cziffras Turm die Möglichkeit, seine schmierigen Beinkleider in Erde zu begraben. Da sickert, als wollte ihm der Himmel helfen, ein mageres Plus an Helligkeit in die Gute Stube. Hastig, um die Gunst des Augenblicks zu nutzen, geht Light, den Hosenbund mit beiden Händen bis an die Brustwarzen gezogen, im Kreis herum, um irgendwo vielleicht doch noch die rechte Gürtung zu finden. Und jetzt muß er nicht lange suchen. Was er so dringlich braucht, schwebt als ein schwarzer Streifen vor dem hellgrauen Rechteck eines Fensters. Wie für ihn aufgehängt, wie für ihn ausgestellt.

Mit jedem Hinfassen tiefer im Wunderglauben, tastet Light den ungewöhnlich dicken Leibriemen von unten nach oben ab, erfühlt den schweren Nippel und die gestanzten Löcher und zwirbelt den feinen Nylonfaden, an dem der Gürtel von der Decke baumelt, zwischen Daumen und Zeigefinger. Ein scharfes, ein kriegerisches Selbstvertrauen flutet ihm in die rechte Hand, in seinen Arm, in seine Schulter. Er packt das Ding, dreht es ins Licht, und alles, die Knöchel seiner Faust, das narbige Leder, den Gürtelnippel, den zierlichen Allzweckhaken, der aus dem Fensterrahmen ragt, ja selbst den feinen Faden, macht das bißchen Mondschein martialisch glänzen.

Der Gürtel

Onkelchen Gabor hört den Nippel ins Leder schnappen. Es ist das fünfte, das letzte oder erste Loch, die engste, weil in dreitausend Jahren nie benutzte Öffnung. Keiner unserer Altvorderen war je so fett, aber der vorchristliche Riemenmacher hatte wohl Lights Leib durch die Zeiten auf den Gürtel zukommen sehen. Dessen Echtheit wurde, nachdem sich die Gründung von Gors Museum und das sagenhafte Alter seiner Exponate in der Fachwelt herumgesprochen hatten, sogleich bezweifelt. Als es der gelehrten Zunft nicht mehr genügte, sich auf dem sicheren Gelände akademischer Ignoranz zu verschanzen, als man nicht mehr satt daran wurde, in den einschlägigen Zirkeln über Gors Sammlung der Weltmirakel zu spötteln, holte man zum Schlag aus. Ein ehrgeiziger junger Königsberger Frühgeschichtler griff zur Feder, um die Falschheit von Gors Prachtstück nachzuweisen. Acht Seiten räumte das ‹Reichsarchiv für Archäologie›, damals die wichtigste deutsche Vierteljahrsschrift, den Klügeleien dieses scharfen Hundes ein. Und vielen schien das neue Museum am Salzhafen damit definitiv ins Zwielicht der Jahrmarktsbuden und Wachsfigurenkabinette abgeschoben.

Aber Gor, Schakal unter Füchsen, hatte schon einen alten walisischen Gelehrten ausfindig gemacht, der es noch besser als die Besten in Deutschland wußte. Mit einer niederschmetternden Dichte an Belegen bewies die greise Koryphäe das Gegenteil. Im weltweit wortführenden britischen Fachblatt, in ‹The Empire of the Past›, mußten Gors Neider lesen, daß den Kelten der Insel und des Kontinents die Bauart des Gürtels mehr als nur vertraut gewesen sei. Bei allem kultischen Tun, vor allem während der Opferhandlung, hätten der Bronzenippel und die Fünflochreihe bis in die spätrömische Zeit, bis hinein ins frühchristliche Brauchtum, als das einzig würdige Verschlußprinzip an der Kleidung des Priesters gegolten.

Noch einmal freut es mich von Herzen – fast wie damals, als ich die mit der Post gekommene Zeitschrift an einem der schießschartenschmalen Fenster aufschlug und meine Augen Text wie Abbildungen im besten Salzhafenmittagslicht genossen. Wieder war es dem guten Gor gelungen, im kritischen Moment die richtige Hilfskraft an sein Projekt, an das Museum der Weltmirakel, anzukoppeln. Und nun bei dieser letzten Unternehmung, in der klammen Luft dieser sich sacht krümmenden Nacht, wird sich auch Onkel Gabor auf das Prinzip der Einbindung verlassen.

War es je anders? Ich mag in dieser Stunde nur ungern daran denken. Onkelchen Gabor ist die schlichte Wahrheit peinlich, daß auch der demütige Zusammenbringer in früheren Jahren nicht selten ein rechter Großkotz gewesen ist. Wer heute behutsam arrangiert und jede Schrulle, jede abweichende Absicht der Mittuer geduldig akzeptiert, wollte einst alles höchstpersönlich, mit eigenen Händen, unter eigener Ägide, nach seinem eigenen engherzigen Plan zusammenzwingen. Stampfte nicht Siegfried Luchs sein Lichtspiel-Imperium mit titanischer Ungeduld und ohne Rücksicht auf Nebenschäden aus dem Gelände seiner Zeit? Light hat sein rigoroses Geschäftsgebaren aus den sogenannten Quellen, aus Akten, Zeitungsartikeln und Zeitzeugengequatsche, bis ins Detail rekonstruiert. War Egon Zucker nicht berühmt für seine Wutanfälle, tobte der Architekt nicht, brüllend und Schaufelstiele zerschlagend, über die Baustelle von Lux 27, weil ihm eine einzige Verschalung zu schlampig zusammengenagelt schien? Und trotzte nicht Ilja Gunter Gor, als höhere Gewalt sich anschickte, sein Museum wieder in etwas ungeordnet Kleinteiliges zurückzuverwandeln, bubenhaft grandios gegen den Lauf der Welt? Es war so. Ja, so war es. Und Gabor Cziffra muß sich hier, im Kümmerkasten, ein wenig dafür schämen.

Bitter schnauft schnell und flach. Dicht hinter Still, ihr auf dem Fuße folgend, hechelt Bitterlemon nach Luft, die eben noch ihr Haar durchstrich. So geht der Wandelstern des Menschenglücks. Immer kehrt wieder, daß zwei nichts als dieses wollen. Aber selbst jetzt noch muß sein Blick zur Seite flattern. Weil er den dürren Mond gesehen hat. Weil dessen Spitzen am Himmel saugen, müssen Bitters Pupillen nun asynchron in die Augenwinkel zucken. Bitter, das Menschenkind, beneidet all die Tiere, deren Augen seitlich am Kopf stehen und das Gesehene von jeher zum Bogen eines Panoramas fügen. Bitter, der Lesebrillennutzer, hat lang schon seine liebe Not damit, das plan Geschaute zu einem triftig bewegten Tafelbild, zu schlüssigem Kino umzudeuten. Stills Hand zieht ihn weiter, gemeinsam treten sie Sand, bis ihre Schenkel an den Rand der Gummiwanne rühren. Das Bett ist frei. Still streicht die aufgewühlte Füllung mit den Händen glatt, streift dann die Jacke ab und breitet sie so sorgfältig zwischen die Wannenwände, als gelte es, eine Wiege auszupolstern. Bitter schlüpft aus den Schuhen, und während er sie ordentlich an das Fußende der Wanne stellt, hört er Still sagen, er solle doch bitte schön sein Messerchen mit auf ihr Lager nehmen.

Es ist ein alter Trick. Die hochverehrte Frau Mutschereit, der er so viel verdankt, hat ihren Bitterling, ihren letzten Untermieter, immer wieder darauf hingewiesen, daß ein jeder Trick alt sei. Nach vollen fünfundvierzig Jahren Berufstätigkeit, zuletzt als unumstrittene Chefsekretärin eines wichtigen Mannes, lasse sie sich nicht von angeblicher Neuheit bluffen. Dies habe sie auch seinen Vorgängern, den angehenden Künstlern, stets gepredigt. Gerade den Jungfüchsen der Kunst könne es nur nützen, hinter einem aktuellen hochwirksamen Verfahren das alte Modell zu sehen. Wunderbar unwillkürlich geschehe dies beim Fernsehen. Sei erst das Wesentliche vor dem Flimmerschirm gespürt und verstanden, komme es nur noch darauf an, der Altehrwürdigkeit der Tricks auch in der jeweils ausgeübten Kunst den gebotenen Respekt zu erweisen. Bis zu ihrem Ende wollte die fürsorgliche Wirtin nicht glauben, daß Bitter kein Künstler sei, hoffte wohl insgeheim, sein bildnerisches Arbeitsfeld, seine spezielle Sparte, werde sich ihm wie ihr noch offenbaren.

An ihrem letzten Vormittag fragte sie ihn, ob auch er etwas für den Schuster habe, sie wolle nämlich ihre unverwüstlichen braunen Übergangsstiefel noch einmal mit neuen Absätzen versorgen lassen. Also stellte Bitter ihr sein einziges Paar Halbschuhe auf den Küchentisch, und zwar ohne vorher das Messer aus seinem Bettchen, aus der Rille, die er ins Leder geschnitten hatte, herauszunehmen. Bestimmt erkannte sie es wieder, allein schon an dem schönen «Mann! Nimm dir Zeit und nicht das Leben!». Aber als Frau mit Erfahrung sagte sie kein Wort zu dem sich selbst erklärenden Versteck. Sie holte nur ein Paar dünne, selbstklebende Universaleinlegesohlen aus dem Schuhschränkchen im Flur, schnitt sie zurecht und drückte sie in seine alten Treter.

So wanderten seine Halbschuhe samt Messerchen zum Schuster. Als ihn dann vierundzwanzig Stunden später die Polizisten filzten, mußte er nur aus seinem zweiten Paar, aus den selten getragenen Turnschuhen, steigen. Ein junger Polizist in Zivil rupfte die Schaumstoff-Fußbetten heraus und schmiegte ihnen wie auch den Turnschuhsohlen sorgsam eine klebrige Folie an, um selbst winzige Partikel abzunehmen, Spuren, die unter dem Mikroskop verraten sollten, wo Bitter sich herumgetrieben hatte. Der Kriminaler lächelte selbstgewiß, als er ihm seine Schuhe wieder in die Hände drückte und meinte, so sei es eben heutzutage, von allem Durchgemachten klebe einem unweigerlich ein Stäubchen oder ein Krümelchen oder ein Spänchen oder ein Tröpfchen Pech unter den Latschen.

Felix ist da. Felix ist bei den beiden. Auf seinem Weg zurück zu Light hat er bei ihnen haltgemacht. Mein jüngster, mein letzter, unser aller Felix ist bei Bitter und Still, um zuzuhören und um zuzusehen. Nun huscht er näher an die Wanne, umkreist sie einmal, zweimal, dreimal, steckt schließlich sein Schnäuzchen tief in Bitters Schuhe. Die nasse Nasenspitze findet im zweiten Schuh die Furche, die Marderzunge leckt einmal, zweimal, dreimal durch die Rille, in der das Messer lag. Erst dann macht Felix Männchen. Sein gelber Bauch drückt an den Wannenrand. Lautlos für Männerohr und Frauenohr legt er die Pfoten auf die Wannenkante.

Felix schnuppert hinein, sieht und hört und erschnüffelt, wie sich auf kalkbestäubtem Sand und auf der Jacke eines dritten Menschenkindes die beiden Körper wiegen. Felix erkennt sie alle drei. Er vermag ihre Gerüche treulich zu separieren. Felix erinnert den, der das Jackenfutter mit seinem strengen Schweiß getränkt hat. Im Atemduett des Paares trennt er nicht nur den Ausstoß der Akteure, sondern unterscheidet sogar die klebrigsüße Feuchte des kurztaktigen Stöhnens vom Luftrückhalt der letzten Tage, den erst ein Aufschrei aus den Lungenwinkeln reißt. Und Felix riecht den Rauch der letzten Stunde, den Kräuterrauch, den da ganz dicht vor seinem Schnäuzchen die Finger aus den Haaren kämmen.

Felix liebt, wie die Menschentiere duften. Ach, unser aller Felix. Felix der Erste: kleinwüchsig und bombenkriegserfahren. Felix der Zweite, der so gerne Schokolade aß und, als Pralinen endlich wieder wie Pralinen schmeckten, Konfekt aus unseren Fingern naschte. Felix der Dritte: ein musikalischer Rabauke, der wie ein Derwisch um den Plattenspieler sauste. Felix der Vierte: melancholisch-dandyhaft, da von seinem blickmüden Herrchen allzuviel gestreichelt. Felix Numero fünf, der das Licht liebt, weil es flüchtig ist. Felix der Fünfte sieht nebelbleiche Haut auf milchigbleicher Haut. Ganz lang und fest blickt er auf die bewegte Menschenblöße. Auf unser Menschenweiß. Felix hält still und starrt, sosehr ein Mardertier nur starren kann. Doch keiner der Geschauten mag Felix' murmelrunden schwarzen Augen entgegensehen.

Sacht malmend wühlen sich Bitters Sockenspitzen in den Sand, während Stills feinbestrumpfte Fersen, auf und ab schabend, ein helles Zirpen erzeugen. Noch einmal hält sie in ihrem Schaukeln inne und bremst auch ihn. Sie greift sich mit der linken Hand ins Haar, um ihren Clip vom Ohrläppchen zu zupfen. Bitter schielt hin und schaudert, obwohl die Nähe alles gnädig unscharf macht. Dann taucht Stills Rechte in sein Blickfeld, sie führt sein Messerchen zum Mund und klappt es auf, indem sie mit den Zähnen die größere Klinge aus dem Schlitz zieht. Mit ihr stochert sie auf der Innenseite des Schmuckstücks herum. Bitter hört es kratzen und zweimal knacksen, als ginge etwas Kleines leise, aber gründlich zu Bruch. Und eh er fragen kann, was da zerstört wurde, sagt Still, das Augenblickliche – sie zischt es durch die Zähne –, das Augenblickliche gehe doch wahrlich keinen Dritten, selbst den lieben Gott nichts an!

Onkelchen Gabor knackst es bis ins Herz. Ein schlimmer heller, ein boshaft junger Schmerz strahlt links in die Schulter und weiter in den Arm, zwingt mich, arg kurz zu atmen und jämmerlich zu stöhnen, läßt mich sogar, ganz leise nur, nach Boxfeld rufen. Boxfeld wird kommen. Boxfeld schaut immer nach dem Rechten. Boxfeld kümmert sich längst um das, was Onkel Gabor nicht mehr anrühren mag, um alles, was nur noch verdrießlich, unendlich langwierig oder schlicht überfällig ist.

Das Mausoleum ist so ein Sorgenfall. Mit jedem Jahrzehnt, mit jeder Windung der Spirale, ist es eine Umdrehung schwieriger geworden, das Totenackerchen am Salzhafen zu schützen. Die Existenz des alten Nordwestfriedhofs, den der Humor des Viertels «Opas Neue Heimat» nennt, wird immer wieder vom Geldhunger der Kommune und von den Baugelüsten diverser Investoren bedroht. Wenn seine Schließung gefordert wird, heißt es stets, eine Fortführung der Bestattungstätigkeit sei seuchenhygienisch nicht verantwortbar. In der Tat hat man bei Grabumschichtungen erstaunlich erhaltene Leichen ans Licht befördert. Das Grundwasser läßt Substanzen in die Gruben sikkern, deren Analyse die Augen jedes Chemie-Historikers zum Leuchten bringt. Hier, knapp mannstief im Untergrund von Opas Neuer Heimat, war noch zu finden, was längst verboten, vergessen, aus allen Produktionsmoden gekommen war.

Mein guter Boxfeld stand neben mir, als man die Grube für das Fundament des Mausoleums aushob. Onkelchen Gabor atmete den Dieselqualm des japanischen Minibaggers, roch Anisduft, sobald der Baggerführer in den Grabepausen zu uns trat und stumm an seiner Flasche ‹Küstenfeuer› nippte. Als die Ausschachtung dann, in geringerer Tiefe als erwartet, auf die erste Schicht Toter stieß, als der Baggerführer seine Maschine in schöner Pietät ein Stück zurückfuhr und, ehrfürchtig mit Schaufel und Spaten klappernd, wieder ans Loch kam, griff Boxfeld zum Handy, um der Friedhofsleiterin Bescheid zu geben. Onkel Gabors Altmännernase aber sog derweil das süßlich stechende Aroma der vergangenen Körper ein. Ach, nur besinnungslose Narren konnten auf die Schnapsidee verfallen, diesen herrlichen Boden mit Bauten zu versiegeln.

Erst letzten Sommer hatte Boxfeld den neuen Innensenator in hochnotheimlicher Mission auf dessen kanarischer Urlaubsinsel aufgesucht, um die erneut drohende Schließung der Begräbnisfläche zu verhindern. Im Geheimfach von Boxfelds Aktenkoffer flog eine kleine Serie exquisiter Schmutzbildchen nach Spanien. Es galt, dem Senator, einem erklärt strammen Saubermann, mit diesen Schnappschüssen einen gehörigen Schrecken einzujagen. Boxfeld versteht sich darauf, dergleichen aus der privaten Prähistorie öffentlicher Männer auszugraben. Und wären so, durch Boxfelds Intervention an höchster Stelle, die Pläne der Innenverwaltung nicht erneut ins Hängeregister zurückverwiesen worden, man hätte bereits Frau Mutschereit in falsche Erde senken müssen.

Am offenen Grab der Kriegerwitwe Mutschereit sinnierte ich, die Hände vor meinem stillgewordenen Geschlecht gefaltet, zum tausendundersten Male, wie sich der Friedhof dauerhaft als lebendige Begräbnisstätte erhalten ließe. So manchen Anwohner, noch kurz vor ihrem Tode auch Martha Mutschereit, hatte ich in dieser Sache um Rat gebeten. Denn oft genug war im Räsonnement des Viertels, im Gerede der kleinen Leute, ein Wink des Schicksals an Onkel Gabor versteckt. Aber bis heute hat in dieser heiklen Frage allein mein Wachmann, ausgerechnet der geborene Araber, der kleine eingedeutschte Syrer, mein Hutzelmännchen aus dem Heiligen Land, einen goldhaltigen Satz gesagt: Ein Großer müsse in der Neuen Heimat bestattet werden, nur dann werde das Eckchen Totenheimstatt bleiben dürfen.

Dies erinnernd, fiel mir auf der Beerdigung Frau Mutschereits die Lösung zu. Als der Eichensarg, zu flott in den Schacht gesenkt, auf den matschigen Grund des Grabes plumpste, gelang es meinen Ohren, aus dem halb quackenden, halb gurgelnden Geräusch der gequetschten Erde das Fremdwort Mausoleum herauszuhören. Und nun, just jetzt, zwängt sich mir dieses Wort, hysterisch mit seinen Silbchenfüßchen trommelnd, wie eine ausgebrochene Herzmaus durch den zu eng gewordenen Kranz der Adern.

Vita späht in die Gute Stube. Er hockt am Boden, wartet ab. Das schwache Mondlicht, das ihm beim Abstieg durch das Treppenhaus erlaubte, sparsam mit den Batterien seiner Taschenlampe umzugehen, ist wie von einem schwarzgewichsten Stiefel ausgetreten. Die weite Hausratlandschaft der dritten Etage liegt im Finstern. Das Nestchen, von dem er glaubt, daß es sich Lemon und Still hier irgendwo wie Bodenbrüter in einen Mantel- oder Handtuchhaufen gegraben haben, ist leider nicht mit Augen auszumachen. Aber er schätzt, es ist nur eine Frage der Zeit, wann die beiden Laut geben werden. Und vielleicht hat der Jäger Glück und das Kanu des Monds schwimmt sich gerade in dem Momentchen wieder frei, wo die Nachtvögel das Zwitschern nicht mehr lassen können.

Über dergleichen meint Vita sattsam Bescheid zu wissen. Die Lustgeräuschkulisse war lange in der Goldenen Ritze das Auftrittsproblem Nummer eins. Niemand unter den Bühnenkünstlern, nicht einmal die gewiefte Gitti, auch nicht Yvonne, die einen Schauspielabschluß hatte, und keiner der angeblich naturgeilen Afrikaner war in der Lage, anhaltend und glaubwürdig zu stöhnen. Ritzenboß Tibor hatte sich auch in dieser Hinsicht als verantwortungsbewußter Chef erwiesen. Ein DJ, ein blutjunger, schamlos kreativer Neomixer, erhielt den Auftrag, ein Dutzend Soundtracks abzumischen. Die Bühnenmikrophone wurden abmontiert. Und Vita und Yvonne bekamen von nun an ein computergeneriertes Geflecht aus stoßenden Bässen, aus allerlei synthetischem Gegluckse und aus affenartigem Geschrei als akustischen Arbeitsteppich ausgelegt.

Vita hatte Heinlein vorgeschlagen, diese Kassette zu den Privatvorführungen mitzubringen. Doch der gescheite alte Herr, das Apotheken-Aas, hatte eine eigene Tonvision. Das, wozu Gitti auch bei ihrem einmaligen Apothekenhinterzimmerauftritt nicht fähig gewesen war, vermochte Heinleins graugelocktes Wunschmodell über Stunden hinweg ihrer Kehle zu entlocken. Kein einziges Mal verschlug es diesem reifen Luder beim Arbeiten die Stimme. Und ihr greiser Regisseur verstand sich perfekt darauf, Vitas Teil, den Part des Mannes, hinzuzufügen. Schaudernd, in einer späten Nachwut zitternd, muß Vita an den Anblick des Alten denken: Das Head-Set mit dem zierlichen Mikrophon schmiegte sich eng an den hageren Schädel, die schmalen, blutarmen Lippen schienen das Stöhnen mehr einzusaugen als hinauszupressen. So hatte ihm der Apotheker nicht nur sein Bild entrissen, er hatte ihn auch zwangssynchronisiert.

Allein hierfür hätte er es verdient gehabt, nach Ladenschluß von seinem einstigen Mimen aufgesucht zu werden. Aber nicht aus Rache, nicht für alten Kram, sondern für eine schöne, grelle Gegenwart sollte es dann geschehen. Die Keule war neu. Sie hatte früher, bei ihren Drehterminen, noch nicht an der Wand des Hinterzimmers zwischen den schwarzgerahmten Stichen gehangen, auf denen menschenleere Hafenansichten zu sehen waren. Es handele sich um ein Geschenk, erklärte Heinlein seinem unerwarteten Besucher und hatte nichts dagegen, daß Vita sie in die rechte Faust nahm und ihr schweres Ende prüfend auf den Handteller der Linken klatschen ließ.

Das Kreischen packt ihn von hinten. Mit seiner Nierennarbe glaubt Vita, es wie mit einem dritten Trommelfell zu hören. Er wirbelt herum, die Keule zum Schlag erhoben, obwohl er weiß, daß er weder das Geräusch noch seinen wohlbekannten Ursprung mit der Waffe treffen kann. Er ist sich sicher: Eben, als er an ihr vorbeiging, war die Aufzugtür geschlossen. Aber genauso gewiß ist nun, daß die Kabine hinter seinem Rücken mit einer Auffahrt begonnen hat. Die beiden Vögelchen waren wohl nach getanem Liebeswerk zu müde für die Treppe. So reimt es sich zusammen. Jetzt wollen sie sich oben am Öfchen wärmen, an den Vorräten stärken und noch ein Zigarettchen schmauchen. Mit Riesensätzen eilt Vita das Treppenhaus hinauf, um die Kollegen mit seinem Fichtenholzprügel zu empfangen.

Erneut läßt sich die Überhelle der Kabine tief genießen. Light tänzelt vor den Aufzugspiegeln. Die kurze Baseballjacke, deren Bund sich auf dem schweren Gürtel staucht, steht ihm so gut. Er dreht dem rechten Spiegel schräg den Rücken zu, kann so im Gegenglas die Nummer seiner Jacke lesen. Eigentlich ist es nur die halbe Zahl, denn die erste der aufgenähten Ziffern ist abgerissen. Aber am Muster, das die Fadenreste bilden, läßt sich noch erkennen, daß dort eine amerikanisch nasenlose Eins gestanden hat. Es ist zu schön, um wahr zu sein. In diesem Kasten kommt man zu sich selbst. Vielleicht haben ihn alle, sogar der kecke Funny, deshalb so einhellig gemieden.

Funny, der arme Kerl. Wäre er noch am Leben, Light gäbe ihm jetzt einen ganzen Streifen ab. Cinnamon Red! Weit mehr als eine Köstlichkeit, ein Gaumen- und ein Zungenwunder. Bereits beim ersten Kauen, schon vor dem ersten Speichelschlukken ist Light wie einst ins Blut geschossen, was doch aller Vernunft nach erst seinen Weg durch die Schleimhaut des Magens nehmen müßte. Cinnamon Red! Gleich zwei der Kaustreifen hat er sich im Dämmer der Guten Stube aus dem Silberpapier gepult und in den trockenen Mund gestopft. Sofort war der so übervoll mit Speichel, daß das Kauen nicht ohne Sabbern abging. Cinnamon Red! Worauf er nie zu hoffen gewagt hätte, sein neuer kleiner Liebling, das Marderchen, hat es ihm mitgebracht. Seit der Rückkehr des Tiers sind dessen Pfötchen ins Schulterpolster von Lights neuer Jacke gekrallt, und nun biegt sich der Marder vor sein Gesicht, schmiegt sich an seine Wange, und es gelingt ihm, dem neuen Herrchen, nach dem es verrückter ist denn je, erneut ein wenig zimtduftende Spucke vom Kinn zu lecken.

Light blickt an sich hinab. Die Basketballstiefel waren für einen Hünen dieses Sports gedacht. Obwohl er sie über zwei Paar Socken trägt, steht er reichlich schwammig in den ausladenden Tretern. Aber alles andere Schuhwerk, die Sandalen, die Halbschuhe und Winterstiefel, in die er probeweise einen seiner Spreizfüße drängte, erwies sich als zu klein oder zu eng. Nur diese Ungetüme aus sehr festem, leinenartigem Stoff, mit dikken Gummisohlen, gummiverstärkter Spitze, gummigeschützter Ferse und besternten Knöcheltellern, kamen für ihn in Frage. Light sieht die Füße einer Comic-Figur und denkt, daß auch sein sonstiger Aufzug aus einem bunten Witzblatt stammen könnte.

Den Marder hatte sein Aussehen kein bißchen irritiert, quer durch die Gute Stube kam das Tier mit weiten Sprüngen auf ihn zu. Light bleibt ein Rätsel, woran es ihn, der auch gereinigt weiterhin nach Heizöl stinkt, der stumm und neu eingekleidet auf dem Boden hockte, erkennen konnte. Wunderbar war die Wiedersehensfreude. Mit hochgestelltem Schweif raste der Marder im Kreis um ihn herum und ließ ein helles Fauchen hören, und Light, dem Tiere bislang am besten in Büchern oder im Zoo gefallen hatten, streckte die Hände nach ihm aus, um ihn zu kosen.

Light schiebt sich zwei frische Streifen Cinnamon Red zwischen die Zähne. Es ist ganz ohne Zweifel jenes amerikanische Original, das ihm einst den Nikotinentzug erleichterte. Es ist dieselbe Qualität, die ihm bei Heinlein ungefähr ein gutes halbes Jahr lang legal und dann noch drei Monate heimlich ausgehändigt wurde. Ein Fünferpäckchen des Antiraucherkaugummis steckte in einer großen Kapsel am Halsband des Tieres, dazu ein Brieflein in der winzigen Perlschrift von Cziffras Maschine, zu winzig, als daß die Botschaft im schlechten Licht der Guten Stube zu entziffern gewesen wäre. Aber auch in dieser langen Nacht, in diesem finsteren Haus, wird sich ein lichter Winkel finden lassen.

Ungeschickt, sehr ungeschickt, er muß so etwas erst erlernen, wechselt Light in allen drei Spiegeln die Waffe von der Rechten in die Linke. Aber auch deren Finger fummeln verlegen über den grauen Griff und geben die Keule schließlich an die rechte Hand zurück. Eben, als er den Lift zum zweiten Mal allein betrat, um in die Cafeteria hochzufahren, hat diese Waffe in der Kabine auf ihn gewartet. Mit einem starken schwarzen Klebeband war sie auf das mittlere Spiegelglas geheftet. Er riß sie frei, die Klebestreifen schmatzten garstig, und Light beeilte sich, das häßlich neumodische Band auch von ihrem Holz zu rupfen.

Die Keule ist wirklich aus Holz, obwohl sie irritierend schwer ist. Ihr Gewicht erinnert Light an einen Speerschaft, den er vor Jahren als Student, während eines Museumspraktikums, von einem Restaurator auf die Handteller gelegt bekam. Wahrscheinlich bestehen Speer und Keule aus der gleichen feinporig dichten Zellulose, aus dem Stammholz besonders langsam emporgewachsener Eichen, wie sie einst in den Sümpfen und Mooren des Nordens als Kümmer-, als Krüppelbäumchen heimisch waren. Ein Übermaß an Zeit hat dieses Holz zu einem grünschimmernden Grau gebeizt. Und Grün ist auch der knotig grobe Kupferdraht, mit dem der Griff umwickelt ist, grün oxidiert sind die Kupferrunen, die der Handwerker in das plumpe vordere Drittel der Keule eingelassen hat. Die Waffe ist hier im grellkalten Liftlicht noch tausendmal schöner als in Gors Broschüre.

Vita stöhnt auf, nicht nur weil ihn sein Rücken, weil ihn sein Nierenbecken so schmerzt wie in der schlimmsten Zeit, er stöhnt weit mehr aus Wut: Der Fahrstuhl, dieses Höllenteil, wagt ihn zu foppen. Im neunten Stock verharrte der Kasten tükkisch brav und gab ein mahlendes Geräusch von sich, ähnlich dem, das er auch im Erdgeschoß produziert, sobald man den Knopf mit dem ‹U› für Keller drückt. Mit einem halben Hechtsprung ist Vita, ums Treppeneck biegend, vor die Aufzugtür gelangt, stupst mit der Keule auf die grün blinkende Taste, aber statt aufzugehen, setzt sich die Kabine mit einem grauenhaften Knirschen, als fräße ein Gebiß sich selbst, erneut in Bewegung.

Und noch einmal jagt Vita, drei Stufen auf einmal nehmend, Keule und Schraubenzieher in den Fäusten, der blödsinnigen Kiste, dem Wahnsinnskasten, hinterher. Sein Blick stürzt ihm voraus. Aber dann bemerkt er im Vorwärtshetzen etwas, was seinen Kopf zur Seite rucken läßt. Ein Schild ist falsch. Einer der Wegweiser, die hier im Treppenhaus angeben, wo es ins Freie geht, ist logisch in sein Gegenteil gekehrt. Das Männchen, das auf grünem Grund vom Feuer weg das Weite suchen müßte, rennt nicht in die rettende Richtung. Irgendein Dummkopf hat vor Jahr und Tag die rechte Hälfte der Folie spiegelverkehrt hinter das Glas geklebt, und seitdem muß der stilisierte Läufer geradewegs ins Meer der Flammen springen.

Bleischwer ist Onkel Gabors linker Arm geworden und mag die taube Hand nicht auf die Regler heben. Die rechte, deren Finger noch zu allem taugten, hält den linken Ellenbogen gepackt und zieht ihn an den Rumpf. Gerade jetzt, zum ersten Mal in über hundert Jahren, fällt diesen Gliedern ein, wie brüderlich sie sich doch verbunden sind. So bleiben der rhythmisch bewegte Sand und das zum Zopf der Lust verflochtene Atmen auf Sendung. Und weil Still ihren Ohrschmuck totgeknackst hat wie ein lästiges Insekt, weil einer von Lemons Schuhen das Bodenmikro dämpft, ist die Technik diskret. Onkelchen Gabor träumt sich zurecht, dieses Getön würde von sehr weit her, von der Oberfläche unseres kahlköpfigen Trabanten, herab auf die Erde und in den Kümmerkasten übertragen. Selbst Funnys sich langsam aufblähender Leib hat lauter, klarer und bis zuletzt obszön-organisch fordernd aus der Tiefe der Gummiwanne zu mir heraufgefunkt.

Das Mausoleum ist ein Trick, wie er meiner Martha Mutschereit gefallen hätte, eine schlichte Rolle rückwärts. Der treue Boxfeld wühlte so lang in den Archiven, bis er die Baupläne der Familiengruft Zucker entdeckte. Die Eltern des Architekten hatten es mit einem Tanzlokal, das sie, entschlossen nach Höherem zielend, «Ballhaus Zucker» nannten, am Salzhafen zu Ansehen und Wohlstand gebracht. Und dieser flotten Etablierung entsprach, was sie sich auf dem Friedhof des Viertels errichten ließen.

Ein Tempelchen mußte es sein: Fünf Säulen, wie dicke Männerunterschenkel in gerippten Fußballstrümpfen, stemmten einen Fries, mit Göttern und Heroen so vollgestopft, als quetschte das Sandsteindach das mythologische Gewurstel mit Gewalt zusammen. Und mit Gewalt, mit simplen Vorschlaghämmern, machte sich zwanzig Jährchen später ein braununiformierter Männertrupp, befeuert von Schnaps und Zukunftsgier, daran, den niedlichen Tempel und ein paar andere Grabstätten, die verdächtige Namen trugen, zu schubkarrentauglichen Brocken zu zertrümmern. Mit der Rekonstruktion des Zuckerschen Familiengrabes, mit einer Arbeit, die jeder kunsthistorischen Prüfung standhalten soll, ist inzwischen die beste deutsche Werkstatt, ein Steinmetzbetrieb in Berlin-Friedenau, beauftragt.

Schwieriger war es, dem Mausoleum den gewünschten Inhalt zu beschaffen. Zucker, der berühmte Architekt, hat sich in Los Angeles kremieren lassen. Aber der Verbleib der Asche ist dem glücklich schwachen Gedächtnis Kaliforniens entfallen. Die Auffindung der Urne, die Bestätigung der Echtheit ihrer Füllung und die offizielle Rückführung werden unter den vielen virtuellen Werken Heribert Boxfelds zu den Meisterstükken zählen. Schon ist dem Großneffen des Architekten, dem schwulen und deshalb wahrscheinlich letzten Sproß der Familie, zu einer schönen Stellung in der großväterlichen Heimat verholfen worden. Dafür mußte er uns versprechen, das eine oder andere Knöchlein samt zwei Pfund Asche für echt zu erklären. So wird es kommen, wie es sich arrangieren läßt: Onkelchen Gabor holt einen getürkten Architektenrest zurück in die Heimatstadt, heim in ein Ahnenhäuschen, nach Hause in ein Mausoleum, das der echte Egon Zucker zu Lebzeiten gewiß geschmacklos fand.

Der Aufzug piept in einem fort. Es ist ein täuschend vogelartiges Geräusch, es klingt, als ob der Lift mit der Stimme einer besorgten Amselmutter warnen würde. Die große Gefahr, die tödliche Bedrohung, die das Gepiepse meinen könnte, ist längst passé. Light rinnt kein Blut, sondern nur Schweiß mit etwas Heizöl von der Stirn über die Nasenwurzel. Er wischt es ab. Dem klugen Light ist klar: Die Lifttür hat mechanisch erkannt, daß sie blockiert ist. Und deshalb darf sich der Kasten, obwohl ein anderes Stockwerk nach ihm ruft, nicht von der Stelle rühren.

Vita liegt auf dem Bauch, Kopf und Arme in der Kabine. Sein Hemd ist ihm hochgerutscht. Light leuchtet die große Narbe des Kollegen entgegen. Das Marderchen schnuppert an ihrem Wulst, umschnüffelt dann Vitas Rechte, deren Finger immer noch den Griff der zerbrochenen Keule umschlossen halten. Es ist nicht nötig, noch einmal in die Aufzugspiegel zurückzuschauen. Auch Light, der Nüchterne, hat hinreichend Phantasie, sich vorzustellen, was Vita gesehen hat, als die Lifttür vor ihm aufging: ein schaurig gebräunter Wiedergänger in riesigen Ami-Latschen, altmodisch und buntscheckig zugleich herausgeputzt, den plumpen Leib urig gegürtet, ein fauchendes Tier auf dem ölig frisierten Schädel.

Sofort, kaum hatten sie den zehnten Stock erreicht, war ihm sein kleiner Liebling ins verklebte Haar gesprungen. Kein Wunder, daß den Kollegen Vita für einen Augenblick die gewohnte Kaltblütigkeit verließ, daß er, panisch weit ausholend und auf die Stiefelspitzen schnellend, zu hastig zuschlug und die geringe Höhe der Lifttür übersah. Während seine Keule am Quereisen des Aufzugs zerbarst, schwang Lights Pendant in Kopfhöhe auf ihn zu. Schon an der Stirn getroffen, gelang es Vita noch, in einem letzten Reflex mit dem Schraubenzieher zuzustoßen. Light reibt sich den Leib, das Werkzeug traf seine neue Gürtung, konnte das dicke Leder aber nicht durchbohren, rutschte mit wenig Restwucht nach oben auf den Bund der Hose und ins Bauchfett ab.

Light ist sich sicher, daß der Kollege lebt. Also zieht er dessen lächerlich dünnen Gürtel aus den Schlaufen, dreht Vita die Hände auf den Rücken und gibt sich Mühe, sie ordentlich zu fesseln. Dann knotet er die Schnürbänder von Vitas Stiefeln zusammen, wie er es einmal in einem Film gesehen hat. Zuletzt zerrt er den Körper aus dem Aufzug, wälzt ihn auf die Seite, zwängt seinen Zeigefinger zwischen Vitas Zähne, öffnet die

Kiefer und drückt die Zunge nach unten, denn er weiß, daß Bewußtlose Gefahr laufen, an ihrem Erbrochenen oder gar an der eigenen Zunge zu ersticken.

Und als sich Light erhebt, als er sein Werk betrachtet und ihm sein Marderchen gegen die Brust springt, um wieder auf seine Schulter hochzuklettern, schließt sich der Aufzug mit dem gewohnten Bimmeln. Zart ruckelnd, erstmals leise, setzt er sich in Bewegung, und Light darf sehen, wie die Kabine noch ein Stück auffährt, nicht viel, aber doch höher als logisch möglich, und dort oben mit einem subtilen Schütteln und einem dünnen, fast sphärisch hellen Klingeln, das Light sogleich für eingebildet hält, erneut zum Stillstand kommt.

Funny fühlt Papa Sonne kommen. Es ist ein schönes Fühlen, wie in den besten Asbach-Uralt-Jahren, als das Weinbrandsaufen pures, warmes Glück war und das Zwölffingerdarmgeschwür mucksmäuschenstill, wohlig verborgen in der Wampe, vor sich hin wuchs. Funny fühlt Papa Sonne kommen. Weiter und weiter hat sich Papa Sonne als eine pralle Hitzekugel, vom Gleiten ganz leicht zum Ei verformt, den Schacht heraufgeschoben. In Richtung Wäldchen, hin zu Funny. Hin zu den Geistern. Hier ist Walhalla. Hier ist der Hain der Helden. Ja, Funny nennt es ungeniert so, auch wenn er früher, sobald ihm ein erhabenes Wort zu Ohren kam, nur Spott und Hohn und schließlich gelbgrüne Galle spuckte. Die böse Galle ist ihm da unten, unter Sand und Kalk, vergangen, sein aufgeblähter Leibsack, sein Knochenbeutel hat nach allen Absichten und Plänen zuletzt auch jede Niedertracht mit einem finalen Darmwind fahrenlassen.

Funny fühlt Papa Sonne kommen. Heißt das noch einmal warten? Funny entsinnt sich wohl, wie hart das Warten manchmal war, wie schlimm er es fand, in der Klinik in einer

Warteschleife festzusitzen. Besonders bei seiner ersten Kur im Hafenkrankenhaus. Frau Doktor, die Kurzhaarhexe, schickte ihm dreimal am Tag und einmal nachts den rosa Schleim vorbei. Sonst gab es nichts, nicht eine klitzekleine Ablenkung, nicht einmal Quasselstündchen mit Ingo, Kai und Jens, dem Therapeutentrio. Und alle Hilfsweißkittel bleuten ihm ein, daß ihm der rosa Schleim zu reichen habe. Sogar die kleine alte Krankenschwester, die mit dem in Deutschland verknitterten koreanischen Gesicht, lispelte ihm vor, der Schleim sei gute Medizin.

Aber Funnys Stationskollegen, die anderen alten Knaben auf Entzug, wußten es besser: «Die schicken dich auf die brutale Tour. Das ist die Trockennebel-Masche!» meinte Lahmarm Arno, der häufiger als alle auf Station gewesen war. «Der Psychoschleim macht dich halb blöd, du taumelst wie durch eine Nebellandschaft. Trockner Nebel, ein feingesiebter, weichkörniger Sandsturm. Die Wüste Gobi wie aus Watte. Selbst wenn du eine Kanne Tee leer säufst, dörrt dir der Schlund aus bis runter in den Magen. Wie eine halbverdurstete Giraffe gierst du weiter nach einem echten Schluck!»

Mit Arno öffnete Funny, als sie, gründlich entzogen, wieder in Freiheit lebten, die erste Flasche Asbach Uralt; im Hinterzimmerchen von Arno's Antik, wo es so wunderbar gemütlich muffig roch, wo sommers wie winters ein kleiner elektrischer Heizlüfter surrte, weil Arno auf einer Wäschespinne feuchten Kram aus Wohnungs- und Kellerauflösungen trocknen ließ. Arno war ungewöhnlich guten Muts und schenkte reichlich ein. Aber erst wie sie bei der zweiten Flasche waren und das Schild ‹Wegen Tauchfahrt geschlossen› in der Ladentür hing, rückte der Trödler nach und nach mit der frohen Botschaft raus. Das angebrochene Jahr werde er nur noch Schampus saufen. Rechtshändig. Und links stets eine dralle Braut unter dem lahmen Arm. Jetzt komme ein goldenes Jahr für seine Leber. Arno's Antik habe sich nämlich als eine Goldgrube erwiesen. Wer hier nur wacker suche, werde fündig, habe er seinen Kunden jahrelang gepredigt. Und habe doch bis vor einer Woche nicht an den eigenen Spruch geglaubt, wäre nie auf die Idee gekommen, selber nach einem Nugget zu schürfen.

Wonach? wäre Kumpel Funny da beinah herausgerutscht, aber im letzten Augenblick biß er sich auf die Zunge. Wenn einer so am Quatschen war, durfte man ihn nicht mit Fragen unterbrechen. Es zog sich hin bis auf den Grund der Flasche. Zuletzt war Arno so besoffen, daß Funny fürchtete, aus dem Gelalle nicht mehr heraushören zu können, wie Arno in seinem eigenen Laden zum Finder geworden war. Zweimal brachte er den sturzbetrunkenen Trödler nach hinten aufs Klo, knöpfte ihn auf, knöpfte ihn zu, half ihm beim zweiten Mal sogar den Pißstrahl lenken. Und endlich, kurz bevor Arno ins Grummel-Nirwana, in lautmalerisch verbrummte Beschreibungen seiner U-Boot-Fahrten, abtauchte, kam er zur Sache: «Ein Riesenklunker! Rot! Rot! Rot! Goldrot und durchsichtig zugleich. Mit einem Urvieh und noch einem Urvieh drin. Bei mir im Ramsch. Hab mich erkundigt, was so ein Ding unter Sammlern wert ist. Du faßt es nicht. Ein Glück, daß mir die Sonne draufschien, weil ich beim Saugen die Ramschkiste rüber ans Fenster geschoben hatte. Das funkelt, Funny. So ein Gefunkel hast du in deinem Leben nicht gesehen.»

Funny fühlt Papa Sonne kommen. Vielleicht muß es noch dauern, weil Neffe Funny nicht immer lieb gewesen ist. Ja, Funny hätte nicht vom Öfchenfusel trinken dürfen. Aber Funny war angeschlagen: Erstens war das letzte Fläschchen Whisky leer, und zweitens hatte die verfluchte Kollegenbande mir nichts, dir nichts mit Hilfe des blöden Dosengesöffs seinen Namen erraten, den Spitznamen, den er seit Kindestagen trug, den er sich letzten Sommer beim großen Abschlußfest der Gedächtniskolonie halb aus Stolz, halb aus Galgenhumor vorne und hinten auf seine ärmellose Jeansjacke geschrieben hatte. Der arme dicke Funny war also doppelt angeschlagen. Dennoch, allein hätte er sich gar nicht ans Brennöl rangetraut, so lecker es auch duften mochte. Lights Finger hat ihn angelockt. Der rechte Zeigefinger machte sich im Licht des Kühlschranks krumm – krumm, gerade und wieder krumm – und zog den Durstigen zum kalten Öfchen. «Gönn dir ein Schlückchen!» hauchte Kollege Light. «Ich verrat dich nicht. Fühl doch mit dir. Steh ja selber mit meinem Rauchen auf dem Schlauch. Ich kenn mich aus: Ein Schluck wird dir nicht schaden. Ich freu mich, wenn es dir die Kehle ölt!» Der böse Light. Der schlimmste aller Besserwisser. Er hat den dummen Funny angeschmiert. Aber dafür hat Papa Sonne den Klugscheißer gehörig in die Schmiere tunken lassen. Ganz tintenschwarz mußte das Lichtlein wieder nach oben an die Arbeit gehen, und jetzt tapst es als Witzfigur – als Ami-Attrappe – über die Geschosse.

Funny fühlt Papa Sonne kommen. Und auch der andere Schatten zuckt und flackert jetzt in seiner Ecke, als ob er Papa Sonne spüren könnte. Fast hätte Funny den Araber schon vergessen. Vorhin, als Funny in den Hain einging, war das Geistlein noch munter am Plappern. Deutsch und Arabisch durcheinander. Und Funny hat beides bis ins letzte Wort verstanden, ganz so, wie es hier in Walhalla Brauch ist. Inzwischen schweigt das Kerlchen; nicht einmal mehr das kleinste Wispern. Und er ist durchsichtig und kalt geworden.

Schade. So putzig stolz erzählte er davon, daß er der erste gewesen sei. Als einsamer, als selbstberufener Archäologe habe er angefangen, im Keller zu graben. Eimer für Eimer sei die lehmige Erde von ihm aufs Dach geschafft worden, um die armen Bäumchen von Walhalla, die ja fast in der Luft wurzeln müßten, mit richtigem Grund zu versorgen. Als Wühler, die Nase im Salzhafendreck, habe er dann die Urkeule gefunden.

Mit lauwarmem Wasser, nur einen Spritzer Spülmittel gab der Syrer zu, und mit einer Zahnbürste wurde die Keule rein- und schöngemacht. Zuletzt rieb er das vorchristliche Holz mit gutem Olivenöl ganz blank. Dergestalt wiederhergerichtet und in den Stand der Waffenehre zurückversetzt, wurde ihm, dem Wahldeutschen, dem Möchtegernteutonen, die Keule dann prompt übers Haupt gezogen. «Als erstem! Als erstem!» Funny hört das Echo des stolzen Opfers noch immer durch Walhalla jubilieren. Huch, dieser Muselmane war noch als Schatten anfangsgeil. Und Funny, der zeitlebens nie für irgendeine Art von Ursprungszauber empfänglich gewesen war, lauschte dem Sermon des blaß werdenden Syrerleins wie einst der Predigt in der Kirche. Woher. Woher. Wo kommt das Schlimme her. Papperlapapp. Schnuppe waren ihm die Gründe stets. Und auch in Walhalla sind sie Funny Wurscht geblieben.

Funny sieht Papa Sonne kommen. Und Papa Sonne wird als überguter Chef verstehen, daß Funny dem armen Arno gar nicht böse wollte. Funny mußte sich den roten Klunker einfach holen. Funny mußte sehen, wie das Urvieh im Harz sitzt und die Vorderbeinchen, die spitzkralligen Greifer, um den Bauch des anderen Tieres legt. Es ist so groß, wie Arno es beschrieben hat. Und Funny grauste es angenehm, sobald er den Klunker gegen das Licht hielt und hin und her wackelte, als würde der Räuber seine Beute schütteln. Oder sie knutschen. Oder zusammen mit seinem zukünftigen Futter noch eine Runde beten. Arno sagte, er wette seinen Kopf darauf, daß das Urvieh bete. Wenn sie, die U-Boot-Fahrer, im Sinkfall den Wasserbomben zu entkommen suchten, wenn der brachiale Druckanstieg die Augäpfel ins Finstere des Hirns zurückzupressen drohte, hätten sie exakt so, mit den Händen die Brust eines Kameraden haltend, zu zweit darum gebetet, noch mal den lichten Himmel sehen zu dürfen.

O Arno, liebster Arno. Der alte Seemann war, trotz seiner kriegslädierten Trommelfelle, bis ganz zuletzt ausgesprochen hellhörig geblieben. In seiner Abschiedsnacht schreckte er horchend hoch und ging nachschauen, wer da in seinem Laden herumrumorte. Die Sichel schien durchs Schaufenster. Wackerer Arno! Der scheele Blick des Lumpenmonds sah dich gegen den gierigen Eindringling, gegen den bösen Kumpel, gegen den Räuber des Sonnenaugs, den Säbel schwenken. Arno! Gib zu, du hast das Holzding auf deiner Ladentheke, drapiert von zerrissenem Geschenkpapier, eigens für deinen dicklippigen Kumpel, für Negermäulchen Funny, bereitgelegt. Und der kommode Prügel sprang ihm in die Hand. Auch Funny durfte einmal keulen. Komm, Papa Sonne. Komm. Laß deinen Funny so wie Arno – was hat der alte Säufer heldenhaft gefochten! –, laß Funny ganz verlorengehen.

Die Sonne

Boxfeld räumt auf. Die großen Hände Heribert Boxfelds lösen die Halskrause des Schlankheitswunders. Sie sitzt arg stramm. Herrn Funnys feister Nacken hat im Lauf der Nacht nicht abgenommen, sondern ist noch ein wenig weiter aufgeschwollen. Boxfeld müht sich, er ist nach allem knochenmüde. Aus der Erschöpfung erwächst ihm Ungeschick, mit einem seiner langen Nägel ritzt er die fahle Leichenhaut, ein wasserklares, zähfließendes Sekret tritt aus und sickert in den Rollkragen von Funnys Pullover.

Das hätte Herrn Cziffra nicht gefallen. Der Chef ist mit den Jahren immer entschiedener für strikte Sauberkeit gewesen. «Rein Tisch!» rief er bei allen Gelegen- und Ungelegenheiten. «Rein Tisch!» lautete die Devise, wenn die Gummiwalzen des Dokumentenvernichters das Firmenleben früherer Jahre den Reißzähnen entgegendrehten. «Rein Tisch!» sah Boxfeld den Chef über schmale Greisenlippen hauchen, wenn sie an offene Gräber getreten waren, um ein Schippchen saurer Salzhafenerde auf einen Sarg zu werfen. «Rein Tisch!» erklang es klar und hart hinter Boxfelds Rücken, als ihr kleiner Wachmann, vollends verrückt geworden über seinem Fund, das Urstück über den grauen Locken schwenkte und schreiend wie ein Messias hinaus auf die sonnenhelle Straße rennen wollte. «Rein Tisch», murmelte Gabor Cziffra noch einmal, während Boxfeld, das einstige Museumsprachtstück in der Rechten, mit ansehen mußte, wie heftig das Blut aus der Keulenwunde ihres deutschen Arabers drängte.

Der Lift ist oben blockiert. Vielleicht ist er endgültig kaputt. Ein Wunder wäre es nicht, wenn sich da etwas festgefressen hätte, denn die Mechanik ist in all den Jahrzehnten nie professionell gewartet worden. Niemand sollte den Sondereinbau, Herrn Cziffras Kümmerkasten, sehen. Zuletzt war noch ihr Syrer, gelernter Linguist, mit Fettspritze und Ölkanne im Getriebehäuschen auf 11b herumgekrochen, um Räder und Seile, ohne jede einschlägige Erfahrung, aber mit reichlich gutem Willen und noch mehr Phantasie, zu schmieren. Boxfeld schleift Funny an die Tür, um ihn zum zweiten Mal auf der Sackkarre festzuschnallen. Die Toten werden schwerer. Ihr kleiner Wachmann lag ihnen, verglichen mit dieser Last, fast wie ein hohles Püppchen, leicht wie eine verlassene Larvenhülle auf den Armen. Der Chef meinte damals, dem Kerlchen sei mit seiner treuen Seele auch ein Großteil seiner Erdenschwere – schwuppdiwupp! – durchs Loch im Schädel weggeschlüpft.

Vielleicht hat er auch hiermit recht gehabt. Übergeduldig, vermeintlich gegen Verstand und Wahrscheinlichkeit, erwartete der Chef, daß die Schätze wiederkehren würden. Ein halbes Jahrhundert lang hatte er nur den aus den Trümmern gefischten Lederstreifen, Gors keltischen Bauchgurt, und die vom Diskus abgesprengte Sichel in den Händen und war doch sicher, auch die restlichen Stücke würden wieder in ihre alte Heimat finden. «Die Wahrheit kommt zum Licht!» pflegte Herr Gabor Cziffra gern zu sagen. Das erste Mal hörte Boxfeld den Spruch, als im engsten Mitarbeiterkreis mit deutschem Schaumwein auf sein zweites juristisches Staatsexamen angestoßen wurde. Noch jünglingsdumm, versuchte er die Wortwahl des Chefs zu verbessern, indem er naseweis «Ans Licht! Sie meinen, die Wahrheit kommt ans Licht!» ins Büro posaunte.

Aber das schöne Fräulein Mutschereit, die in jenen Tagen alles, was in der Firma an Schreibarbeit anfiel, mit Grazie in eine riesige elektrische Olympia tippte, warf ihm, dem abschließend geprüften und damit vollwertig gewordenen Kollegen, nur kopfschüttelnd ein nachsichtiges Lächeln zu. Dann hob sie hinter Herrn Cziffras Rücken den Zeigefinger, legte ihn an die Unterlippe, und für die Ohren des jungen Heribert Boxfeld – er war ein schmucker Kerl gewesen – wurde aus dem kirschrot geschminkten Mund der Sekretärin ein zweisilbiges Wort mit ‹o› gehaucht.

Erst letzten Juli durfte er verspätet und doch zur rechten Zeit verstehen, was Martha Mutschereit ihm dereinst zugesprochen hatte. Boxfeld, inzwischen im vierten Jahrzehnt Cziffras Advokat für alle Fälle, stand – der Morgen graute durch die Vorhänge – in der Küche der Rentnerin. Der Schein des Fernsehers hatte im Lauf der Nacht vier fette Motten durch den Spalt des Fensters gelotst. Zusammen mit kleinerem Nachtgetier kreisten die Falter über dem Küchentisch. Ganz offensichtlich war den Insekten das bunte Licht des Bildschirms, das sie der Nacht entzogen hatte, gleichgültig geworden, statt dessen folgten sie jetzt Reizen, die ihr Geruchsempfinden stimulierten. Lange sah ihnen Boxfeld zu. Nach und nach änderten die braunpelzigen Flatterlinge ihre Bahnen, flogen in feiner Abstimmung alle ein klein bißchen tiefer, als wären sie dabei, sich in einer sanft sinkenden Spirale dem, was sie wirklich lockte, anzunähern.

Schließlich zog Boxfeld die Latexhandschuhe noch einmal aus, ganz vorsichtig, damit die Fingernägel den dünnen Gummi nicht verletzten. Denn gleich hieß es, die Wohnung erneut gründlich zu durchsuchen. Alle Spuren, die ihrem Schnitzer zum Verhängnis werden konnten, sollten beseitigt werden. Vorhin, bei seinem ersten Durchgang, als die Teppichböden mit Frau Mutschereits erfreulich starkem Staubsauger gereinigt worden waren, hätte er den zierlichen Elektronik-Lötkolben, verborgen unter einem Haufen Comic-Taschenbücher, fast übersehen. Ein zweites Suchen, auch ein zweites Saugen mit einem frischen Beutel waren nötig.

Aber zunächst trieb er die Motten mit einem Wischen der nackten Hand auseinander und beugte sich über den Tisch, um der dort hingestreckten einstigen Kollegin die letzten Ehren zu erweisen. Sacht zog er ihr die Strickweste über der Brust zusammen, streifte die Kittelschürze glatt, drückte die Knie nach unten, legte Fuß an Fuß. Glücklicherweise war das graue Haar über der Stirn lang genug, um, sorgfältig zurechtgezupft, die Stirnwunde zu verdecken. Es ziemte sich so. Im allerersten Morgendämmern, im Lichtzucken des Fernsehapparats, schien Boxfeld sicher, daß genau das die ihm angemessene Arbeit war: Als Mann der Rechte hatte er in tausendundeinem mehr oder minder verzwickten Fall vor allem dies zu tun. Es galt, Anfang und Ende der Welt, so gnädig es sich eben machen ließ, vor den geschätzten Zeitgenossen zu verbergen.

Am linken Rad der Sackkarre hat der Reifen zuwenig Luft. Auf jeder Treppenstufenkante quetscht es ihn durch bis auf die Felge. Aber Boxfeld schafft den Abtransport, ohne daß ihm die Fracht herunterkippt. Im Erdgeschoß legt er die Karre flach auf den Boden, um an der Tür zu erlauschen, wie weit das Paar mit seinem Paargeschäft gekommen ist. Boxfeld ist schuld daran, daß eine Frau im Spiel ist. Nur so jedoch hatte die Expedition der fünf beginnen können. Die Zeit war überreif. Der Chef begann zu schwinden, die Haut auf seinen Händen und auf seinen Wangen war transparent wie Pergamentpapier geworden. Im Gegenzug hatten sich dafür Gabor Cziffras Augen eingetrübt. Zuletzt konnte er wohl nur noch Helle und Dunkel unterscheiden.

Lang schon waren die anderen vier, die Männer, in Observanz gewesen. Aber der fünfte Finger, der die Hand zur Faust schließt, wollte sich nicht zeigen. Am Schluß ging der Chef viel ins Kino, oft zweimal am Tag. Er hoffte dort, von einer Tonspur, aus unserer Synchronisation des globalen Ami-Singsangs, einen Hinweis zu erhalten. Einmal bat er Boxfeld, ihn in die Nachmittagsvorstellung eines Programmkinos zu begleiten. Man zeigte eine Zusammenstellung älterer Zeichentrickfilme, eine kleine Serie sogenannter Klassiker. Die weltbekannten Enten schnatterten mehr schlecht als recht auf deutsch. Herrn Cziffra schienen das sonore Quaken des Oberonkels, das chorische Quietschen des aufgeweckten Neffentrios und die stimmlichen Zwischenlagen Daisys und Donalds sehr zu gefallen, aber umsonst wurden sie Augen- und Ohrenzeugen dieser Abenteuer. Die Lösung, der göttliche Wink, kam dann, wie es in all den Jahren oft der Fall war, aus dem alltäglichen Getriebe der Geschäfte.

Im Sandreich scheint es still. Behutsam zieht Boxfeld die Tür ein paar Zentimeter weiter auf, ihr Blatt knirscht. Die Schuhe der Mannschaft haben viele tausend Quarzkörnchen ins Treppenhaus getragen. Falls der Schnitzer, falls Cziffras mondsüchtiger Schieler noch da drinnen in der Wanne liegen sollte, ermattet von der Kollegin abgefallen, würden ihn die Gummiwände daran hindern, mehr als eine Handbreit von ihrem atemlosen Körper abzurücken. Schulter an Schulter mit der kühl werdenden Graphologin, hat ihn der irre Kerl vielleicht gerade jetzt gehört und wird nun flachschnaufend ins Dunkle horchen. Boxfeld kann warten. Am Türschlitz sinkt er in die Hocke, schabt mit dem Zeigefingernagel über den Boden, macht auf den Fasern des Belags ein kleines nervöses Geräusch, wie es zum Huschen einer Ratte passen könnte.

Er unterdrückt ein Seufzen. Es tut ihm leid, daß es mit der tüchtigen Gesellin so zu Ende gehen mußte. Die Lösung, die längst überfällige Komplettierung des Teams, war wie eine elektrostatische Entladung einem großen Arbeitsärgernis entsprungen. Der Chef hatte getobt, was wahrlich selten vorkam. Gleich Rumpelstilzchen stampfte er auf den Teppichboden des Büros, kaum daß ihm Boxfeld den Brief des Syrers zur Hälfte vorgelesen hatte. In äußerst umständlicher, ja in qualvoll verzwickter Argumentation bat ihr langjähriger Graphologe, ihn seines Amtes zu entheben und ihn statt dessen mit einer einfachen Tätigkeit, mit einer, wie er es formulierte, niederen Arbeit zu betrauen. Wortwörtlich ersuchte er darum, sich in den noch verbleibenden drei Jahren mit Besen oder Schippe um Schmutz und Sand, um Erde kümmern zu dürfen. Wenig konnte Herrn Cziffra so in Aufregung versetzen wie eine dienstliche Desertion. Welch ein Affront, daß dieser Mensch die Stelle, die er ihm mit liebevoller Sorgfalt zugewiesen hatte, aufgeben wollte.

Gleich einem versteckten As zog Boxfeld in diesem krisenhaften Augenblick die Frau aus dem Ärmel. Herr Cziffra ahnte nicht, was die junge Kraft bereits geleistet hatte. Nun sollte ihm nicht länger vorenthalten bleiben, wer übernahm und zügig aufarbeitete, was ihr altgedienter Orientale, der mit den Jahren über den handgeschriebenen Lebensläufen immer skrupulöser und zögerlicher geworden war, an Rückstau produzierte. Die Wahrheit stach. Sogleich wollte der Chef ein paar von diesen Expertisen hören.

Boxfeld las sie ihm vor. Herr Cziffra ergab sich fast mit dem ersten Satz dem seltsam kargen, aber nie trocknen Stil, leckte sich, wie er es beim Überlegen gerne tat, lange über die Oberlippe, bat seinen Advokaten schließlich, ihm das Äußere dieser Schreiberin, Gesicht und Figur, ganz unbefangen, quasi von Mann zu Mann zu schildern. Und schon war sie im Spiel. Es rührte Boxfeld, den Chef so voller Vorfreude zu sehen. Noch einmal fiel Herrn Cziffra das Juchzen leicht. Die fünf würden alles, auch das letzte Hauptstück der Sammlung, wiederfinden. Die Mannschaft werde für die Sonne sorgen. Und es sei gar nicht schlimm, wenn dies ein Weilchen dauern sollte. Sie beide, er und Boxfeld, hätten doch ebenfalls mit Engelsgeduld nach dem fehlenden Mitglied des Teams gefahndet.

Drinnen im Sandreich bleibt es still. Boxfeld schnuppert hinein, riecht nichts, was auf die Anwesenheit eines lebenden Leibes schließen ließe. Der Schnitzer hat sich wohl schon davongemacht. Falls es ihn auf ein Kaffeechen ins zehnte Stockwerk zieht, wird er darüber staunen, daß der Kühlschrank vor der Tür steht. Aber vielleicht rückt sich im Mondschein auch dieser Widerspruch zu einem schäbigen So-ist-die-Welt gerade. Boxfeld richtet sich ächzend auf und fährt sich mit beiden Händen durch das Haar. Er fürchtet, der schlaffe Leib der Graphologin wird ihm von allen Körpern, die er durch dieses Haus zu schleifen hat, der schwerste werden. Mit einem Tritt macht er die Tür aufschwingen, packt sich die Sackkarre, rollt sie ein Stück zurück, nimmt Anlauf, stemmt sich mit gespannten Muskeln in die Griffe, weil er voraussieht, wie sehr der Sand die Räder, vor allem den fast platten Reifen bremsen wird.

Light überlegt. Er will jetzt keinen Fehler machen. Vor seinen Füßen ächzt und sabbert Vita, ein Zittern geht ihm durch die auf dem Rücken zusammengebundenen Hände. Light stößt ihm mit dem Fuß in die entblößte Seite, die Kappe des Basketballstiefels streift Vitas Narbe. Das Marderchen, das ihn versteht, als wäre es seit eh und je sein Tier, umtänzelt den Gefesselten erneut, faucht bös und beißt in dessen Hemd. Wie einen übergroßen, wie einen von der eigenen Masse gefällten Nebenbuhler will es den wehrlosen Körper zu einem Aufbäumen, zumindest zu einem wilden Aufschauen provozieren. Aber Vitas Augen bleiben zu. Er ist wohl weiterhin bewußtlos, oder er hält es für bekömmlicher, sich so zu stellen und seinen Überwindern keinen weiteren Triumph zu gönnen.

Daß ihre Suche Gefahren barg, war Light von Boxfeld nicht verschwiegen worden. Und auch den anderen hatte der Rechtsanwalt gewiß mit ähnlichen Worten angedeutet, man könne in Cziffras Diensten Schaden nehmen. Falls eines der Teammitglieder ausfalle, gehe dessen Honorar zu gleichen Teilen an die verbliebenen Kollegen. Vielleicht hatte ihr Auftraggeber sogar darauf gesetzt, daß das Schielen nach diesem Mehrgeld die Truppe nach und nach dezimieren würde. Cziffra mag halbnärrisch sein, aber wo ein System ist, kann auch dessen Struktur – und sei sie schief verschachtelt wie der Balkenaufbau eines Fachwerkhäuschens! – verstanden werden.

Light nimmt die Keule, zieht den Schraubenzieher unter Vitas Hüfte hervor und beschließt, bei einem Becher Kaffee Herrn Cziffras neuen Brief im Kühlschranklicht zu prüfen wie die Karte einer Schatzinsel. Er ruft sein Marderchen, aber das bloße «Komm!» erscheint ihm plötzlich allzu dürftig, ja roh gegen das treue Tier. Schon längst verdient es einen Namen. Und weil auch beste Planung immer mit einem Quentchen Glück geschmiert sein will, weil Light wie alle Analytiker im Grunde seines Herzens abergläubisch ist, fügt er ein «Felix! Felix, komm!» hinzu.

Oben, auf leise gesetzten Sohlen in die Cafeteria eingetreten, wundert er sich nicht, das Mannschaftslager verlassen vorzufinden. Natürlich haben sich Still und Lemon eine Nische in der Finsternis gesucht. Am ersten Nachmittag bereits stand es den beiden ins Gesicht geschrieben. Darin waren sich er, Vita und Funny als einsame Kerle, schnell Blicke tauschend, einig, während Lemon und Still mit in der Luft zitternder Energie vermieden, einander anzusehen. Aber kaum klaffte die Gelegenheit, ging es gewiß ganz rasch: Vermutlich sind die beiden, wahrscheinlich ist das moderne Paar, gerade als er aus dem Schlamm des Öltanks ins Helle zurückkroch, im Dunkel der Guten Stube auf vielen Lagen frischer Wäsche aus den schwitzigen Klamotten gestiegen.

Ach, wäre doch Vita fix genug gewesen und hätte sich mit seiner Billigkeule um die zwei gekümmert. Der Wegfall der schlauen Still würde die letzten Runden radikal vereinfachen. Der verstockte Lemon scheint, verglichen mit ihr, das kleinere Risiko. Aber er darf in Lemons Fall nicht auf die Anschauung vertrauen. Den tumben Kerl zum Chronisten ihrer Suche zu machen ist einer der Schachzüge Cziffras, deren Zweck Light weiterhin unbehaglich unklar bleibt.

Der Alte ist ein Fuchs. Aber auch alte Füchse irren. Die dümmsten Fehler der schlausten Leute entstehen von jeher aus Bequemlichkeit. Das Arbeitsamt 10, die einzige große Behörde am Alten Salzhafen, war, eine gute Woche bevor das Team zusammentraf, im Rahmen einer sogenannten Systemreform, die die Beschäftigungslosen landesweit in neue bürokratische Kreisläufe pumpen sollte, geschlossen worden. Als Light zum letzten Mal dort saß, im Flur vor dem Zimmer seiner Sachbearbeiterin, und auf den Aufruf seiner Nummer wartete, deutete nichts darauf hin, daß ausgerechnet diese Umwälzanlage der Aussichtslosigkeit eine fruchtbare Überraschung für ihn bereithielt. Er las den Kulturteil seiner Zeitung, als ihm ein Duft in die Nase stieß – so unverwechselbar und wichtig, daß er erschrocken aufblickte und einen kleinen Mann in einem schön geschnittenen Lodenmantel um die Ecke in den nächsten Gang verschwinden sah.

Während Light aufsprang, um ihn zu verfolgen, hatte er noch nicht erfaßt, woran ihn der Geruch, ein fein differenziertes Zitrusaroma, erinnern wollte, aber er empfand ganz klar die Dringlichkeit, dies zu erkunden. Schließlich blieb er zwei Ecken weiter stehen, belauerte durch eine Glastür die Bank, auf der der Mann Platz genommen hatte. Irgendwann hörte Light, wie seine Nummer durchgesagt wurde, aber er ignorierte den Aufruf, weil er noch immer nicht begriff, wo er diesem kleinen kahlköpfigen Herrn, der da mit gesenkten Lidern seiner Pflichtberatungsminuten harrte, schon einmal begegnet war.

Light schaltet die Kaffeemaschine ein und freut sich an ihrem Gluckern und Sprotzen. Die Dinge können so viel Freude geben. Es war ein schlimmer Schlag für ihn, als ihm nach der Promotion die so sorgsam angepeilte Stelle im Museum für Frühgeschichte durch die Lappen ging. Über Jahre hatte er alles strategisch geplant und mit der nötigen Behutsamkeit vorangetrieben, aber eine höhere Intrige, eine Machenschaft, die außerhalb des akademischen Milieus entsprang, schob ihm einen unvorhersehbaren Konkurrenten vor die Nase. Irgendein Geldmensch mit extraguten Kontakten wollte unbedingt einen jungen Ami, den Großneffen eines emigrierten deutschen Architekten, genau auf diesem Posten sitzen haben. Mehr konnte Light mit seinen Möglichkeiten nicht herausbekommen. Und auf den Schicksalsschlag aus Übersee folgte eine ganze Kette kleiner Mißgeschicke, die ihn schließlich zum Dauerklienten des Arbeitsamts werden ließ.

Light blickt zur Fensterwand. Noch immer ist kein Streif Morgenlicht zu sehen. Und plötzlich, mit einem pulverschneefeinen Gruseln, das ihm vom Nackenhaar bis unter den strammgespannten Gürtel rieselt, dämmert ihm der Verdacht, daß Cziffra auch hier etwas manipuliert, vielleicht nicht gleich die Zeit, noch nicht die Drehung des Planeten, aber immerhin schon das Licht, zumindest dessen Einfall. Er stürmt an die Fensterfront, tastet über die Scheibe, als könnte ihre Glätte etwas über ihren inneren Aufbau verraten, starrt mißtrauisch in das neblige Dunkel, hinunter auf das schwach schimmernde

Viertel. Für einen garstig langen Augenblick befürchtet er, dieses Draußen sei in Wirklichkeit ein kränklich blasser Tag, werde jedoch mit speziellen Filtern, wie man sie in der Filmtechnik benutzt, in eine Amerikanische Nacht verwandelt. Aber dann kann er trotz des Nebels einzelne Straßenzüge und deren Beleuchtung bestimmen. Und es gelingt ihm, sich mit dem Gedanken zu beruhigen, diese Laternen würden, hätte der helle Tag bereits begonnen, nicht mehr brennen.

Am Flureck des Arbeitsamtes 10 ging ihm die erste Einsicht in die Zusammenhänge wie eine kleine Sonne auf. Der alte Glatzkopf, dem er nachgestiegen war, griff unter seinen Mantel und zog aus seiner Anzugjacke eine große, runde Uhr, eine Taschenuhr ohne Kette. Deren Zifferblatt hielt er mit einer Geste, so beiläufig wie einzigartig, armlang von sich weg, um mit den weitsichtigen Augen die Zeit abzulesen. Genau so, mit leicht nach links geneigtem Kopf, hatte der Neffe von Siegfried Luchs vor zwei Jahren, als in Boxfelds Büro erwogen wurde, ob Light, angeblich einer der Kandidaten in der engeren Auswahl, der Richtige für die Firmengeschichte sei, auf eine solche kettenlose Taschenuhr geschaut. Nun klappte im Neonlicht des Arbeitsamts das ganze Kartenhaus dieser Autorenwahl in sich zusammen. Nachdem der Durchschaute zur Beratung hineingebeten worden war, trat Light in den Flur, um das Schild neben der Tür zu studieren. Kaum lohnte es sich noch herauszufinden, daß hier Kunstschaffende aller Art, auch arbeitslose Schauspieler, verwaltet wurden.

Light zieht sich einen Stuhl dicht vor den Kühlschrank, streicht Cziffras Brieflein auf einer Flasche glatt und zögert die Lektüre, an seinem Becher nippend, ein letztes Mal hinaus. Ihm ist, als müßte er erst Kräfte sammeln, um den Melodien des Chefs – selbst das, was Cziffra schreibt, schwingt ihm im Ohr – zu trotzen. Aber es kommt ganz anders. Dreimal hebt er zu lesen an, bricht immer wieder nach vier, fünf, sechs der überlangen Zeilen ab. Das hauchdünne Blatt war quer in die Maschine eingespannt gewesen, und so getippt stehen mindestens hundert der winzigen Anschläge in einer Reihe. Ohne Leerstellen kleben die Wörter aneinander, ohne erkennbare Ordnung sind die Ziffer 1, oft doppelt als 11, sowie das kleine ‹b›, fünfmal und mehr in Folge, zwischen die Silben geschoben oder müssen als Platzhalter fehlender Buchstaben dienen. Als Light sich schließlich die ersten vier Zeilen laut und langsam vorliest, ergibt sich ein nur bruchstückhaft verständliches Gestotter.

Noch einmal fängt er von vorne an. Einzelne Wörter, ja Wortgruppen lassen sich erraten. Von Funny ist die Rede. Wenn Zeit wäre, ließe sich wahrscheinlich mehr herausklabüstern. Aber für philologische Tüfteleien mangelt es ihm jetzt, in der letzten Nachtstunde, an Muße. Er spürt, wie aufkeimender Ärger ihm jedes weitere Nachdenken vergällt. Wütend trommelt er mit den Gummikappen seiner neuen Schuhe gegen den Kühlschranksockel, rüttelt am obersten noch vollständig mit Flaschen bestückten Einlagegitter, als trüge Cziffras Tankstelle schuld an der Unverständlichkeit des Briefleins.

Da gibt der Apparat ihm Antwort. Anders als der Brief kommt ihm die Kühlmaschine ohne Umschweife entgegen. Der Kasten neigt sich. Die erste Flasche rutscht, sie fliegt an seinem Kopf vorbei und poltert auf den Boden. Er streckt die Arme aus, spürt, wie ein Stoß die Rückwand des Kühlschranks beben läßt. Metall kreischt auf Metall, so widerlich, als risse dem glatten weißen Ding von innen her ein Blechschlund auf. Die Angst, gebissen, ja verschluckt zu werden, läßt Light, den Stuhl umwerfend, weit nach hinten taumeln. Bis zu den Fenstern führt ihn seine Flucht. Und an die Glaswand gepreßt, sieht er das hohe Gerät fast wie ein Hochhaus, das eine Sprengung fällt und dessen Sturz in Zeitlupe auf Zelluloid gebannt ist, seinem Kippunkt entgegensinken.

Vorsichtig streichen Boxfelds Hände über das Sandbett. Kurz bildet er sich ein, die Fingerspitzen könnten aus den Wellen und Furchen im Inneren der Wanne etwas über den Kampfverlauf, über das Nacheinander, über das Ineinander des hier stattgefundenen Schlachtens lernen. Es ist ein unverhoffter Segen, daß er erst einmal so, durch viele Quarzkörnchen vermittelt, fast wie geschrieben, davon erfahren darf. Da sticht ihm etwas in die linke Hand, nicht tief, aber an intimer Stelle – in das Grübchen, wo der kleine Finger und der Ringfinger zusammenfinden.

Der spöttisch feine Schmerz holt ihn auf den Boden des Tuns zurück. Ernüchtert, fast erleichtert ertastet er Griff und Klinge des Messers. Aber er weiß zugleich, er sollte nicht allzu froh darüber sein, daß der Schnitzer nur sein Werkzeug und nicht Stills Leiche in der Gummiwanne liegenließ. Wenn er, was zu ihm passen würde, die Tote von der Feuertreppe hinunter auf den Parkplatz geworfen hat, wird es mit Tagesanbruch außerhäusig einiges zu ordnen geben. Zum Glück ist der Bauzaun hoch und durch die auf die Bretter gespannten Planen blickdicht versiegelt.

Mit knacksenden Knien ist Heribert Boxfeld aufgestanden und lutscht, die Hand am Mund, sein Blut, genießt dies, freut sich, daß er es genießen kann, bildet sich ein, das Blut schmekke, wie es ihm einst im Krieg geschmeckt hat. Als er ein magerer, für sein Alter zu kleiner Knabe war und sich in diesem Körper jeden Morgen aufs neue glücklich fühlte, waren seine Gelenke, war seine Wirbelsäule so beweglich, daß sein Mund mühelos an den täglich frisch aufgeschlagenen Knien saugen und lecken konnte. Ein unerwartet gnädiger Zug des Lebens, daß ausgerechnet der Eigenblutgeschmack nicht altern muß, daß einem just diese Eigensüße nicht wie der Geruch von Schweiß und Kot zu etwas wird, von dem man angeekelt und vergeblich Abstand sucht. Er läßt das Messer ein paarmal um den Mittelfinger kreisen – so einen Bubentrick verlernt man nicht –, dann darf die große Klinge neben die kleine klappen.

Um Gottes willen keinen Mucks. Light rührt sich nicht. Die Kälte des Fensterglases dringt ihm durch seine Ami-Kutte. Mit offenen Augen und steif wie ein Brett stellt er sich stehend tot und glaubt verzweifelt fest, daß ihn der hinter dem Kühlschrank Aufgetauchte nicht wahrnimmt, solang er sich völlig regungslos verhält. Um Gottes willen nicht das kleinste Zukken, nicht einmal im Gesicht. Ein Augenrucken könnte ihn verraten. Ein freigewordener Vita, bewaffnet und rachsüchtig, wäre ihm hier und jetzt lieber als dieser irre Kerl – als dieser entstellte Lemon. Der neue Lemon hebt das Kinn, fletscht die oberen Schneidezähne. Und Light hört ihn die Luft einziehen, hört ihn seltsam hecheln, versteht entsetzt, daß dies ein Schnüffeln ist, begreift, daß Lemon über die Mundhöhle nach fremden Gerüchen, nach Beute- oder Feindfleisch lechzt. Light preßt die Lippen aufeinander, hält den Atem an. Mit staksigen Schritten – reptilienhaft – schiebt sich der ekle Kollege ein Stück weiter in den Raum hinein.

Er gleicht jenem Waran, den Light als lernfreudiges Knäblein, allein vor den Fernseher gesetzt, in einer Tiersendung sehen mußte. Die riesige Echse überfiel einen kleinen Hirsch, indem sie aus dem Hinterhalt, aus hohem Gras, nach einem seiner Hinterläufe schnappte. Die scharfen Kiefer rissen ihn zur Hälfte ab. Dreibeinig, noch immer leichtfüßig, versuchte das Hirschchen zu entkommen. Aber die eckige Rasanz des Räubers ließ ihm nicht die geringste Chance. Auch der zweite

Hinterlauf wurde in der Luft gepackt und kurzgebissen. Nur auf den Vorderhufen, die verstümmelten Glieder nachschleifend, schauderhaft kindlich blökend, machte der Hirsch einen allerletzten, einen von den Tierfilmern in aberwitziger Grausamkeit ohne Schnitt dokumentierten Versuch, sich dem geschuppten Jäger in ein einsames Verbluten zu entziehen.

Light sieht, wie sich Lemons Rücken krümmt, wie er, ohne die Knie zu beugen, etwas vom Boden hochnimmt. Es ist der Brief des Chefs. Lemon hält das Papier auf seinem linken Handteller weit von sich weg, als könnte er so die Schrift entziffern. Ach, fast verzweifelt wünscht sich Light, der aus der Art geschlagene Kollege würde jetzt seine lächerliche Lesebrille zücken. Aber statt dessen beginnt Lemons Rechte das Blatt zu betasten. Mit einem schnellen Tippsen scheinen die Fingerkuppen Zeile für Zeile abzufahren. Man könnte glauben, der Kollege läse die erhabenen Punkte von Blindenschrift und schlüge zugleich eine gemorste Antwort aufs Papier. Schon ist er fertig. Die Linke knäult den Brief zusammen und stopft ihn in die Tasche der Jacke, die Light erst jetzt als das einstige Kleidungsstück von Funny und Still erkennt.

Auch Lemon wendet sich, als hätte ihn Lights Gedanke darauf gebracht, der Jacke zu. Mit klauenartig gekrümmten Fingern faßt er an ihren Kragen, zerrt rechts und links am Webpelz. Schnell reißt der Stoff. Schlimm laut hört Light es ratschen. Lemon steht breitbeinig im Raum. Inmitten der Reste ihres Gemeinschaftslagers hält er sich den abgerissenen Pelz unter die Nase, schnüffelt an ihm und streicht sich, wie in das Gewebe horchend, mit ihm über beide Ohren. Und offenbar erlauscht er etwas, denn erschrocken grunzend wirft er den Kragen von sich. Mit einem Satz hopst er nach hinten, als hätte er das Ticken einer Zeitbombe gehört und wollte sofort Abstand schaffen. Er flieht. In einen schaukelnden, kamelähnlichen Trab gefallen, mit den hochgezogenen Schultern zuckend, rennt Lemon weg und verschwindet, ohne einen einzigen Blick zurück, durch die Tür des Treppenhauses.

Zuvor jedoch sind sie – sekundenkurz und dennoch innig kollegial – in einer Angst vereint gewesen. Denn Light war bös erschrocken, wie er den Jackenkragen in seine Richtung fliegen sah. Für ein Ding seines Gewichts segelte der Webpelz viel zu weit, drehte sich sonderbar, fast wie ein Bumerang, und als er vor ihm auf dem Boden ankam, klackerte es laut und deutlich – in etwa so, wie eine große, schwere Nuß mit einem Klick und Klack auf einem harten Untergrund aufhüpft und nach kurzem Auskullern in eine Ruhelage findet.

Boxfeld steigt auf. Boxfeld ist schon fast oben. Der lange Weg durch den Innenschacht, der einst, in der Urzeit des Steifen Schnösels, den ersten Kamin und die Röhre des Müllschachts barg, die Kletterei von Eisenbügel zu Eisenbügel nötigt ihn erneut zu einem Schlängeln, das ihm auch nach dem Auf und Ab der vergangenen Tage wie etwas Unnatürliches zuwider bleibt. Er selbst hatte den letzten Hausmeister, den kleinen Syrer, beauftragt, den Schacht für Felix zu präparieren, ihm aber die genaue Ausführung überlassen. Auf jedem zweiten der rostigen Trittbügel sind seitdem, abwechselnd links und rechts, quadratische Brettchen festgeschraubt, über die Felix mit steilen Sätzen aufwärts springt, die einen aufsteigenden Menschenkörper aber zu einer grotesken Ausweichbewegung zwingen.

Boxfeld versucht die Felix-Brettchen nur am Rande zu berühren. Er weiß, daß sich auf ihnen Ungeziefer sammelt. Eine einzige Spezies hat den Schacht dauerhaft erobert und lebt hier auskömmlich von nichts als Nässe, Dunkelheit und Moder. In der Mitte der Quadrate haben die primitiven Tierchen schon eine ertastbare Mulde in das feuchte Holz geknabbert. Dort sitzen sie stets dichtgedrängt, und wenn das Licht der Taschenlampe auf sie fällt, beginnen sie im Kreis herumzuwimmeln, suchen fühlerschwenkend aneinander Halt, und die großen schiefergrauen Alten scheinen sich in einem Schutzreflex über die bleichen Jungtiere zu schieben. Boxfeld weiß, wie es sich anfühlt, mit den Fingerspitzen mitten in dieses Kollektiv zu fassen. Aber mehr noch als das Zerknacken der dünnen Panzer fürchtet er etwas anderes. Die großen Asseln rollen sich, kaum angestupst, zusammen, die Schiffchen ihrer Leiber krümmen sich zu perfekt geformten Kugeln. Die zwei mal sieben Beine, deren wellenförmiges Getippel sie zu etwas Eklem macht, sind dann völlig verschwunden. In ihrer neuen, scheintoten Form purzeln die Individuen über den Brettchenrand, prallen fallend auf die tieferen Plateaus, und ein vom Hall verstärktes Ping und Pong klingt durch den Schacht.

Boxfeld hält horchend inne. Der leere Turm ist alles andere als still. Seit allen Nutzern gekündigt wurde, seit auch der letzte Teilmieter seine Bürogeräte, Möbel, Akten mit schönem Getöse Richtung Ausgang schaffte und kein professionelles Treiben mehr für die sedierende Kulisse aus Schrittmustern und Gerede sorgt, ist dieses Haus, ist vor allem diese rechteckige Röhre, einem unguten Rauschen, dem Knistern allererster Absicht, ausgeliefert. Auch Boxfeld, von dem neidische Anwaltskollegen sagen, daß er selbst Tod und Teufel als Klienten akzeptieren würde, macht es angst, die Lunte der Zeit ins schwarze Nichts hineinbrennen zu sehen. Ihr Syrerlein jedoch, hoch sprachbegabt, hatte das rechte Ohr hierfür. Und damals, als es längst zu spät war, ihn noch anderweitig abzulenken, standen Herr Cziffra und Boxfeld wortlos da und hörten ihm zu. Das hibbelige Männchen hüpfte von einer Turmschuhsohle auf die andere, erzählte zu schnell, noch weit schneller, als es sein tadelloses Deutsch erlaubte, was er im Müllschacht erfahren, was er herausgefunden, was er im Keller ausgegraben habe. Es reichte dem Chef vollauf, nur jedes zweite Wort, nur jeden fünften Satz ganz zu verstehen.

Mit einer letzten Wirbelsäulenkrümmung windet sich Boxfeld um das oberste Brettchen, drückt mit dem Kopf die Hartgummiklappe auf, die nach 11a führt, kriecht auf allen vieren in das Halbgeschoß, tastet, als er sich aufrichtet, mit der Rechten nach dem Beton der Decke. Obwohl er in den zurückliegenden Tagen die meisten Stunden hier verbrachte, obwohl er jedes Ruheintervall, das ihm die Mannschaft schenkte, auf dem schmalen Klappbett neben der Einstiegsluke zu einem Nickerchen nutzte, obwohl er viele Male das kurze Wegstück zwischen dem Bett und dem Blechtisch, auf dem sich die winzigen Überwachungsmonitore stapeln, und das längere zur Trockentoilette gelaufen ist, hat er noch immer kein Gefühl für die Höhe dieses Behelfsgeschosses. Noch immer schafft er es nicht, gebeugt zu bleiben. Regelmäßig stößt er sich den Schädel an. 11a ist, das weiß er aus den Plänen, exakt einen Meter und zweiundsiebzig Zentimeter hoch. Die oberste Etage des Turms verdankt ihre Existenz dem nachträglichen Einbau des Lifts, eines Modells, das einen sogenannten Wartungshub verlangte und dessen Zug- und Bremsmechanik gemäß den damaligen Vorschriften nur teilweise ins luftige Getriebehäuschen, hinauf nach 11b, ins Freie, zu verlegen war.

Boxfeld verzieht sich in den Kloverschlag. Zieht, auf der Schüssel hockend, die Füße seitlich an deren Unterbau, an den Fäkalienbehälter, nur so läßt sich die Falttür des Kabuffs schließen, und zündet sich im Finstern eine Zigarette an. Er wird sie nach ein paar Zügen an der Tür ausdrücken und so das Brandfleckmuster im vergilbten Plastik um einen weiteren Fleck ergänzen. Kurz überfällt ihn der Gedanke, er, der Vollstrecker von Herr Cziffras Willen, könnte demnächst, wenn alle fünf Dinge in einer Hand vereinigt sind, das Niederbrennen des Gebäudes zu organisieren haben. Ganz unmöglich ist dies nicht. Der neue Stadtdenkmalpfleger, in Architekturgeschichte promoviert, hat leider Gottes, obwohl kein Vierteljahr im Amt, ein Auge auf den Steifen Schnösel am Salzhafen geworfen. Boxfeld verfügt über eine gute Quelle in der Behörde. Angeblich will der ambitionierte, noch junge Mann ein bundesweit aufsehenerregendes Exempel statuieren und das kleine schäbige Hochhaus als Musterbeispiel einer stocknüchtern gewordenen Moderne mit allerlei Gedächtnistrara, mit großem zeitgeschichtlichem Tamtam vor dem geplanten Abriß retten.

Boxfeld nimmt einen langen Lungenzug, verschluckt sich, weil jetzt ihm ein quasi historischer Gedanke in die Quere kommt, weil er sich hustend an Lights Scheinarbeit erinnert. Ihr Firmengeschichtsschreiber stöberte bei seinen Recherchen auch einen greisen Zeitzeugen auf, der dabeigewesen war, wie der Vorläufer des Turms zum Anlaß eines heroischen Gebäuderettungsversuches wurde. Nachdem das Museum der Weltmirakel, getroffen von zwei, drei an den Salzhafen verirrten Bomben, Feuer gefangen hatte, war dieser arme Mann, als Luftschutzwart zuständig für die ganze Straße, prompt zur Stelle. Angesichts des bereits aus allen Fenstern funken- und qualmspeienden Hauses gerieten er und sein Pflichtbewußtsein in die mißliche Lage, dem Besitzer, Herrn Gunter Gor, den Zutritt verwehren zu müssen. Herr Gor war mit seinem hocheleganten Cabriolet herbeigebraust – so einer kam sogar noch an Benzin! – und hatte einen großen Feuerlöscher vom Leder der Rücksitzbank gehievt.

Vom Luftschutzwart und seinem inzwischen hinterhergehinkten Luftschutzwartstellvertreter, einem unterschenkelamputierten Invaliden des Frankreichfeldzugs, zunächst erfolgreich aufgehalten, erklärte Gor höchst aufgeregt, ja offensichtlich nicht mehr recht bei Sinnen, warum er ins Museum wolle. «Die Sonne brennt!» brüllte er unentwegt und wies dabei nicht hoch zum grauen Himmel, aus dem die Air Force Sprengstoff und Phosphor regnen ließ, sondern auf das Eingangsportal des Museums. Und schließlich schaffte es der zierliche Mann, sich von den beiden loszureißen.

Noch heute laufe, hat der alte Mann dem Chronisten Light erzählt, noch heute renne, wenn er sich unruhig durch sein Nachmittagsnickerchen phantasiere, noch heute stürze, von ihren Händen freigegeben, der feine Gor in seinem taubengrauen Anzug, den mächtigen Feuerlöscher auf der Schulter, ins Museum. Ja manchmal sehe er den Todgeweihten sogar von vorn. In diesen tieferen und schlimmeren Träumen trete er, der verantwortliche Luftschutzwart, mit erhobenen Händen Herrn Gunter Gor aus der Tür des brennenden Hauses entgegen. Stets aber kurve Gor, gezogen von der vor seinem Kehlkopf propellerartig wirbelnden Fliege, an ihm vorbei und stoße gleich einem Jagdflugzeug in die funkenstiebenden Wolken, die in der Vorhalle des Museums, im Vestibül des vormaligen Kinos, wallten.

Boxfeld kratzt sich am Knie. Dort juckt ein schwarzer, borstig behaarter Fleck. Ein Muttermal hat sich verdunkelt und verdickt. Wenn alles vorbei ist, will er es einem Hautarzt zeigen. Boxfeld steht auf, knöpft sich die Hose zu, seufzt schwer, denn nun ist es Zeit, den Chef nach oben zu verfrachten und in den dort bereitstehenden Kasten zu betten. Ohne übertriebene Hast, aber auch ohne Zaudern gilt es, den Stufenplan eines komplizierten Letzten Willens zu erfüllen. Er hat dies aufgeschoben. Schon vorhin, vor seinem jüngsten Ausflug in die Tiefe des Turms, hätte er, was nun ansteht, besorgen können.

Nachdem er Funny wie befohlen zu einer postmortalen Schwitzkur ins Schlankheitswunder gepackt und das schaurige

Abnudeln der Musik in Gang gesetzt hatte, setzte sich Boxfeld, nach 11a zurückgekehrt, zum Rauchen aufs Klo. Dort hörte er den Lift hochfahren. Die Klingel in 11a schlug an. Der Chef war oben, also ging er Bericht erstatten. Schon auf den letzten Schritten, unter die niedrige Decke von 11a gebeugt, hatte er das Saugen des Vakuums gespürt. Ihm war, als schlürften die Entlüftungsschlitze der schmalen, ungestrichenen Aluminiumtür, auf die er zuging, wie zu einem Druckausgleich Luft in den Aufzugaufsatz, den der Chef schon beim Einbau, Jahre bevor es einen Grund dafür gab, seinen Kümmerkasten getauft hatte. Boxfeld klopfte. Und tat dies anstandshalber ein zweites und dann zu allem Überfluß ein drittes Mal.

Herr Cziffra lag mit dem Gesicht auf den Reglern der Audioüberwachung. Die gläserne Fliege hatte beim Aufschlag Schaden genommen. Ein schmales Stück, eine vom Zufall hübsch krumm geformte Scherbe, war abgesprengt. Boxfeld zückte das Etui mit dem Spritzbesteck. Immer hatten ihm die Hände gezittert, wenn er eine der Ampullen für den an Blutzuckermangel kollabierten Alten aufzog. Aber vorhin blieben die Finger ruhig, alle zehn wußten wohl ausnahmslos vor seinem Hirn Bescheid. Nur der Pragmatiker in ihm, sein inneres Stehaufmännchen, versuchte sich – zumindest für die Dauer der eingeübten Griffe – noch vorzumachen, der zuckerkranke Greis wäre auf die gewohnte Weise ins Quicklebendige zurückzuzaubern. Erst als er nach der Hand des Chefs griff, um die Manschette aufzuknöpfen, ließ sich nicht mehr leugnen, daß dies die Kälte war, gegen die keine von Heinleins Ampullen helfen würde.

Dennoch, vielleicht allein in Ermangelung einer älteren Geste, hatte er den Kopf des Chefs zur Seite gedreht und den kleinen Handspiegel, den er seit seinen Jünglingsjahren, zusammen mit einem Kamm, in der Brusttasche seines Anzugs trug, unter die Nase Gabor Cziffras gehalten. Kein Hauch beschlug das Glas, aber Boxfeld sah überrascht und gerührt, wie weit die weißen Härchen aus den Nasenlöchern ragten. Womöglich waren sie, stimuliert vom Erfolg der Arbeit, heftig gewachsen, oder der Chef hatte in der Euphorie der glücklichen Tage und Nächte erstmals versäumt, sie auszuzupfen.

Jetzt, wo Boxfeld sich erneut in den Kümmerkasten bückt, um den Leichnam nach 11b in den Sarkophag zu schaffen, scheinen ihm diese Nasenhaare noch länger und noch dichter. Und während er den Körper vom Stuhl und aus dem Kabäuschen zieht, ihn auf den Rücken legt und Beine und Arme streckt, um sie für den Transport mit einem Klebeband zu fesseln, erkennt er, daß den Toten auch auf den Handgelenken und an den Waden ungewöhnlich lange, seidig weiße Körperhaare schmücken. Die Abnahme des Kopfhörers bringt den endgültigen Beweis: Fingergliedlang und drahtig gekräuselt sprießt es aus beiden Ohren. Er hat genug gesehen, er schiebt das lange Haar des Chefs darüber.

Schon ganz am Anfang, als sie einander im zweiten Nachkriegssommer kennenlernten, war Herrn Cziffras üppiger Schopf seidig weiß. Den kleinen Heribert Boxfeld zog es regelmäßig auf das von Ruinenresten pittoresk garnierte Grundstück des Museums. Er kam hierher, weil dies einer der wenigen Plätze am Alten Salzhafen war, wo er Löwenzahn für seine Kaninchen ernten konnte. Und wie ein Gärtner, der über der heutigen die zukünftige Ernte nicht vergißt, achtete er sorgfältig darauf, nur die Blätter der Pflanzen abzurupfen und nicht ihre langen Wurzeln aus dem lockeren Schutt zu ziehen. Der damalige Cziffra stocherte, als Heribert, den leeren Eimer schwenkend, eintraf, mit einem Stock, mit der Eisenspitze eines schönen Spazierstocks, durch den von Ziegelbrocken übersäten Boden.

Er winkte den Jungen, der mißtrauisch stehengeblieben war, ganz heran und zeigte auf eine Stelle, wo etwas Glattes freigeschabt war. Heribert sah das Stück einer rostigen Metallplatte, sah die hellen Kratzspuren der Spazierstockspitze. Da lag etwas, vom Schutt verdeckt. Cziffra fragte ihn, ob er erkennen könne, was es sei. Der kleine Heribert schüttelte sicherheitshalber den Kopf, obwohl ihm sofort einiges einfiel, was hier liegen konnte, obwohl er, allein und mit anderen, schon allerlei freigebuddelt und weggetragen hatte.

Herrn Cziffra schien diese Vorsicht zu gefallen, er lächelte, fragte ihn, wie er heiße, nannte ihn dann, es klang fast zärtlich, ein neunmalkluges kleines Äffchen und klärte ihn über das Freigekratzte auf: Dies sei die Oberfläche eines Sarkophags, genauer gesagt, der stählerne Deckel seines Sarkophags. Und Cziffra schlug sich dabei mit dem Knauf des Stockes an die Brust, um das Gesagte unmißverständlich eindeutig zu machen. Ob er denn wisse, was man unter einem Sarkophag verstehe. Und Heribert Boxfeld, der das Wort mit seinen sieben Jahren zum ersten Mal hörte, zog eine bubenhafte Kennermiene, nickte mehrmals heftig, und Cziffra war entzückt, wie genau sich die Entschiedenheit dieses Ja mit der Kühnheit der Lüge deckte.

Ob er hier außer Löwenzahn und Schrott nicht auch schon etwas anderes gefunden habe? wurde der tapfere Heribert dann noch gefragt und schüttelte zur Antwort energisch den Kopf. Aber als der Fremde ihn still fixierte und mit dem Zeigefinger gegen seine Fliege schnipste und diese, weil sie aus Glas war, ein feines Pling ertönen ließ, schwante dem Jungen, daß er wohl seinen besten Ruinenfund, daß er den kristallnen Mond, der wie in einem aufgeschlagenen Ei in einem säuberlich halbierten Brocken Stein gelegen war, herauszurücken hatte – an diesen unheimlichen Mann, der offenbar ein älteres Recht auf ihn besaß.

Der alte Boxfeld kniet sich hin, um dem Chef Socken und Schuhe anzuziehen. Ganz vorsichtig streift er die dünnen Strümpfe über die rotvernarbten Füße. Und als er dann die Schuhe schnürt, begreift er, was er unten verkehrt gemacht hat: Bei Morgengrauen, wenn draußen auf dem Dach die Sonne aufgeht, sollen doch alle beisammen sein! Er hätte Funny gar nicht mehr in die Wanne zu betten brauchen. Und auch die Überreste ihres Syrers müssen nach oben. So will es Cziffras Letzter Wille. Das heißt, der Lift wird doch noch einmal laufen.

Light riecht, daß es Tag wird. Aber noch hat sich der Morgendunst nicht aufgehellt, es ist zu neblig, um die Löcher in der Feuertreppe und die Stellen, wo ihr Blech fast durchgerostet ist, genau zu erkennen. Also kriecht er auf allen vieren, die Füße voran, Stufe für Stufe nach unten. Auch so, auf Nummer Sicher gehend, das Gesäß eine Rumpflänge weiter in die Zukunft ragend als der Schädel, kann man ein Sieger sein. Light hält mit dem Krabbeln inne, setzt sich auf eine Stufe und weint erst eine, dann eine zweite dicke Träne. Es ist ein Nachschlag des großen Glücksgeheuls, das ihn vorhin, als er auf dem Boden der Cafeteria kniete, beutelte und krampfte.

Nie zuvor hatte er sich so schluchzen hören, nie war ihm das Augenwasser so reichlich über Backen und Kinn geronnen. Es tropfte bis auf die Sonne, die er in den zitternden Händen hielt. Und hätte es bei jedem Tränenaufprall gezischt und gedampft, es wäre in der Ordnung des Augenblicks gewesen. Die Sonne schien noch unendlich schöner als gedacht, dabei hatte Light geglaubt, schon groß und hell von ihr zu denken. Mit hochgestochenen Worten hatte Gors Katalog vom Mittelpunkt des Diskus als dem Herzen einer untergegangenen Welt gesprochen. Und immer, wenn Light zu Hause mit dem Zeigefinger über den wulstigen Kraterrand, über die Goldeinfassung, über das Mittelloch der Bronzescheibe gefahren war, hatte er die Sonne als ein lidschlagfreies, als ein pupillenloses rotes Auge in den Diskus phantasiert. Aber als es soweit war, blieben ihm Wissen und Phantasie doch wie zwei kurzbeinige Läufer hinter dem Gazellensprung der Anschauung zurück.

Kaum daß der irre Lemon die Cafeteria verlassen hatte, war Light vor dem Kragen von Funnys Jacke in die Hocke gegangen, um zu ertasten, was den Webpelz beschwerte. Mit Vitas Schraubenzieher bohrte er ein Loch hinein, rupfte es mit den Fingern weiter auf und holte das Eingenähte hervor: eine eigroße Kugel, mit transparentem Klebeband waren Papiertaschentücher wie eine weiche Schale um einen Kern gelegt. Zitternd begann er die Verhüllung abzupulen. Mit seinen in den Arbeitstagen unheimlich schnell gewachsenen Nägeln ging dies leicht. Fast ging es ihm zu schnell. Eine gewisse Scheu vor altem Zeug ist nicht das Übelste, was einem im Gemüt aufblüht, so man sich mit Vergangenem einläßt.

Als er die Sonne nackt in den Händen hielt, rutschte er auf den Knien zum Kühlschrank, der jetzt auf seiner Flanke ruhte. Das Innenlämpchen hatte den Sturz überstanden. In seinem Licht durfte er nun erkennen, was der Katalog mit Worten ungeschickt gerühmt und mit einer Zeichnung nur unzureichend verdeutlicht hatte. Light sah den Einschluß, der das Bernsteinstück, als es von Gunter Gor gefunden worden war, in jeder modernen Hinsicht zum Mittel- und zum Höhepunkt der einstigen Scheibenwelt erhob. Kein Wunder, daß bis in den Krieg, daß noch im letzten Jahr von Gors Zeit die Echtheit des phänomenalen Klunkers von Neidern aller Art mit negativer Inbrunst bestritten wurde.

Auf dem Bauch vor dem Kühlschrank liegend, zog Light den Diskus aus dem Halsausschnitt seiner Ami-Jacke. Er löste das Lederband und prüfte, wie die Sonne in das Loch der Scheibe paßte. Und wirklich, Light staunte über das, worüber sich auch der Texter des Katalogs eine ganze Spalte lang in einem einzigen mäandernden Satz gewundert hatte: Der Einschluß – für uns, die Spätwelt, das Besondere – schmückte nicht die Planetenseite, gehörte nicht zu Mond und Stern. Nicht dort, wo die fünf für das bloße Auge sichtbaren Planeten als Bronzebuckel aus der Scheibe wuchsen und wo eine krumme Narbe vom Verlust des Mondes zeugte, nein, auf der Kehrseite des Diskus, zwischen den dort eingekratzten Strichen und Böglein, schnappte die Sonne satt und sicher in den Wulst der Fassung und ging nicht undurchdringlich blind, sondern gefüllt mit einem Bild dem Blick des Betrachters auf.

Die Gute Stube guckt. Sie gafft mit tausend Knöpfen und linst durch tausend Knopfschlitzaugen. Die gute Stube guckt dem Fräulein ins Gesicht. Recht mitgenommen sieht sie aus. Und da murmelt der Mund des jungen Weibsbilds auch schon, daß sie sich wie erschlagen, daß sie sich wie ums Haar dem Abschlachten entronnen fühlt. Am schlimmsten steht es um den Kopf. Mit den Händen faßt sie sich immer wieder an die Stirn, sie glaubt wohl, töricht, wie sie ist, so ließe sich Denkzug für Denkzug stützen, so ließe sich verhindern, daß ihr die Gedanken einfach aus dem Kopf stürzen und zwischen Kleiderberge und Suppentellerstapel kullern würden.

Mißgünstig guckt die Gute Stube dem Gör ins Gesicht und durchs Gesicht in das Gedachte. Lemon, das zitronensaure Menschenmännchen, hat seinem Weibchen fast das Fell über die Ohren gezogen. Es hat nicht viel dazu gefehlt. Beim Wiederaufstieg, vor der Feuertür des dritten Stockwerks, packte er sie plötzlich von hinten am Kragen, hatte nicht nur den Webpelz, sondern auch ihre Haare in der Faust, und kreischte mit blechdünn gewordener Stimme: «Gib mich! Der Sonne! Gib mich!»

Und sie begriff, daß er die Jacke meinte, er wollte Funnys Jacke haben. Aber als sie, so schnell, wie es sein wüstes Zerren, sein Stoßen und sein Trampeln erlaubten, aus den Ärmeln geschlüpft war, hielt er das Kleidungsstück, von einem Krampf befallen, mit den Fingerspitzen von sich weg und stierte auf den im schwachen Nachtlicht grau in grau karierten Stoff. Lemons flackriger Blick, sein offener Mund, ein Zucken und Sabbern in dessen linkem Winkel, das Schielen seiner Augen, alles schien gespanntes Warten auszudrücken: Etwas sollte aus Funnys Jacke in Erscheinung treten. Das galt es auszunutzen. Sie schloß die Tür auf, sie schob dem paralysierten Kollegen sogar noch den Schlüssel in die freie Rechte, bevor das Blatt der Eisentür ihren Blick von seinem Anblick trennte.

Die Gute Stube gafft, Still gafft zurück. Sie ist die Maskerade leid. Sie muß aus diesen bis auf die unterste Faser lächerlich gewordenen Sekretärinnenklamotten. Sie schaut sich um, aber kann nichts entdecken, was ihr nicht gleichermaßen falsch vorkommt. Der verfluchte Fundus vermag eine Frau, die sich rat- und hilfesuchend an ihn wendet, mit tausend abstrusen Offerten zu verspotten. Sie rafft das eine oder andere zusammen und läßt fast alles wieder aus den Händen gleiten.

Am Ende bleiben ihr zwei Stücke, die ein Ensemble bilden. Sie breitet den altmodischen Trainingsanzug auf dem Boden aus. Er scheint das Beste, was sich hier holen läßt, zwar deutlich zu groß, aber aus dickem, dichtem Wollstoff. Der ist so kalt wie der gesamte Raum, aber Hose und Jacke werden sie vor neuer Auskühlung schützen, sobald sie von innen warm geworden sind. Sie ringt mit einem letzten Widerwillen. Ihr graut davor, das gut halbhundertjährige Gewebe auf der bloßen Haut zu spüren. Mag es sich noch so trocken anfühlen – es ist auf eine ekle Weise klamm vor Zeit.

Also beschließt sie, den Trainingsanzug als eine zusätzliche

Schicht über die Uniform zu ziehen. Bis ins Detail ist sie ihr von Herr Cziffra vorgeschrieben, und so, wie sie den Alten einschätzt, ist es eh besser, sie nicht vor Auftragsende abzulegen. Am Vormittag vor Arbeitsbeginn brachte ihr ein Bote alles in den Simon-Zucker-Park. Still war von zweierlei verblüfft: von der exquisiten Schönheit der Unterwäsche und davon, daß jedes einzelne Teil, vom BH bis zu den Schuhen, paßte, als hätte sie es anprobiert. Sogar das Schmuckstück, durch ein Extrazettelchen ausdrücklich zum obligatorischen Accessoire erklärt, erschien ihr gut gewählt. Der Grad der Gestalteinfühlung sprach, obschon er einen Domestiken mit der Beschaffung der Kleider beauftragt haben mußte, sehr für ihren Chef. Und dann, im Turm, wurde sie noch durch etwas anderes für den greisen Tyrannen eingenommen. Er hatte Light die äffische Liebe des kleinen Marders auf den Hals gehetzt. Nur so war haarscharf verhindert worden, daß der plumpe Kerl bei ihr zurückblieb, als es galt, die Expedition ins Kellerloch zu schicken. Nur weil das Tier nach unten mußte, konnte sie Lemon erkennen.

Light ist gefährlich. In ihrer Expertise zu seinem handgeschriebenen Lebenslauf formulierte sie instinktiv «gemeingefährlich» und riet, man solle ihn mit langwierigen, asketisch einsamen Arbeiten betrauen. Noch besser wäre es natürlich, wenn ihn ein Kollektiv aus miteinander alt gewordenen Kollegen umschließen und neutralisieren könnte. Mühelos ließen sich im Satzbild, in den stumpfen Mulden, in den zeltartigen Spitzen der Wörter, in den großen Abständen, die sie voneinander hielten, Gründe für diese Bedenken finden. Wie jede gute Graphologin glaubte sie insgeheim längst nicht mehr an eine Individualität der Schrift, aber als braves, aufmerksames Mädchen hatte sie immer blitzschnell verstanden, die klandestinen Fußnoten des jeweiligen Auftrags, die Sehnsüchte und Ängste ihrer Arbeitgeber zu erraten. Boxfeld war treu wie Gold, und weil er ganz das Auge seines Herrn war, konnte jede kluge Frau, die von sich abzusehen verstand, in den Blicken des Anwalts lesen, welchen Hoffnungen und Sorgen er diente.

Zurück an der Feuertür, die Klinke in der Hand, schaut Still erneut an sich hinab. Es wellt sich von der Brust bis auf die Schenkel, es beult sich an den Ellenbogen und den Knien. Der Trainingsanzug wirft ein Übermaß an Falten. Doch schon ist ihr ein wenig warm geworden. So will sie dem Kollegen Lemon vor die vom Morgenlicht synchronisierten Augen treten. Als sie jedoch ins Freie strebt, gerade einen Fuß aufs Feuertreppengitter setzt, hört sie es schwer von oben schnaufen. An der Art, wie er die Luft durch die Nase zieht und schnaubt, erkennt sie, wer da herabsteigt. Dem will sie nicht begegnen. Aber er soll haben, was ihm zukommt. Sie nimmt sich Cziffras Schmuck vom Ohr und legt die totgeknackste Sichel auf die Treppe. Jetzt schiebt sich Lights Gesäß ums Eck. Auf die gutbürgerliche Hose, auf den urigen Riemen, der sie gürtet, und auf die weißen Sohlen riesiger Schuhe fällt grau und kühl der allererste Morgenschimmer. Da schlüpft Still in den dritten Stock zurück, um sich noch einmal, ein letztes Mal, wie eine ungewollte Tochter, am kalten Busen ihrer Mutter zu verbergen.

11b

Ein junger Geist geht um. In aller Herrgottsfrühe hat es den neuen Stadtdenkmalpfleger, unruhig, voll Schaffenszwang, schon an den Salzhafen getrieben. Mit hüpfenden Schritten stürmt der kleine, leichtgewichtige Mann die Straße hinauf, hin zu dem Gebäude, das sein Planen und sein Phantasieren seit Monaten wie zwei Hornissen in langgezogenen Ellipsen umbrummen. Er muß zum Turm. Er muß erst hin zum Turm, bevor es an den Schreibtisch und ans normale Tagwerk geht. Er muß den tausend Tonnen schweren Quader, massiv ins blanke Sonnenlicht gerammt, gründlich begucken, um nicht an der bloßen Vorstellung des Bauwerks zu verzweifeln.

Jetzt hat er ihn erreicht. Er steht auf der anderen Straßenseite und hat den Kopf im Nacken liegen. Der Turm spürt sein heißes Hinschauen und läßt es sich gefallen. Der Plan des neuen Denkmalpflegers ist der Notnagel, an dem sein Weiterwesen hängt. Vielleicht erweist sich das Zukunftsbegehren dieses jungen Mannes als stark genug, ihn doch noch aus dem toten Nebenarm der Zeit zurück in deren Hauptströmung zu schleppen.

Der Fachmann grübelt, grämt sich mit flauem Magen. Er hat nichts als schwarzen Kaffee darin. Als er ihn zu Hause, ohne auf die Zahl der Tassen zu achten, schlürfte, studierte er noch einmal, was er längst bis in den Wortlaut kennt: die Unterlagen, die der Turmeigentümer, eine hiesige Immobiliengesellschaft, der Behörde eingereicht hat. Den lausigen Nachkriegsstein, von dem in einer beiliegenden bautechnischen Expertise die Rede ist, er hat ihn nun erneut im besten Morgenlicht vor Augen. Die langen Frostperioden des zurückliegenden Winters haben den feuchten Putz weitflächig abgesprengt. Viele der Leichtbetonwürfel, aus denen der Steife Schnösel hochgemauert wurde, liegen frei, großporig und grau wie lang vergrabene Knochen.

Der Stein ist ein heimisches Produkt. Er stammt aus der Vereinigten Polychemie Salzhafen, die heute allerlei halbsynthetische Bauhilfsstoffe, Fertigmörtel, Fliesenkleber, Fugenfüller, produziert und daneben bereits im sechsten Jahrzehnt eine hochsubventionierte Wiederaufbereitungsanlage für Bauschutt betreibt. Der Denkmalpfleger kennt die drei gewaltigen Mühlen, deren stählerne Klauen auch Beton und besten Vorkriegsklinker zu grobem Granulat zerkrümeln. In dieser neuen Form findet dann, was als Wand in lichte Höhen strebte, als Straßenfundament, unter Stadtringen und Autobahnen, eine obskure zweite Heimstatt.

Erst vorige Woche war er hochnotdienstlich drüben auf dem Gelände, brauste in einem Streifenwagen mit Blaulicht und Tatütata zwischen die breiten Förderbänder, die die Mahlwerke auf gußeisernen Stelzen verlassen. Im Laufschritt eilten er und die Polizisten in die mittlere der Mühlen, um dort das Anhalten der Maschinen zu befehlen. Denn es galt in buchstäblich letzter Sekunde, eine Fuhre spätmittelalterlicher Eichenbalken vor dem Zerschreddern zu retten.

Das historische Gebälk hatte den kriegsbedingten Einsturz seiner Fachwerkhäuschen noch ein gutes halbes Jahrhundert auf einem Areal der städtischen Müllabfuhr überdauert. Unter Planen, auf denen Moos und Salzgras wuchsen, war es in einen Dornröschenschlaf gefallen. Dann aber wurde das Gelände aufgeräumt. Die Arbeiter, die alles Alte in bereitgestellte Container füllten, hatten kein Auge für die wunderbar krummgehangenen Quer- und Kreuzhölzer. Und keiner der eingekerbten Wunsch- und Bannsprüche, keine lateinische Sentenz, kein deutscher Vers, verlockte sie zur Lektüre und ließ sie die Würde der Balken erkennen. Es brauchte schließlich den anonymen Anruf eines engagierten älteren Bürgers – es war mein Wort vonnöten, um diese raren Reste der zerbombten Altstadt, samt den ins Eichenholz geschnitzten Sinnversprechen, vor einer zeitverschobenen Zerstörung zu bewahren.

Mein Türmchen jedoch hofft umsonst. Den Steifen Schnösel wird nichts, kein Anruf und auch kein Himmelswort, mehr retten können. Per Internet hat sich der Denkmalpfleger zuletzt noch erkundigt, welche Sanierungsmöglichkeiten es für marode Billigbauten des vergangenen Jahrhunderts gibt. Am Wochenende saß er erneut über den Prospekten einer französischen Firma, die aus einer Titan-Aluminium-Legierung, wie sie in den Raketen der europäischen Raumfahrt zur Verwendung kommt, hochtragfeste Gerüste baut. Speziell für jene Hochhäuser, denen die unausgereiften Baustoffe der ersten Nachkriegsjahrzehnte nun europaweit zum Verhängnis werden, haben findige Ingenieure aus diesem ultraharten Alu berückend filigrane Außenskelette konstruiert, die die Gebäude korsettartig stützen, ohne ihre klassisch klaren Formen zu verderben. Aber die Kosten sind enorm, kaum ein Eigentümer mag sie tragen, und die öffentlichen Hände, wären sie denn willig, sind bedauerlicherweise leer. Dem jungen Denkmalpfleger jedoch will es noch immer nicht gelingen, sein hochfliegendes Vorhaben einfach aufzugeben, noch immer starrt er auf den Steifen Schnösel, hat dessen Dach im Blick, auf dem er zartfrisches Grün, die ersten Blättchen von angewehtem Wildwuchs, zu erspähen glaubt.

Sein Vorgänger, vierzig Jahre im Dienst, davon ein volles Vierteljahrhundert Leiter der Behörde, ein Hüne, für den drei

Generationen Sekretärinnen schwärmten, war fünf Monate vor der Pensionierung auf die Akten eines Montagmorgens gesunken und tot aus dem Amt getragen worden. Bald wird man einen Platz oder einen der Straßenzüge, deren Sanierung er konzipierte, nach ihm benennen. Alles, was in der Stadt als rettungs- und gestaltungswürdig eingestuft und in Angriff genommen wurde, trägt den Stempel des Verstorbenen. Allein den Salzhafen schob dieser Schaffenswütige immer wieder auf den Tellerrand der aktuellen Planung. Kein Wunder, daß der Nachfolger nun dieses brache Feld beackern will, daß er meint, hier sein erstes großes Projekt aufgetan zu haben.

Vor lauter Hinstarren verkrampfen sich dem jungen Mann die Nackenmuskeln. Ihn flimmert vor den Augen. Eben dachte er, einen Schatten im verglasten Schacht der Feuertreppe zu sehen. Nun wird es Zeit. Nun ist es allerhöchste Zeit, daß dem braven Grübler ein Licht aufgeht. Es braucht einen Einfall, der die ehrenwerte Schnapsidee, diesen maroden Leichtbau zu restaurieren, mit Schwung beiseite wischt. Und er liegt längst bereit. Frau Mutschereit, die als meine Sekretärin so leidenschaftlich gern ins Kino ging und die als Rentnerin ihre ungebrochene Schaulust gerecht zwischen dem Fernseher und dem jeweiligen Untermieter teilte, die gute Martha Mutschereit hätte gesagt: «Die Kunst kennt keine Neuigkeiten!»

Gleich soll der umtriebige Denkmalpfleger erkennen dürfen, daß seine Erhaltungsphantasie nur der Vorhang vor dem Eigentlichen, nichts als der buntgewebte Schleier vor einem Auferstehungsspiel gewesen ist. Ein Schmerz hinter der Stirn, ein heftiges Gähnen, zwei dicke Tränen und ein scheinbar verworrenes Schweifen der Gedanken bereiten das Terrain. Und unversehens purzelt dem wackeren Kerl das neue Ziel herbei. Da ist es, fix und fertig formuliert, wie aus dem Nichts ins Jetzt gesprochen. Schon faßt er sich mit allen zehn Fingern an die

Schläfen und murmelt glücklich verwundert: «Warum bin ich nicht gleich darauf gekommen.»

Zurückliegende Woche, nachdem die grauen, steinharten Eichenbalken aus einem riesigen Berg fauliger Paletten geborgen waren, bat ihn der für Recycling zuständige Manager noch auf einen Kaffee in das Verwaltungsgebäude seiner Firma. Man hatte sich ja eben erst kennengelernt und eine nicht undramatische Situation, einen behördlichen Eingriff in die privatwirtschaftliche Sphäre, gemeinsam im guten überstanden. Nun hieß es, den frischen Kontakt auch für die Zukunft durch ein Gespräch unter Männern zu festigen. Zu seiner Überraschung erfuhr der Denkmalpfleger, daß auch der Wirtschaftsmann, bereits im dritten Jahr mit der Wiederaufbereitung des Bauschutts betraut, ein Herz für das Vergangene hatte. Auf dem Hof der Anlage, hinter der Baracke, in der die Mühlenwerker ihre Frühstücks- und Mittagspause zubrachten, war der Manager auf eine kleine Freiluftsammlung von Fassadentrümmern gestoßen. Sofort hatte ihn angerührt, daß diese schlichten Gesellen, überwiegend ausländische Arbeitnehmer, das eine oder andere der Vernichtung entzogen hatten und hinter ihrer Brotzeitbude, ungeschickt, aber nicht völlig planlos arrangiert, aufbewahrten.

Darüber sei er mit seinen Untergebenen erstmals in ein zutrauliches, fast kollegiales Plauschen geraten. Bald habe er damit begonnen, das Abladen interessanter Fuhren zu überwachen, und so seien nach und nach auch Stücke seines Geschmacks den Brechzähnen entgangen. Irgendwann hätten die Fahrer der Lkws und die Mechaniker an den Füllschächten Bescheid gewußt und nach eigenem Gutdünken etwas von dem beiseite gelegt, was einst Schmuck des Mauerwerks gewesen war und nun mit ihm ins Formlose zerkleinert werden sollte. Die Sammlung sei gewachsen. Allmählich reiche der Platz im Hof nicht mehr. Gern würde er das Ganze ihm als Fachmann zeigen.

Natürlich erklärte sich der Heimatpfleger bereit, eine Runde durch das amateurhaft zu kleinen Abteilungen geordnete Sammelsurium zu drehen. Sorgfältig achtete er darauf, jeden Anflug eines spöttischen Lächelns zu unterdrücken. Und da der Recycling-Manager, der selbstverständlich keinen blassen Dunst von Kunstgeschichte hatte, ihn glaubwürdig interessiert nach allem möglichen befragte, begann er, schlendernd von Stück zu Stück, die wichtigsten Stilmerkmale und einfache historische oder mythologische Bezüge zu erläutern.

Es schien nichts wirklich Altes, nichts auch nur annähernd Museumswürdiges dabei. Alles stammte aus jener Ära, in der die Traurigkeit der Baumeister noch nicht an radikale Kahlheit dachte, sondern sich manisch-melancholisch durch sämtliche Stilbestände grub. Es war ein systematisch sachtes Wüten. Man hegte und plünderte in einem Zug, was die vorgängigen Zeiten dem ersten archivarischen Jahrhundert hinterlassen hatten.

Flüssig, fast wie ein Museumsführer, erzählte er davon. Es war sein Bier. Es ist und bleibt das täglich Flüssigbrot der Denkmalpflegerei. Aber gerade als ihm das eigene Räsonieren unter dem eilfertigen Nicken des Managers allmählich doch stupid und aufgeblasen vorkam, gerade als er sich ob seiner fachmännischen Überhebung vor den armseligen Stücken schämte, sprach die Sammlung zurück: Zwischen dem pseudogotischen Geranke, zwischen dem blankbunten Kachelkram, zwischen Gips- und Betonengeln in allen Kinderkleidergrößen, zwischen allegorischen Jungfrauen aller Oberweiten ließ sich urplötzlich etwas finden. Erschrocken merkte der Denkmalpfleger auf, verstummte und schaute.

Das große Bronzerelief hatte er, vor kurzem erst, auf einem Buchumschlag gesehen. Dem Werk, das als unwiederbringlich verloren galt, war die Rückseite eines prächtigen Ausstellungskatalogs als Ehrenplatz, als Stätte andächtiger Erinnerung zugewiesen. Die Vorderseite des Hochglanzwälzers zeigte einen Kinopalast der Zeit zwischen den Kriegen, ein Gebäude, das sich ozeandampferkühn einem Boulevard entgegenbrüstet und heute, vorbildlich restauriert, ein Theater der Hauptstadt birgt. Den Katalog hatte der Kurator der ersten umfassenden Egon-Zucker-Retrospektive in Los Angeles noch seinem Vorgänger übersandt, samt einem Schreiben, in dem die Amis anboten, die Ausstellung in die Heimatstadt des Architekten weiterwandern zu lassen.

Schweigend drehte der Denkmalpfleger den großen Styroporbecher, den er sich, dreiviertelvoll mit starkem Kaffee, aus dem Büro des Recycling-Managers mitgenommen hatte, in den Händen. Dann beugte er sich weit über das auf einer von Regenwasser aufgequollenen Preßspanplatte ausgelegte Gußrelief. Es war beim Einsturz des Gebäudes, dessen Portal es geziert hatte, zersprungen. Aber als Hauptstück der Recycling-Sammlung lag es vollständig vor seinen Augen. Es galt als beste und zugleich letzte bildnerische Arbeit des berühmten Architekten. Denn bald nach der Fertigstellung von Lux 27 hatte sich Zucker in seinem Manifest ‹Bildfluch und Geschichtsverhängnis› emphatisch von allen historisierenden Formanleihen, von Ornament und Stuck und von den Wandgemälden seiner bisherigen Bauten distanziert.

In die rund um die Bronzestücke entstandene Stille fragte der Firmenmensch unsicher, ob dieses Puzzle etwas Besonderes sei. Mürrisch, die Wahrheit noch eifersüchtig hütend, gab ihm der Denkmalpfleger zur Auskunft, der deutsche Jugendstil habe das Reich der Insekten als Motivwelt neu entdeckt, und für ein Vierteljahrhundert sei allerlei sechsbeiniges Getier von Blüte zu Blüte, von Zeichnung zu Aquarell, über die Wölbungen des Porzellans und durch die Ebenen der Mosaike krabbelnd und flatternd unterwegs gewesen. «Moment!» hatte der

Manager, naseweis werdend, eingewandt. Moment! Die beiden Tiere hier, die riesige bombenrunde Motte und ebenso die Raubheuschrecke, die diesen Nachttorpedo mit ihren Greifarmen gefangenhalte, beide hätten, das sei doch auf den ersten Blick zu sehen, nicht drei, sondern fünf Gliedmaßen an jeder Körperseite.

Da stand er schon im Raum: der bessere Plan. Es mußte nur noch die rechte Zeit, es mußte nur noch dieser sonnige Frühlingsmorgen kommen, um ihn ins Licht zu heben. Das Vergangene, die Mitte dieses Viertels, sein Herz, es will nicht restauriert, es will aus dem Verlorenen frisch und grob erzwungen werden. Den todgeweihten Turm vor Augen, schießen dem Denkmalpfleger die Elemente des neuen Vorhabens in heftiger Wahlverwandtschaft zu einem dichten, fixen Ganzen ineinander.

Bereits als er den Manager samt seiner Beinchenzählerei links liegenließ und frei von falschen Hemmungen auf die Knie sank, um die Bruchkanten der Reliefstücke genauer zu untersuchen, hätte er das Ausmaß der in diesem kreisrunden Ding enthaltenen Chance erkennen müssen. Das Meisterwerk des Künstlerarchitekten Zucker war gründlich kaputt, jedoch als elfteiliger Bruch komplett. Dem Sonnenrad, das die magere Gottesanbeterin und ihre feiste Beute einschloß, fehlte keine Speiche, und kein Strahl war ihm verlorengegangen.

So findet das Adäquate, sobald es unsere Sterne wollen, in einem Zucken der Zeit zusammen. Während das Syrerlein, unser entlaufener Zeichendeuter, mit einer für seinen zarten Körper viel zu schweren Spitzhacke den Kellerboden meines Turms aufriß, gruben sich Lemons Hände durch den Glitzerkram von Arnos Sammelkiste. Da gab es keinen ersten. Keiner der beiden ging dem anderen als ein Grund voraus. Mein fleißiger Morgenländer hielt die Keltenkeule ins Halogenlicht seines Arbeitsstrahlers, und Lemons Finger, die Finger des großen Schläfers, fuhren in das Loch des Diskus und drehten dessen Textseite nach oben. So lasen beide. Und beide waren brave Leser. Und beide lasen einander zu.

Hals über Kopf, ohne auf den Verkehr zu achten, stolpert der Denkmalpfleger auf die Straße. Ein sorgendes Händchen läßt einen Lieferwagen weniger schnell um die Ecke biegen, so daß nicht nur die Euphorie, sondern auch alle Glieder des guten Mannes den Bauzaun, der sich um den Turm zieht, unversehrt erreichen. Mit weit ausgestreckten Armen tastet sich der Enthusiast an den Latten entlang und fliegt im Geist über die Zeichnungen und Pläne von Lux 27, die sich in aller nur wünschenswerten Vollständigkeit im Archiv seiner Behörde befinden.

Er weiß, das Kino am Salzhafen war das letzte Bauwerk, das Zucker für seine Heimatstadt entwarf, die letzte Arbeit, bevor er sein Büro in die Hauptstadt verlegte, um sich, wie ein mit Gottgewalt Bekehrter, den Würfeln, den Quadern und den elementaren Kurven hinzugeben. Man müsse dem Haus das falsche Fleisch vom Schädel reißen, schrieb er in seinem Manifest. Die Fingerkuppen auf dem rohen Holz des Bauzauns, die Originalzeichnungen Zuckers vor dem inneren Auge, begreift der Denkmalschützer, wie gut Lux 27 die Muskeln und die Haut von Zuckers letzter Fassade standen, wie klug und menschenfreundlich sich dies Lichtspielhaus zwischen die Nachbarhäuser schmiegte – wie blöd und selbstgeil der Solitär, der es ersetzte, bis heute in den Himmel ragt.

Da pocht es an die Planken. Genau dort, wo die Hand des jungen Mannes eine Ritze und durch sie hindurch die rauhe, morgenfeuchte Haut einer Abdeckplane ertasten kann, schlägt es ans Holz. In schneller Folge machen brutale Hiebe den Bauzaun beben, setzen dann aus. Mit einem garstigen Ritschratsch reißt etwas durch die Plane, die hinter das Holz gespannt ist. Ein neuer Schlag läßt eines der Bretter auf den Gehweg fliegen. Da will jemand hinaus. Im Spalt des Zauns zeigt sich die Spitze eines großen Schraubenziehers, die wieder und wieder durch das graue Gewebe stößt und es schließlich nach unten aufschlitzt.

Die Sonne scheint uns. Sie scheint uns schöner noch als am Tag unserer Ankunft. Unter freiem Himmel, auf dem flachen Dach des Gebäudes, sind wir, der Rest von Cziffras Mannschaft, angetreten, um den verdienten Lohn zu empfangen. Advokat Boxfeld hat Still und mich gebeten, auf den im Halbkreis aufgestellten Stühlen Platz zu nehmen. Es sind wackelige Gartenmöbel, verrostetes Stahlrohr, Lehne und Sitz aus bunten Kunststoffbändern geflochten – alles so hübsch erbärmlich, als hätte es ein Gnadenakt direkt vom Sperrmüll in diese luftige Höhe befördert.

Die dünnen Beine der Stühle bohren sich in weichen Grund. Unsicher und übervorsichtig sind wir über den fast moorartig federnden Boden geschritten. Bis über das Fersenleder sanken Stills Absätze ein. Erst als wir auf den Stühlen saßen und Muße hatten, uns genauer umzusehen, begriffen wir, was sich hier oben abgelagert hat. Das Dach des Steifen Schnösels scheint der Taubenfriedhof des Salzhafens zu sein. Das feine Knacken unter unseren Sohlen kam von den zarten Rippchen und Schenkelknöchlein der vielen Vögel, die hier oben verendet sind. Und jetzt, wo unsere Blicke in Ruhe über den graubraunen Belag schweifen, nehmen wir sogar die hellen Bögen einzelner Brustbeine und die dreckverklebten Schwingen der jüngst krepierten Tiere wahr.

Den armen Vita haben Still und ich auf den Stuhl gehievt, der uns am stabilsten aussah. Über dessen Lehne hat er sich vorhin ein weiteres Mal erbrochen. Schleim und Magensaft, alles, was er noch hochwürgen konnte, besudelte das braune Altlaub und die schlanken Blattknospen einer winzigen Buche. Boxfeld entging dies nicht. Er nahm einen der großen Plastikeimer, die auf der Dachterrasse stehen, und goß so lange Wasser über das Bäumchen, bis der säuerliche Auswurf abgespült war.

Schon gleich nach unserem Aufstieg, als Still und ich uns bei Vita unterhakten, um ihn zu den Stühlen zu manövrieren, hatte uns Boxfeld gebeten, auf die Bäumlein, auf die Schößlinge, wie er sagte, acht zu geben. Aber ich mag nicht recht glauben, daß sie gepflanzt wurden. Elf kann ich zählen. Das größte Gewächs ist eine merkwürdig verwachsene Birke. Ihr Wipfelchen hat Boxfeld um mehr als Haupteslänge überragt, als er eben, den Wassereimer holend, mit der Schulter durch ihre Äste streifte. Sie ist aus zwei Samen hochgeschossen. Von irgendwo herbeigeweht, kamen sie dicht nebeneinander unter einem Entlüftungsschnorchel zu liegen, der sich hüfthoch aus dem Dach erhebt. Sein armdickes Rohr krümmt sich wie das Periskop eines auftauchenden U-Boots Richtung Osten. An diesem Bogen, der sie überwölbte, sind die beiden Birkenschößlinge in ihrem Drang zum Licht rechts und links vorbeigewachsen, um sich, mit der Zeit dicker werdend, über und unter dem Rohr zu einem Stamm zu vereinigen. Sähe man die Wülste nicht, die die Naht ihres Zusammengehens dicklippig betonen, man könnte glauben, der rostige Stutzen hätte sich durch das Holz gedrängt und gaffte durch das gewaltsam aufgestemmte Loch der aufgehenden Sonne entgegen.

Fast genauso hoch wie diese Zwillingsbirke sind ein paar kerzengerade Pappeln. Und auch eine hübsch gewachsene Eberesche, an der noch verhutzelte Beeren des Vorjahrs baumeln, kann sich sehen lassen. Komisch bonsaihaft wirken dagegen drei kniehohe Eichen. Auf dem Dach des Verschlags, der das obere Ende des Aufzugs bildet, sprießen sie aus morschen Brettern. Altes Holz mußte dem neuen als Humus dienen, und so hat es hier nur zu dieser Miniaturform des stolzen Baumes gereicht.

Vitas schlechte Verfassung bereitet mir Kummer; ich kann nur hoffen, daß ich nicht unmittelbar für die Beule und die Platzwunde, die seine Stirn entstellen, verantwortlich bin. Als wir ihn im zehnten Stockwerk vor der Aufzugtür fanden, war er noch bewußtlos, erst nachdem ihm Still eine Weile über Gesicht und Nacken gestrichen hatte, kam er zu sich. Er schien uns zu erkennen, aber er sagte nichts, sondern griff nur mit den entfesselten Händen nach Stills neuer Bekleidung, zupfte ungeschickt daran herum, als wollte er ihr die Jacke des altmodischen roten Trainingsanzugs vom Leibe ziehen. Still ließ ihn gewähren. Er war viel zu schwach, um sie ernstlich zu belästigen. Und schließlich zwang ihn das erste schlimme Würgen, sich ganz auf die Mühsal des Erbrechens zu konzentrieren.

Vielleicht wäre es klüger gewesen, ihn unten, an Ort und Stelle, liegenzulassen, bis ein Arzt ihn untersucht hat. Immerhin scheint er eine Gehirnerschütterung erlitten zu haben. Aber Boxfeld, der lautlos hinter uns getreten war, der Still und mich mit unseren Arbeitsnamen begrüßte und uns dann zum erfolgreichen Abschluß des Auftrags gratulierte, bestand darauf, Vita aufs Dach zu schaffen. Er gehöre zu den Opfern, die jedes große Projekt fordere. Fünfhundert Tote habe man dereinst beim Bau des Assuan-Staudamms beklagt. Die meisten von ihnen seien sang- und klanglos, ohne daß auch nur ihr Name verzeichnet wäre, irgendwo in den Fundamenten, im Beton der gewaltigen Nil-Sperre verlorengegangen. Tausend Zwangsarbeiter gar, aus ganz Europa herbeigekarrt, habe der riesige U-Boot-Bunker verschlungen, der hier in den letzten Kriegsjahren entstanden sei und dessen idiotischen Kasten wir, wenn moderne Hochbauten nicht die Sicht verstellen würden, mit bloßem Auge auf der anderen Seite des Stroms sehen könnten. Herr Cziffra habe dergleichen Exzesse immer verurteilt. Ihm bleibe jede einzelne Mitarbeit unvergeßliche Gegenwart, und er erwarte daher, daß die gescheiterten Kollegen, in welcher Verfassung auch immer, an unserer kleinen Abschlußzeremonie teilnähmen.

Mir hat Boxfeld die Kladde abverlangt. Als ich mich erhob, um ihm das Büchlein zu übergeben, wurde mir für einen Augenblick schwindlig vor Scham. Schreiben und Lesen sind nie meine Stärke gewesen. Da ich dennoch ein kluges Köpfchen bin, ist es mir meist gelungen, mein Handicap zu kaschieren. Sogar Frau Mutschereit, die wahrlich groß im Herauskriegen war, hat das Ausmaß meines Mankos erst ganz zum Schluß begriffen. Am Abend vor ihrem Tod, als sie ihre Lesebrille nicht finden konnte, bat sie mich, ihr das Programm aus der Fernsehzeitschrift vorzulesen. Ihre Brille lag jedoch in meinem Zimmer. Längst hatte ich es mir angewöhnt, mir die Sehhilfe auszuleihen, wenn sie außer Haus ging. Denn auch meine Augen begannen weitsichtig zu werden, und immer häufiger hatte ich mich dabei ertappt, daß ich den Wortlaut in den Sprechblasen meiner Lustigen Taschenbücher mehr erriet als redlich zusammenbuchstabierte.

Auch an unserem letzten Abend glaubte ich, mit einem frechen Mix aus Einbildung und Erfahrung meinen Kopf aus dem Würgeisen der Wirklichkeit ziehen zu können. Das TV-Magazin ließ es nicht an hilfreichen Fotos fehlen, und das Programm des Privatsenders, dessen Serien meine Wirtin bevorzugte, ist weitgehend standardisiert. Was groß und fett gedruckt war, konnte ich im starken Schein von Frau Mutschereits Küchenlampe auch ohne Brille entziffern. Also schwadronierte ich munter drauflos.

Frau Mutschereit war mir all die Jahre eine geneigte, in jeder Hinsicht generöse Zuhörerin gewesen. Von Anfang an hatte sie es verstanden, meine Schüchternheit mit ein paar harmlosen Fragen zu einem harmlosen Thema zu überlisten und mich so zum Reden zu bringen. Ja, ich gefiel ihr, sobald ich, in Schwung gekommen, über Gott und die Welt räsonierte. Einmal meinte sie sogar, einer, der so verstockt und gleichzeitig alles andere als auf den Mund gefallen sei, müsse eigentlich ins Fernsehen. Vielleicht sei ich doch nicht durch die Kunst, sondern durch das Fernsehen für die Welt zu retten.

Auf die Rituale unseres Zusammenhausens und auf die ewige Wiederkehr der TV-Formate und -Inhalte vertrauend, phantasierte ich das aktuelle Programm zurecht, bis die Stille an der anderen Breitseite des Tisches, die Art, wie Frau Mutschereit den Atem anhielt, mich verstummen und aufblicken ließ. Grenzenlos erschrocken sah die alte Frau aus. Ach, wenn sie mich nur lauthals ausgelacht hätte. Das hellste, das boshafteste Weibergelächter, es wäre weniger schlimm gewesen als dieser Entsetzensblick, weniger arg als die Starrheit, mit der sie die schmalen Schultern gegen die Stuhllehne preßte – ohne Aussicht darauf, daß ihr das Möbel Halt in der Welt und Schutz vor mir gewähren würde.

Es war nicht leicht, dies wiedergutzumachen. Aber wenn mich mein Gedächtnis nicht trügt, ist es mir noch am selben Abend gelungen. Aus natürlichem Grund sind die Frauen mehr als wir Männer für Geschenke empfänglich. Und besonders wirkungsvoll ist es, wenn man mit einer selbstgebastelten Gabe überraschen kann. Allen meinen guten Bekannten am Salzhafen, all den alten Eingeborenen, die mir das Heimischwerden erleichterten, habe ich etwas Selbstgefertigtes geschenkt. Jedesmal war es eine Heidenarbeit. Blasen bekam ich im Handteller und auf dem Daumen, der die Klinge drückte. Ich war wahrlich nicht faul. Und wenn die Form endlich stimmte, wenn die Schnitzkerben mit Sandpapier geglättet waren, nahm ich den Lötkolben, um die Gabe im Rahmen meiner Möglichkeiten zu beschriften. Jeder der Alten hat sein Geschenk noch haarscharf vor seinem Tod erhalten. Ja ich schätze mich glücklich, daß ich sie keinem ins Grab legen mußte.

Mein Blick schweift über das Rechteck des Daches. Obwohl es dem Grundriß des Baus entspricht, kommt mir seine Fläche kleiner vor als die der Cafeteria oder der Halle im Erdgeschoß. Die Moos- und Grasinseln, die in den Vogelkadavern und im herbeigewehten Schmutz wurzeln, sind noch braun, doch die Bäumchen, die sich in diese organische Schicht krallen, haben begonnen auszuschlagen. Boxfeld steht über einen riesigen, rostigen Kasten gebeugt. Drei Verschlußbolzen, die aus der aufgeklappten Tür ragen, verraten, daß es sich um einen alten Geldschrank handelt. Das gewaltige Ding liegt auf dem Rükken, als wäre es aus einer himmlischen Verwaltung, aus einem Wolkenkuckucksheim der Bürokratie, gestürzt, um just auf diesem Dach zu landen.

Rechts und links schmiegen sich zwei mannslange torpedoförmige Bündel an die eisernen Flanken des Tresors. Ich erkenne die graue Plane. Es ist die gleiche, die unten als Sichtschutz auf den Lattenzaun genagelt ist. Aber ich mag nicht darüber spekulieren, was hier oben in sie eingeschlagen ist und sich so unserer Anschauung entzieht. Auf der Geldschranktür lag vorhin noch ein Bündel ölverschmierter Kleider. Boxfeld streifte ein Paar Gummihandschuhe über, bevor er den Haufen hochhob und sorgsam, als gelte es ein Arrangement zu wahren, am Kopfende des Kastens auf dem Boden deponierte. Dann mühte er sich lang, bis er die Tür aufbekam. Unzählige Male sperrte er hin und her, zog den Schlüssel wieder ab und drückte das Ohr an die Tür, sobald er ihn erneut einführte. Zuletzt klopfte er dem Geldschrank auf die Seite, als brauchte der Ermunterung oder Zuwendung, und wirklich, nach einem letzten fast zärtlichen Tätscheln und einer einzigen Schlüsseldrehung sprang die Tür mit einem Knacken auf.

Der Advokat spricht schon ein Weilchen in die Tiefe des Kastens, laut, aber nicht so laut, daß Still und ich ihn verstehen könnten. Meine Kladde hat er ins Innere hinabgereicht, und nun rührt er, unaufhörlich redend, mit beiden Armen im Hohlraum des Tresors herum. Vermutlich sind es Zahlen, die er sich aufsagt. Wahrscheinlich zählt er die Scheine, deren Übergabe er uns angekündigt hat, laut durch, um sich nicht zu Herrn Czifras Lasten zu verrechnen.

Wir warten gern, denn wir mögen dieses Dach leiden. «Wie schön!» rief Still aus, sie als den Kopf durch die Luke schob. Hier oben ist es schön, weil hier oben bald nichts als Frühling herrscht. Der Salzhafen besitzt keine größere Grünfläche, keinen Park, nicht eine einzige Straße, die beidseitig und auf ganzer Länge von Bäumen gesäumt wäre. Mich hat das selten gestört. Nur an den ersten warmen Tagen des Jahres zog es mich manchmal über den Rand des Viertels ins Westend, dorthin, wo sich noch vergangenen Sommer eine weitläufige Schrebergartenanlage erstreckte.

Gleich nach meinem Herzug, als ich mit dem Orientierungseifer des Fremden den ramponierten Stadtplan studierte, den ich bei Arno als Gratiszugabe zu meinem ersten Einkauf erhalten hatte, fiel mir die Laubensiedlung auf. Der Krieg hatte eine große Lücke in die Bebauung radiert. Im rechteckigen Raster des Plans erschien das grüne Kreuz der Freiflächen nach Westen gekippt, als wollte es mit vier Beinen und auf vier Füßen aus den Karrees der Straßen, aus dem Gitter der topographischen Logik flüchten.

Dieser Fluchtversuch hat sich inzwischen endgültig erledigt.

Im August wurde die Schrebergartenkolonie, die den schlichten Namen Gedächtnissiedlung trug, nach langwierigem gerichtlichem Hin und Her zur Wiederbebauung freigegeben. Die Pächter mußten ihre Parzellen räumen. Die Gartenhäuschen und Geräteschuppen, die Zierzäune mit ihren rosenumrankten Pforten, die Stachelbeersträucher und all die Mirabellen- und Pflaumenbäume, die fünfzig Jahre Wachstumsring um Wachstumsring geschlungen hatten, wurden an einem einzigen Tag von einem einzigen Bulldozer zu einem großen Haufen zusammengeschoben. Bis jetzt ist der wirre Berg, aus dem Balken, Wellblech und Wurzelstrünke ragen, nicht weggeschafft worden. Und auch der Aushub für die Fundamente der Neubauten ist, wie mir Apotheker Heinlein noch kurz vor seinem Tod erzählte, wegen unvermuteter Finanzierungsschwierigkeiten des Hauptgesellschafters auf unbestimmte Zeit vertagt. So genießt das Gelände, auf dem schon bald aus alten, im Boden verbliebenen Stauden und aus angewehten Samen niedriger Bewuchs sprießen wird, seine ungegliederte, fast steppenhafte Weite.

Im Juli feierten die Schrebergärtner der von der Aufhebung bedrohten Kolonie noch einmal ihr traditionelles Sommerfest. Das fünfte Jahrzehnt des Bestehens war voll, und zu diesem Jubiläum hatte man sich etwas Besonderes ausgedacht. Den kleinen Platz im Zentrum der Anlage, wo in zwei barackenähnlichen Langbauten das Vereinsheim samt Gartenwirtschaft sowie Kegelbahn und Schießstand untergebracht waren, hatte man mit viel Liebe fürs Detail zu einer Wildweststadt umdekoriert.

Man betrat das mit frischem weißem Sand ausgestreute Rund durch einen Torbogen, auf den mit rot abtropfenden Buchstaben ‹Ghost Town› gemalt war – ein Name, mit dem die Kleingärtner unmittelbar vor dem drohenden Aus ihrer Heimstatt einen erstaunlich weltläufigen Humor bewiesen. Den an den Platz grenzenden Lauben hatte man aus grauen Latten und Pappe Fassaden vorgesetzt, wie man sie aus einschlägigen Filmen kennt und auch in unseren Breiten mit dem Wilden Westen verbindet. Das Attrappenhafte störte die Illusion in keiner Weise, ja das schwankend Vorläufige schien das Wesen der amerikanischen Pioniersiedlung, soweit wir es erfühlen können, ins Herz zu treffen. Aus der Kneipe der Gedächtnissiedlung war ein Saloon geworden, vor dem drei Ponys darauf warteten, daß die kleinen Festbesucher in ihre Sättel gehoben und im Kreis herumgeführt wurden. Es gab Ice-cream aus großen, mit dem Sternenbanner bedruckten Pappbechern, und in der Mitte des Platzes wurde über fünf heftig qualmenden Holzkohlebecken gegrillt.

Vor einer dieser Grillstationen war ich unschlüssig stehengeblieben. Die Steaks lockten mich. Aber der Mann, der sie mit Geschick wendete und dem es so gelang, daß sie in allen Stadien, von noch blutig bis krustig braun, höchst appetitlich aussahen, war dann der Grund, weshalb ich mir kein Fleisch zwischen zwei Weißbrotscheiben klemmen ließ. Funny trug über dem nackten Oberkörper nur eine ärmellose Weste. Sein bleicher, wächsern schimmernder, von blauen Äderchen marmorierter Bauch hing über die mit einem fünfzackigen Stern geschmückte Schnalle seines Gürtels. Aus dem Saloon drang Livemusik. Eine fünfköpfige Country-Combo, zwei Gitarren, ein Schlagbaß, eine Fidel und ein Banjo, spielte eine jener herrlich hysterisch hopsenden Tanzweisen, zu denen die Volkslieder der Alten Welt in Nordamerika zusammengeschnurrt sind. Und während mein Blick noch einmal, nun schon wehmütig versagungsvoll, über die prächtigen Rind- und Schweinefleischstücke ging, bückte sich mein Ur-Funny, um eine Flasche Magenbitter, die unter dem Grill zwischen diversen Saucentuben ihren Platz hatte, für einen langen Schluck an seine wulstigen Lippen zu setzen.

Es ist mir peinlich – ein wenig vor Boxfeld, noch ein wenig mehr vor Still und erst recht vor Herrn Cziffra –, daß ich mich nicht an die zurückliegende Nacht erinnern kann. Ich weiß nicht, woher der Filmriß rührt, es war mir doch gar nicht möglich, an den Alkohol zu kommen, dessen Genuß sonst zu den Ausfällen meines Kurzzeitgedächtnisses führt. Wie dem auch sei, die gesuchte Sonne scheint gefunden, und mit Glück habe auch ich etwas dazu beigetragen. Still wird mir gewiß auf die Sprünge helfen, wenn wir zu zweit den Abmarsch antreten. Sie ist nett, von Anfang an verstand sie, mit meiner Schüchternheit umzugehen, und sie hat mich nicht an die anderen verraten, als ihr meine Schreibschwäche vor Augen kam.

Verstohlen ziehe ich meine Lesebrille heraus, setze sie mir auf die Nase und riskiere es erstmals, diese Augen, Stills Augen zu betrachten. Die Iris glitzert in Braun und Gelb und Grün. Wie die Kerne einer exotischen, in zwei Hälften zerschnittenen Frucht sind die schwarzgewölbten Pupillen von diesem feingemaserten Farbfleisch umgeben. Und ein schmaler dunkelgrauer Reif hält, wie eine Schale, alles zusammen. Auch von mir hieß es, als ich ein Kind war, daß ich schöne, strahlende, allerdings monochrom himmelsfarbene Augen hätte. Wir, die beiden Hübschen, könnten nun, da die Arbeit erledigt ist, ganz unbefangen aneinander Gefallen finden. Ja, nichts spricht dagegen, das wir uns wirklich verstehen, daß sich unsere Körper über Blick, Stimme und Hand vollends kennenlernen.

Kinderchen. Kinderchen. Was mußten meine frisch geputzten Augen eben sehen: Light sprengte den Zaun und hüpfte auf seinen besternten Gummilatschen nach draußen. Glücklich, wer so, durch eine Lücke der Verhältnisse, in die Zukunft springt. Er trug die Sonne und alle Planeten um den Hals und hatte doch nichts Besseres zu tun, als unserem jungen Heimatpfleger einen Schrecken einzujagen. Die Keule hielt er ihm vor die Nase, den Schraubenzieher drückte er ihm an die Kehle und fauchte ihm ins Gesicht: «Du weißt von nichts! Sonst bist du tot!» Ach, als ob ein promovierter Kunstgeschichtler dem anderen dergleichen Allerweltsweisheiten einzubleuen bräuchte. Zu allem Überfluß hat er dem Verdatterten noch seinen Kaugummi hingespien, ist dann davongerannt – noch sieht der Zurückbleibende die Baseballjacke flattern, auf deren Rücken von der einst aufgenähten Zehn nur noch die Null an ausgefransten Fäden baumelt.

Und jetzt erschrickt mein wackrer Planungsträger ein zweites Mal, denn etwas Braunes, ein Tier, schlüpft aus dem Bauzaun, es huscht ihm vor die Füße, schnuppert kurz an dem speichelnassen Batzen Cinnamon Red, macht auf dem Gehsteig Männchen, wölbt seinen samtigen, sonnengelben Bauch, blickt blitzschnell in beide Straßenrichtungen und hetzt mit weiten Sätzen dem verrückten Ausbrecher in Richtung Freiheit hinterher. Der spürt das Tierchen nahen, wendet den Kopf und ruft: «Come on, Felix! Come on!» Als hätte er den Marder auf dieses amerikanische Kommando abgerichtet.

Kinderchen! Kinderchen! Jetzt darf ich euch, heut darf ich alle meine Kinder nennen. Glaubt mir, ich kann die neue Wendung der Spirale kaum erwarten. Den guten Gor wird es von Herzen freuen zu sehen, wie man sein Museum, wie man Lux 27 mit einer hochherzigen Schenkung aus dem Viertel und mit Stiftungsgeldern aus Übersee nach den alten Zucker-Plänen wiederaufbaut. Mein lieber, guter Gunter Ilja Gor. Mit qualmenden Sohlen, den Feuerlöscher auf der taubengrauen Schulter, stürmt er einst, stürmt er noch einmal in die Halle und sieht den Geldschrank auf dem Rücken liegen. Durch das wie

Zunder weggeprasselte Parkett, durch die vom Phosphor flott zerkochten Deckenbalken ist der schwere Kasten von Geschoß zu Geschoß nach unten durchgebrochen und schließlich mit sattem Aplomb auf den Marmorfliesen des Vestibüls gelandet. Was bleibt da noch zu tun: Gor stellt den Löschzylinder auf, löst den Schlauch aus seiner Messingklammer, pumpt wie besessen los. Er richtet den Strahl auf unseren Sarkophag, er kühlt, er kühlt und kühlt – die Schuhe stehen ihm in Flammen! –, er kühlt das glühende, das knackend flüsternde Gehäuse.